El curioso mundo de Calpurnia Tate

El curioso mundo de Calpurnia Tate

Jacqueline Kelly

Traducción de Santiago del Rey

Rocaeditorial

Título original: *The curious world of Calpurnia Tate*

Copyright © 2015 by Jacqueline Kelly

Publicado en acuerdo con Folio Literary Management, LLC
e International Editors'Co.

Primera edición: septiembre de 2015

© de la traducción: Santiago del Rey
© de esta edición: Roca Editorial de Libros, S. L.
Av. Marquès de l'Argentera 17, pral.
08003 Barcelona
info@rocaeditorial.com
www.rocaeditorial.com

ISBN: 978-84-9918-636-8
Depósito legal: B-17.557-2015
Código IBIC: FA

RE86368

A Gwen Erwin, con amor y gratitud,
por treinta años de aliento, apoyo y carcajadas.
Gracias, Gweni.

Capítulo 1

Armand contra *Dilly*

Una noche, cuando estábamos a unos quince kilómetros de la
bahía de San Blas, apareció una cantidad enorme de mariposas,
en bandadas compuestas por miríadas innumerables que se
extendían hasta donde alcanzaba la vista. Ni siquiera con
ayuda de un catalejo era posible ver un hueco libre de mariposas. Los marineros gritaban que «estaba nevando mariposas»,
y eso parecía, en efecto.

CHARLES DARWIN, *El viaje del Beagle*, 1839

*P*ara mi infinito asombro, yo vi mi primera nevada el día
de Año Nuevo de 1900. A vosotros quizá no os parezca nada
del otro mundo, pero una nevada es algo extremadamente
raro en la zona central de Texas. Justo la noche antes me había hecho el propósito de ver la nieve al menos una vez antes de morir, aunque dudaba que fuese a ocurrir jamás. Pero
ese improbable deseo me fue concedido en cuestión de horas, y la nieve transformó nuestro pueblo vulgar y corriente
en un paisaje de inmaculada belleza. Al amanecer, vestida
solo con bata y zapatillas, correteé por el bosque silencioso,
admirando el delicado manto de nieve, el cielo gris plomizo
y las ramas plateadas de los árboles, hasta que el frío me
obligó a volver a casa. Y entre el alboroto, la efervescencia y
la solemnidad del gran acontecimiento, sentí que me hallaba
al borde de un futuro espléndido en el nuevo siglo y que mi
decimotercer año sería mágico.

Pero ahora ya estábamos en primavera, y los meses se
me habían ido escurriendo insensiblemente, ocupados en la

rueda rutinaria de deberes de la escuela, tareas de la casa y clases de piano: una monotonía solo interrumpida por mis seis hermanos, que parecían empeñados en sacarme de quicio a mí, la única chica, por riguroso turno. Las promesas de Año Nuevo habían sido una tomadura de pelo, estaba claro.

Mi verdadero nombre es Calpurnia Virgina Tate, pero en esa época la mayoría de la gente me llamaba Callie Vee (con la excepción de mi madre, cuando pretendía mostrar su desaprobación, y del abuelo, que no quería saber nada de apodos).

Mi único consuelo me lo proporcionaban los estudios de naturalista que llevaba a cabo con mi abuelito, el capitán Walter Tate, un hombre al que muchos en Fentress, nuestro pueblo, tomaban equivocadamente por un viejo gruñón medio chiflado. Él había ganado dinero con el algodón y el ganado, y combatido con los confederados en la guerra; y había decidido dedicar la última parte de su vida al estudio de la naturaleza y de la ciencia. Yo, su colaboradora en esa empresa, vivía aguardando las horas preciosas que podía pasar en su compañía, caminando tras él con un cazamariposas, una cartera de piel, mi cuaderno científico y un lápiz afilado siempre a mano para anotar nuestras observaciones.

Si hacía mal tiempo, estudiábamos nuestros especímenes en el laboratorio (un viejo cobertizo, en realidad, que en tiempos había formado parte de las dependencias de los esclavos), o leíamos juntos en la biblioteca, donde fui adentrándome lentamente, bajo su tutela, en el libro del señor Darwin *El origen de las especies*. Si hacía buen tiempo, caminábamos campo a través hasta el río San Marcos, avanzando entre la maleza por uno de los muchos senderos abiertos por los ciervos. Nuestro mundo no le habría parecido quizá muy excitante a un observador poco avezado, pero estaba repleto de vida si sabía uno dónde mirar. Y *cómo* mirar. Eso me lo había enseñado el abuelo. Juntos habíamos descubierto una nueva especie de algarroba vellosa que ahora el mundo conocía como *Vicia tateii*. (Confieso que habría preferido descubrir una especie de animal desconocida, pues los animales son más interesantes, pero ¿cuántas personas de mi edad —o de cualquier edad— habían conseguido unir para siempre su nombre a una criatura viviente? Ahí os quiero ver.)

Yo soñaba con seguir los pasos del abuelo y convertirme en científica. Mi madre, sin embargo, tenía otros planes para mí; planes que podían resumirse en aprender labores domésticas y ser presentada en sociedad al cumplir los dieciocho años. Para entonces, se esperaba, sería lo bastante aceptable como para que me echara el ojo un próspero joven de buena familia. (Cosa dudosa por muchos motivos; entre ellos, que yo aborrecía la cocina y la costura, y que no era exactamente el tipo de chica que atrae las miradas con sus encantos.)

Había llegado la primavera, así pues, una época de alegría y también de cierta agitación en nuestro hogar debido al sensible corazón de mi hermano Travis, un año menor que yo. Veréis, la primavera es la estación de la vida en plena floración: de los pajaritos, de las crías de mapache, de los cachorros de zorro y de las ardillitas recién nacidas; y muchas de esas crías acaban huérfanas, mutiladas o abandonadas. Ahora bien, cuanto más desesperado era el caso, cuanto más sombrías las perspectivas, más posibilidades había de que Travis adoptara a la criatura y se la trajera a casa a vivir con nosotros. A mí ese desfile de improbables mascotas me parecía muy entretenido, pero a nuestros padres, no. De nada servían los severos sermones de mi madre ni las amenazas de mi padre; todo eso quedaba olvidado cuando mi hermano se tropezaba con un animal en apuros. Algunos de estos salían adelante, otros sucumbían lamentablemente, pero todos encontraban un hueco en su sensible corazón.

Aquella mañana del mes de marzo, me levanté temprano y me tropecé inesperadamente con Travis en el pasillo.

—¿Vas al río? —me dijo—. ¿Puedo ir contigo?

En general prefería salir sola, porque así es mucho más fácil pillar desprevenida a la fauna salvaje. Pero de todos mis hermanos, Travis era el que más compartía mi interés por la naturaleza, así que dejé que me acompañara, diciendo:

—Solo si estás callado. He de hacer mis observaciones.

11

Abrí la marcha hacia el río por una de las sendas de ciervos, mientras el amanecer empezaba a iluminar el cielo por el este. Travis, saltándose mis instrucciones, no paró de charlar durante todo el camino.

—Oye, Callie, ¿te has enterado de que *Maisie*, el rat terrier de la señora Holloway, acaba de tener cachorros? ¿Tú crees que nuestros padres me dejarían quedarme uno?

—Lo dudo. Mamá siempre se está quejando porque tenemos cuatro perros. Tres ya le parecen demasiados.

—¡Pero un cachorrito es lo más bonito del mundo! Lo primero que haría es enseñarle a recoger un palo. Ese es uno de los problemas de *Bunny*. Yo lo quiero mucho, pero no hay manera de que vaya a buscar un palo.

Bunny era el enorme y mullido conejo blanco de Travis, que había ganado un premio y todo. Mi hermano lo adoraba; le daba de comer, lo cepillaba, se pasaba el día jugando con él. Pero lo de entrenarlo era nuevo.

—Un momento —dije—, ¿estás intentando... adiestrar a *Bunny* para que vaya a buscar un palo?

—Sí. Lo intento, lo intento una y otra vez, pero no hay manera. Incluso lo probé con un trozo de zanahoria, pero él se limitó a zampársela.

—Humm, Travis...

—¿Qué?

—No ha habido en la historia ningún conejo que haya aprendido a recoger un palo. No te esfuerces más.

—Pero *Bunny* es muy listo.

—Será muy listo para tratarse de un conejo, lo cual tampoco es mucho decir.

—Yo creo que únicamente necesita un poco más de práctica.

—Ya. Y luego puedes empezar a darle clases de piano.

—Quizá cogería el tranquillo más deprisa si tú nos ayudaras.

—Ni hablar, Travis. Es un sueño imposible.

Seguimos nuestro debate hasta que casi habíamos llegado al río. De repente vimos a una criatura husmeando entre el mantillo acumulado en la base de un árbol hueco. Resultó ser un joven *Dasypus novemcinctus*, un armadillo de nueve bandas, del tamaño de una pequeña hogaza de pan. Aunque empezaban a ser más comunes en Texas, nunca había visto ninguno tan de cerca. Anatómicamente, parecía una desafortunada combinación de oso hormiguero (la cara), mula (las orejas) y tortuga (el caparazón). Me pareció en conjunto una criatura poco agraciada, pero el abuelito había dicho una vez que aplicar la definición humana de belleza a un animal que había logrado sobrevivir millones de años era anticientífico y estúpido.

Travis se puso en cuclillas.

—¿Qué está haciendo? —susurró.

—Me parece que está buscando el desayuno —dije—. Según el abuelo, comen lombrices, larvas y demás.

—Es una monada, ¿no crees?

—No, no lo creo.

Pero decirle eso no servía de nada. El despreocupado animal hizo entonces algo infalible para ganarse un sitio en nuestro hogar: se acercó a mi hermano y le husmeó los calcetines.

¡Ay, ay, ay! Teníamos que largarnos de allí antes de que Travis dijera…

—¡Llevémoslo a casa!

Demasiado tarde.

—Es un animal salvaje, Travis —dije—. No creo que debamos.

Sin hacerme caso, él respondió:

—Creo que lo llamaré *Armand. Armand* el Armadillo. O si es una chica, podría llamarla *Dilly*. ¿Qué te parece el nombre? *Dilly* la Armadillo.

Porras. Ahora sí que era demasiado tarde. El abuelo siempre me advertía que no les pusiera nombre a los objetos de estudio científico, pues entonces uno no podía ser objetivo, ni se animaba a diseccionarlos, o a disecarlos y exponerlos, o a enviarlos al matadero, o a liberarlos, según lo que requiriese el caso.

Travis prosiguió:

—¿Es chico o chica?, ¿qué te parece?

13

—No sé. —Saqué mi cuaderno científico del bolsillo del delantal y escribí una pregunta: ¿cómo se distingue un *Armand* de una *Dilly*?

Travis recogió al armadillo del suelo y lo estrechó contra su pecho. *Armand* (yo había decidido llamarlo así, por ahora) no dio muestras de temor y le inspeccionó el cuello de la camisa con un hocico que retorcía ávidamente. Mi hermano sonrió encantado. Yo suspiré, exasperada. Mientras él arrullaba a su nuevo amigo, hurgué alrededor con un palito para buscar algo de comida. Desenterré una enorme lombriz y me apresuré a ofrecérsela a *Armand*, que me la arrebató con sus impresionantes garras y la engulló en un par de segundos, salpicando trocitos de lombriz por todas partes. No resultaba muy bonito el espectáculo. Para nada. ¿Quién iba a saber que los armadillos tenían los peores modales del mundo en la mesa? Claro que al pensarlo ya estaba cayendo otra vez en el mismo error: aplicar la sensibilidad humana donde no correspondía.

Incluso Travis parecía asqueado. «¡Aj!», exclamó. Yo estuve a punto de decir lo mismo, aunque, a diferencia de él, había forjado mi temple en el crisol del «pensamiento científico». Los científicos no decían estas cosas en voz alta (aunque tal vez las pensaran de vez en cuando).

Armand lamió los restos de lombriz de la camisa de Travis.

—Tiene hambre, simplemente —comentó mi hermano—. Pero vaya, no huele muy bien.

Era cierto. Como si no bastara con sus desastrosos modales, *Armand* despedía un desagradable olor almizcleño.

—Creo que esto no es buena idea —opiné—. ¿Qué dirá mamá?

—No tiene por qué saberlo.

—Ella siempre se entera de todo. —Cómo se las arreglaba para enterarse de todo era una cuestión de considerable interés para sus siete hijos. Nunca habíamos conseguido entenderlo.

—Lo podría esconder en el establo. Ella casi nunca entra ahí.

Yo ya veía que aquella era una batalla perdida y que, en realidad, no me correspondía librarla a mí. Metimos a *Armand* en mi cartera de piel, y la criatura se pasó todo el camino hasta casa rascando el interior. Me disgusté mucho al encontrar varias muescas en la superficie de cuero cuando por fin lo sacamos de la cartera y lo depositamos en una vieja conejera, al lado de *Bunny*, en el rincón más escondido del establo. Pero primero lo pesamos en la balanza que usábamos para los conejos y las aves de corral (dos kilos) y lo medimos de proa a popa (veintiocho centímetros, sin contar la cola). Debatimos durante un minuto si debíamos incluir la cola, pero decidimos que, dejándola fuera, la medición sería más representativa de sus verdaderas dimensiones.

A *Armand* no parecía molestarle toda aquella atención, aunque tampoco parecía gustarle especialmente. Exploró los confines de su nuevo hogar y luego se puso a arañar la base de la conejera, ignorándonos por completo.

Aún no lo sabíamos, pero esa iba a ser la tónica de nuestra relación: arañar e ignorarnos, y volver a arañar e ignorarnos. Observamos cómo arañaba y nos ignoraba hasta que nuestra criada, SanJuanna, tocó la campana del porche trasero anunciando que estaba listo el desayuno. Entramos corriendo en la cocina, donde nos recibió un delicioso aroma a beicon frito y a panecillos de canela frescos.

—A lavarse las manos —ordenó nuestra cocinera, Viola, que estaba junto al horno.

Travis y yo nos turnamos para accionar la bomba y restregarnos bien las manos en el fregadero. Mi hermano todavía tenía pegados en la camisa unos hilos pringosos del desayuno de *Armand*. Se los señalé y le pasé un trapo húmedo, pero él no hizo otra cosa que extenderlos y mancharse aún más.

Viola alzó la vista.

—¿Qué es ese olor?

Yo me apresuré a decir:

—Estos panecillos tienen una pinta estupenda.

—¿Qué olor? —preguntó Travis.

—El olor que te estoy oliendo, señorito.

15

—Es, eh, uno de mis conejos. ¿Conoces a *Bunny*? ¿Ese grande blanco? Necesita un baño, simplemente.

Eso me sorprendió. A Travis se le daba muy mal mentir, todo el mundo lo sabía, pero esta vez, mira por dónde, le había salido de maravilla. Además de continuar con mis estudios sobre la naturaleza, yo procuraba esforzarme en mejorar mi vocabulario, y entonces me vino a la cabeza la palabra «redomado». No había tenido ocasión de utilizarla hasta el momento, pero aquí venía al pelo: Travis, el *redomado* embustero.

—Vaya, vaya… —dijo Viola—. En mi vida había oído que un conejo necesitara un baño.

—¡Uf, está asqueroso! —intervine—. Tendrías que verlo.

—Vaya, vaya… —repitió—. Prefiero imaginármelo.

Llenó una bandeja hasta arriba de beicon crujiente y la llevó al comedor pasando por la puerta batiente. Nosotros la seguimos y ocupamos nuestros lugares en la mesa junto a mis otros hermanos: Harry (el mayor, mi preferido), Sam Houston (el más callado), Lamar (un auténtico plomo), Sul Ross (el segundo más callado) y Jim Bowie (el menor, de cinco años, y el más ruidoso de todos).

16

Debo decir que Harry estaba perdiendo a marchas forzadas su categoría de Hermano Preferido desde que había empezado a salir con Fern Spitty. Aunque él tenía dieciocho años y yo ya me había resignado a la idea de que algún día se casaría, su noviazgo implicaba que cada vez pasaba más tiempo fuera de casa. Fern era guapa, dulce y bastante sensata, en el sentido de que no hacía muchos aspavientos cuando yo andaba por casa con algún espécimen amorfo chapoteando en un tarro. Y aunque a mí me parecía buena chica en general, la triste realidad era que ella habría de romper algún día nuestra familia.

Papá y el abuelo entraron y tomaron asiento, saludándonos a todos con un gesto y diciendo con solemnidad:

—Buenos días.

El abuelito me dedicó un «buenos días» a mí en particular, y yo le sonreí, reconfortada, consciente de que era su preferida.

—Vuestra madre sufre uno de sus dolores de cabeza —anunció papá—. Hoy no desayunará con nosotros.

No dejaba de ser un alivio, porque mamá habría divisado a kilómetros una camisa manchada con restos de lombriz. Y si ella, en lugar de Viola, hubiera interrogado a Travis, mi hermano probablemente se habría derrumbado y lo habría confesado todo. Yo, en estos casos, había adoptado la táctica de negarlo todo, pasara lo que pasara. Me había convertido en una negadora tan *redomada* —incluso frente a las pruebas más irrefutables— que mamá muchas veces ni se molestaba en interrogarme. (Como veréis, ser considerada poco de fiar tiene su utilidad, aunque no animo a nadie a seguir mi ejemplo.)

Bajamos la cabeza mientras papá bendecía la mesa, y luego SanJuanna fue pasando las bandejas. En ausencia de mamá, estábamos dispensados del engorro de mantener la conversación trivial y agradable que ella exigía en las comidas; de modo que nos lanzamos sobre nuestro desayuno con todas las ganas. Durante unos minutos solo se oyó el chirrido de tenedores y cuchillos, los murmullos disimulados de deleite y alguna petición, de vez en cuando, para pasar «por favor» el jarabe de arce.

17

Después de la escuela, Travis y yo corrimos a ver a *Armand* y lo encontramos acurrucado en una esquina de su jaula, arañando de vez en cuando el alambre sin mucho entusiasmo. Parecía… bueno, deprimido; aunque con un armadillo, ¿cómo vas a saberlo?

—¿Qué le pasa? —cuestionó Travis—. No parece muy contento.

—Es que es un animal salvaje y no debería estar aquí. Quizá tendríamos que soltarlo.

Pero Travis todavía no estaba dispuesto a renunciar a su nueva mascota.

—Apostaría a que está hambriento. ¿Tienes alguna lombriz?

—Se me han terminado.

Eso no era del todo cierto. Me quedaba una lombriz gigante en mi habitación, la más enorme que había visto en mi vida, pero la reservaba para mi primera disección. El abuelito había propuesto que empezáramos con un anélido y luego progresaríamos observando las distintas especies. Yo pensaba que cuanto mayor fuese la lombriz, mejor veríamos sus órganos y más fácil resultaría la disección.

No obstante, me apliqué a resolver el problema de *Armand*. Era un animal subterráneo y omnívoro, lo cual significaba que debía de comer todo tipo de materia animal y vegetal. No me apetecía ponerme a cavar para buscar larvas, y como me pasaría la vida si tenía que atrapar las suficientes hormigas para una comida decente, le dije a Travis:

—Vamos a ver qué hay en la despensa.

Fuimos corriendo hasta el porche trasero y entramos en la cocina, donde Viola descansaba entre comida y comida tomando una taza de café. *Idabelle*, la gata de interior, le hacía compañía, aposentada en su cesta junto a la estufa. Viola hojeaba una de las revistas femeninas de mamá. No sabía leer ni escribir, pero le gustaba mirar los últimos sombreros de moda. Uno de ellos tenía algo así como un ave del paraíso disecada sobre un nido de tul, con un ala ingeniosamente caída sobre la frente de la modelo. Aparte de ser un desperdicio terrible de un espécimen tan raro y espléndido, el sombrero era completamente ridículo.

—¿Qué queréis? —preguntó la cocinera sin alzar la vista.

—Eeeh, tenemos un poco de hambre —dije—. Queríamos ver qué hay en la despensa.

—Está bien, pero no toquéis los pasteles. Son para la cena, ¿me habéis oído?

—Sí.

Cogimos lo que vimos más a mano, un huevo duro, y volvimos también corriendo al establo.

Armand husmeó el huevo, le dio unas vueltas con sus garras, rompió la cáscara y empezó a comérselo con entusiasmo, salpicando trocitos y soltando gruñidos. Al terminar, se retiró a su rincón de la jaula y volvió a adoptar aquella posición encorvada y abatida. Lo miré atentamente y pensé en su entorno natural. Él vivía bajo tierra. Era un animal nocturno. Lo cual significaba que le gustaba dormir en su madriguera todo el día. Pero aquí estaba a plena luz, sin una madriguera donde cobijarse. No era de extrañar que pareciera desdichado.

—Me parece que necesita un hoyo en el suelo, una madriguera donde dormir.

—No tenemos ninguna madriguera.

—Si lo soltaras —dije, esperanzada—, él se fabricaría una.

—No puedo soltarlo. Es mi *Armand*. Tenemos que fabricársela nosotros.

Suspiré. Fuimos a buscar materiales y encontramos unos periódicos viejos y un trozo de manta que se usaba para limpiar a los caballos después de la jornada de trabajo. Metimos estas cosas en la jaula. *Armand* las husmeó como de costumbre y se dedicó a desmenuzar el papel minuciosamente. Lo arrastró, junto con el trozo de manta a la esquina posterior de la conejera, y, en unos minutos, se había construido una especie de nido. Se puso la manta encima, se removió un rato y después se quedó quieto. Unos leves ronquidos emergieron del montículo.

—Ya está —susurró Travis—, ¿ves lo contento que se ha quedado? Qué lista eres, Callie Vee. Te las sabes todas.

Me hinché bastante al oírlo, naturalmente. Quizá no fuera tan mala idea quedarse con *Armand*. (O *Dilly*.)

19

Esa noche nos pusimos en fila para que papá nos diera la paga semanal. Nos situamos frente a su puerta por orden de edad, y él nos fue llamando de uno en uno y entregando una moneda de diez centavos a los chicos mayores, y una de cinco centavos a los pequeños y a mí. Yo entendía el razonamiento que había detrás de este reparto —más o menos—, pero esperaba impaciente llegar a la edad de los diez centavos. Mi padre concluía la pequeña ceremonia con la advertencia de que no lo gastáramos todo de una vez, cosa que la mayoría de nosotros hacíamos de inmediato, en la tienda de

Fentress, en gominolas, caramelos y chocolate. La intención de papá era enseñarnos a ahorrar, pero nosotros aprendíamos más bien a efectuar cálculos complejos sobre el máximo placer que podía obtenerse de cada cosa (por ejemplo, el valor de cinco pastillas rojas de canela por un centavo frente al valor de tres caramelos de leche por dos centavos), y también con qué hermano convenía intercambiar regaliz por pastillas de goma, y a qué tipo de cambio. Unos cálculos complejos e intrincados de verdad.

Aun así, yo había logrado ahorrar la suma de veintidós centavos, y los tenía guardados en una caja de puros debajo de mi cama. Un ratón había encontrado atractiva la caja, por lo visto, y había mordisqueado las esquinas. Ya iba siendo hora de pedirle otra al abuelo. Llamé a la puerta de su biblioteca y él gritó: «Adelante, si no hay más remedio». Lo encontré muy concentrado, examinando algo atentamente con una lupa. Su larga barba plateada adquiría una tonalidad amarillenta bajo el débil resplandor de la lámpara.

20

—Calpurnia, ¿quieres acercar otra lámpara? Esto parece una *Erythrodiplax berenice*, o libélula de la costa. La única libélula de agua salada que conocemos. Pero ¿qué estará haciendo por aquí?

—No lo sé, abuelito.

—Claro que no lo sabes. Era lo que se llama una pregunta retórica; no se espera una respuesta.

Estuve a punto de decir: «Entonces, ¿para qué hacerla?». Pero habría sido una impertinencia, y yo jamás me atrevería a ponerme impertinente con mi abuelo.

—Qué raro —murmuró—. Normalmente, no se ven tan lejos de las marismas saladas.

Le llevé otra lámpara y me asomé por encima de su hombro. Me encantaba pasar el rato con él en aquella habitación, repleta como estaba de toda clase de cosas intrigantes: el microscopio y el telescopio, las colecciones de insectos, las criaturas preservadas en frascos, las lagartijas disecadas, el viejo globo terráqueo, un huevo de avestruz, una silla de montar en camello tan grande como un escabel, una alfombra negra de oso con unas fauces abiertas del tamaño perfecto para enganchar el pie de una nieta incauta. Y eso sin olvidar los libros: grandes montones de libros, macizos volúmenes académicos encuadernados en tafilete gastado y con rótulos dorados. Y ocupando un lugar de honor, en un estante especial, un tarro de grueso vidrio que contenía la *Sepia officinalis*, la sepia que le había enviado años atrás el gran hombre en persona: el señor Charles Darwin, a quien el abuelito veneraba. La tinta de la etiqueta de cartón estaba desvaída, pero todavía resultaba legible. Mi abuelo valoraba aquel objeto por encima de todas las cosas.

De repente alzó la cabeza y husmeó el ambiente.

—¿Por qué hueles como un armadillo? —quiso saber.

No había forma de ocultarle nada, al menos nada relacionado con la naturaleza.

—Humm —masculté—. Mejor que no lo sepa, señor.

Eso le divirtió.

—El nombre en español significa «pequeño animal con armadura» —dijo—. Los primeros colonos alemanes lo llamaban *Panzerschwein*, «cerdo acorazado». La carne es blanca y tiene un sabor y una textura semejantes a la del cerdo si se prepara del modo adecuado. Mis hombres y yo nos dábamos un buen banquete cuando encontrábamos uno de esos animales. Durante la guerra no eran tan comunes, pues hacía poco que habían migrado a esta parte del mundo desde Sudamérica. A Darwin le gustaban mucho y los llamaba «simpáticos animalitos», pero nunca intentó criar uno de ellos. Aunque raras veces muerden, son muy malas mascotas. Viven en soledad cuando son adultos y carecen de tendencias sociales, lo que tal vez explica que no valoren en lo más mínimo la compañía humana.

El abuelito hablaba a veces de la Guerra de Secesión, pero no con excesiva frecuencia. Probablemente era mejor así, porque en nuestro pueblo vivían muchos veteranos confederados, y la guerra —o al menos, su desenlace— todavía escocía a muchos excombatientes. También pensé que lo mejor sería no explicarle a Travis que su propio abuelo se había alimentado con los antepasados de *Armand* y que los había encontrado deliciosos.

21

—Abuelito, ¿podría darme por favor una caja de puros nueva si le sobra alguna? También necesito que me preste un libro. Para leer sobre el armadillo que no tenemos.

Él sonrió. Me dio una caja de puros y después me señaló la *Guía Godwin de los mamíferos de Texas*.

—Hay ciertos animales —dijo— que no pueden domesticarse, al parecer, por motivos poco conocidos aún. No solo el armadillo. Piensa en el castor, en la cebra o en el hipopótamo, por citar algunos. Mucha gente ha intentado domesticarlos y ha fracasado rotundamente, a menudo de modo espectacular y, a veces, mortal.

Ya me imaginaba la reacción de mi madre al ver a Travis trayendo a casa, tirando de un cordel, a una cría de hipopótamo. Di gracias al cielo por el hecho de que viviéramos en un país desprovisto de hipopótamos. Abrí el manual, y el abuelo y yo nos pusimos a trabajar en un confortable silencio.

Justo antes de acostarnos, fui con mi hermano a ver cómo estaba *Armand*. (Habíamos acordado llamarlo así, aunque aún no podíamos descartar que se tratara de *Dilly*.) Vimos que hocicaba, revolvía y nos ignoraba, y lo dejamos tranquilo.

A la mañana siguiente Travis le dio otro huevo duro. *Armand* se lo comió sin hacernos caso y se retiró a su madriguera.

—Me gustaría que fuera mi amigo —dijo mi hermano—. Seguro que si sigo dándole de comer, se hará amigo mío.

—Pero eso es un amor interesado. ¿De verdad quieres una mascota que solo se alegre de verte porque le das comida?

Le conté lo que había descubierto sobre la especie hablando con el abuelo, pero él no le dio importancia. Supuse que habría de descubrirlo por sí mismo. Algunas lecciones no se aprenden más que por las malas.

Capítulo 2

La crisis armadillo

En el yacimiento pampeano de la Bajada encontré la armadura ósea de un gigantesco animal semejante a un armadillo, cuyo interior, una vez retirada la tierra, era como un gran caldero.

$\mathcal{U}$n par de días después, Travis se presentó a desayunar con profundas ojeras. Olía de un modo atroz.

Mamá le preguntó, alarmada:

—¿Te encuentras bien? ¿Qué es ese olor espantoso?

—Estoy bien —musitó él—. Es de los conejos. Les he dado de comer más temprano.

—Humm —murmuró mamá—. Quizá te hace falta una cucharada de aceite de hígado de…

—¡No, estoy perfectamente! —gritó Travis—. ¡Ya es hora de ir a la escuela! —Y salió disparado del comedor.

Había estado peligrosamente cerca de recibir una dosis del muy temido aceite de hígado de bacalao, el remedio multiuso de mamá para cualquier dolencia que padecieras, y sin duda la sustancia más asquerosa del mundo. Si no estabas enfermo antes de tomar una dosis, desde luego lo estabas después; la mera amenaza de una cucharadita bastaba para que el niño más enfermo saltara de su lecho de muerte y se fuera corriendo a la escuela, o a la iglesia, o a realizar la más ardua tarea que le aguardara, en un estado de salud impecable.

De camino a la escuela, le pregunté a Travis qué era lo que ocurría.

—Anoche llevé a *Armand* a casa.

—¿Qué quieres decir?

—Que ha dormido en mi habitación.

Lo miré fijamente.

—No hablas en serio. ¿Te llevaste la jaula a casa?

—No, solo a él.

Lo seguí mirando fijamente.

—Quieres decir... ¿que lo has tenido suelto en tu habitación?

—Sí. Y deberías haber oído los ruidos que hacía.

Yo estaba patidifusa.

—No quería dormirse —prosiguió Travis—, de modo que bajé a hurtadillas a la despensa y le llevé un huevo, pero ni así se calmó. Siguió excavando por los rincones y restregando su armadura contra las patas de la cama. Un chirrido horrible. Y así toda la noche.

—No puedo creerlo —dije—. ¿Y los demás? —Travis compartía habitación con los pequeños, Sul Ross y Jim Bowie.

—Los dos han dormido de un tirón —respondió con amargura—. Ni siquiera se han enterado.

—Tú sabes que quedarte a *Armand* no es buena idea —le reconvine, y estaba a punto de darle una charla de hermana juiciosa sobre la infinidad de razones que lo desaconsejaban cuando se nos unió mi amiga y compañera de clase Lula Gates, que a veces hacía el trayecto hasta la escuela con nosotros. Muchos de mis hermanos —incluido Travis— estaban colados por ella. Lula llevaba en el largo pelo rubio plateado una cinta nueva que le realzaba los ojos de un verde intenso. Ojos de sirena, los llamaba Travis. En cuanto la vio, se le pasó toda la fatiga. (Debería mencionar aquí que mi hermano tenía un don especial para la felicidad. Era una de esas raras personas cuya cara se iluminaba totalmente al sonreír, como si todo su ser se inundara de una felicidad contagiosa. Y el mundo no podía por menos que sonreír a su vez.)

—¡Eh, Lula! —exclamó—. ¿Sabes qué mascota tengo? ¡Un armadillo!

—¿De veras?

—Tienes que venir a verlo. Verás lo obediente que es. Te dejaré que le des de comer, si quieres. ¿Te gustaría?

—¡Qué guay! Siempre tienes mascotas de lo más interesantes. Me encantaría verlo.

Y así fue como (seguramente por primera vez en la historia) el armadillo de nueve bandas se convirtió en un instrumento de cortejo y seducción.

Lula vino al día siguiente, para inmensa satisfacción de Travis. Advertí que estaba adelantando a mis otros hermanos en la carrera por ella. Sacó a *Armand* de la jaula y le dio un huevo, que la criatura destrozó con su habitual entusiasmo. Mi amiga observaba fascinada, pero, como era un poquito delicada, prefirió no coger al animal en brazos cuando Travis le ofreció la posibilidad de hacerlo. (Aunque entonces no podíamos saberlo, resultó ser una decisión muy afortunada por su parte.)

Durante el fin de semana, Travis se pasaba las horas en el establo con *Armand*, tratando inútilmente de convertirlo en una mascota. Lo achuchaba, le daba de comer con la mano, le lustraba la armadura con un paño. Pero al armadillo todo aquello le tenía sin cuidado.

Me sorprendí mucho cuando una noche, durante la cena, mi hermano le habló directamente al abuelito, cosa que nunca, o casi nunca, hacía. Empezó tímidamente con un «¿Señor?».

No hubo respuesta.

—¿Señor? ¿Abuelo?

El abuelito salió de golpe de su ensueño y recorrió la mesa con la vista para averiguar quién le hablaba. Su mirada se detuvo al fin en Travis.

—Sí, eh… joven.

Él se estremeció bajo aquella mirada directa y curiosa. Tartamudeó:

—Yo, yo… quería saber, señor… ¿Sabe cuánto viven los armadillos… señor?

El abuelo se acarició la barba y respondió:

—Generalmente, en su entorno natural, yo diría que unos cinco años. No obstante, en cautividad, hay testimonios de que han sobrevivido incluso quince años.

Mi hermano y yo nos miramos, consternados. El abuelito lo advirtió y pareció divertido, pero no dijo nada más.

Dábamos de comer a *Armand* dos veces al día, y empezó a ganar peso, sin duda porque ya no tenía que vagar por los campos para buscarse la cena. Permitía a Travis que lo acunara un poquito, y basta. Nunca parecía contento de vernos, aunque le llevábamos los huevos duros de cada día. Nunca paraba de excavar en el rincón de su jaula, hasta tal punto que tuvimos que reforzarla con virutas de madera. A pesar de todo, inexplicablemente, Travis le tenía tanto cariño al armadillo como a todos los animales, y no se daba por vencido.

Una mañana fui a la despensa y no encontré ningún huevo duro. Viola estaba sentada a la mesa de la cocina pelando un montón gigantesco de patatas. Mis hermanos, todos chicos en pleno crecimiento, eran capaces de zamparse una montaña de patatas todos los días.

26

—¿Cómo es que no hay huevos? —inquirí.

—O sea que eras tú —dijo ella—. Ya me andaba preguntando yo cómo desaparecían esos huevos. ¿Qué haces con ellos?

—Nada —contesté con rotundidad.

—¿Te los comes tú?

—Sí.

—Lo dudo, señorita. ¿No le estarás dando comida a algún vagabundo en el río? A tu madre no le va a gustar.

—Entonces quizá no deberías contárselo —repliqué con un poco más de descaro de lo que había pretendido.

—A mí no me hables con ese tono, señorita.

—Perdón. —Me senté y me puse a pelar patatas con ella, maravillándome ante la velocidad con la que se movían sus ágiles dedos, capaces de despachar impecablemente un par de patatas mientras yo le quitaba un ojo a la mía. Trabajamos en silencio un rato. Finalmente, le dije:

—No es un vagabundo; es otra cosa. Te lo voy a decir si prometes no contárselo a nadie.

«Nadie» quería decir mi madre, claro.

—A mí no me vengas con esas. Ya deberías saberlo.

Suspiré.

—Tienes razón. Lo siento.

—Lo vas a sentir, eso seguro.

—Ja, muy graciosa. Es para una especie de experimento, por si lo quieres saber.

—No me lo digas. No quiero saberlo.

—Todo el mundo suele decirme lo mismo.

—Ya.

Observé que *Idabelle*, la gata de interior, no estaba en su cesta junto a la estufa. En parte era por eso por lo que Viola estaba tan picajosa. Tendía a ponerse nerviosa cuando su felina compañera y ayudante rondaba en busca de ratones, o se iba arriba a repantigarse al sol. La misión de *Idabelle* era mantener la despensa libre de alimañas, y la cumplía de maravilla. En invierno, además, funcionaba como un excelente calentador de cama. También teníamos gatos de exterior, que se cuidaban del porche trasero y de los cobertizos. Estos entraban a veces en el establo y observaban a *Armand*, quien, como era de esperar, los ignoraba olímpicamente.

Terminamos de pelar las patatas. Al salir, le di un beso a Viola en la mejilla. Ella me ahuyentó con un gesto.

Al anochecer el abuelo me llamó a la biblioteca y me indicó que me sentara en mi sitio habitual, la silla de camello. Alzando una revista, me dijo:

—Calpurnia, aquí tengo la última edición de la *Revista de Biología del Sudoeste*. Hay un informe sobre un naturalista de Luisiana que parece haber contraído la enfermedad de Hansen manipulando a un armadillo portador de la infección.

—¿De veras?

—Por lo tanto, sugiero que si por casualidad tienes un armadillo en tu poder —y no afirmo que lo tengas, ojo— lo sueltes y lo dejes en el campo lo antes posible.

—¡Ejem! Muy bien. ¿Qué es la enfermedad de Hansen?

—Una dolencia extraña y terrible que no tiene cura. Se conoce vulgarmente como lepra.

Salté de la silla como un faisán arrancado de su escondrijo. Salí corriendo de la biblioteca, con la mente girando a toda velocidad y el corazón palpitante… ¡No, Travis no! ¡No podía ser que mi hermano sufriera aquellos repugnantes tumores carnosos que deformaban la cara y las manos, provocando que las víctimas fuesen rechazadas y tuvieran que vivir encerradas en leproserías, tras una valla de alambre de espino! ¡Era inconcebible que un chico de buen corazón como él pudiera acabar desterrado entre los condenados!

Entré disparada en el establo, espantando a los caballos de las cuadras. Los gatos huyeron despavoridos.

Ahí estaba mi hermano, acunando a *Armand*. Me abalancé sobre él, gritando:

—¡Suéltalo! ¡Suéltalo!

Él retrocedió y me miró, pasmado.

—¿Qué pasa?

—¡Suéltalo! ¡Es peligroso!

Me miró con aire estúpido.

Hice ademán de coger al armadillo, pero retiré las manos enseguida. No me atrevía a tocarlo.

—¡Suéltalo! —exigí, jadeante—. Transmiten enfermedades. Me lo ha dicho el abuelo. —Cogí la falda de mi delantal y, usándola de envoltorio, cogí al animal y lo dejé en el suelo.

—¡Eh! —protestó Travis—. Le vas a hacer daño. ¿Qué enfermedades, además? Míralo, Callie. Está completamente sano.

Se agachó para recoger a *Armand*.

—La lepra —dije con voz entrecortada.

Se quedó petrificado.

—¿Cómo?

—El abuelito dice que pueden contagiar la lepra. Si la pillas, has de vivir en una colonia de leprosos y no vuelves a ver a tu familia nunca más.

Palideció y dio un paso atrás.

Armand husmeaba despreocupadamente un manojo de paja mientras nosotros lo observábamos como si fuera una bomba a punto de estallar. Conteniendo la respiración, le di a Travis unos golpecitos en el brazo.

28

—Probablemente, no le pasa nada —musité—. Probablemente, es uno de los que están sanos.

Él se estremeció. *Armand* deambuló por el establo husmeándolo todo.

—Quizá deberías lavarte las manos.

Él me miró con unos ojos como platos y graznó:

—¿Servirá de algo?

No tenía la menor idea, pero mentí con todo descaro.

—Claro que sí.

Fuimos pitando al abrevadero de los caballos, y yo le di a la bomba con todas mis fuerzas mientras mi hermano se restregaba las manos frenéticamente. Le castañeteaban los dientes.

Al volvernos, vimos que *Armand* se alejaba sin prisas hacia los matorrales del extremo de la propiedad. Me pregunté cómo podía sobrevivir en estado salvaje un animal en apariencia tan ajeno a cuanto lo rodeaba. Comparé a *Armand* con *Áyax*, el perro de caza de mi padre, siempre lleno de curiosidad, siempre patrullando por su territorio, atento al menor cambio, pendiente del olor más sutil. Su intensa vigilancia era un mecanismo de supervivencia extraordinariamente afinado. Parecía que *Armand* carecía de todas estas cualidades.

Pregunta para mi cuaderno: ¿es la armadura protectora de *Armand* lo que provoca su actitud despreocupada? Tal vez si cargaras a la espalda con un caparazón y pudieras acurrucarte debajo de él en un periquete, no habrías de prestar mucha atención a tu entorno. ¿Era por eso por lo que *Armand* parecía ciego y sordo a este? ¿O en realidad sí estaba profundamente compenetrado con su mundo, pero nosotros, los humanos, no jugábamos en él ningún papel?

Observamos cómo se alejaba escarbando aquí y allá en la creciente oscuridad.

Travis agitó la mano tristemente.

—Adiós, *Armand*. O *Dilly*. Eras mi armadillo preferido. Espero que no te pongas enfermo.

Armand o *Dilly*, fiel a su costumbre, lo ignoró por completo.

29

Mi hermano se pasó la semana siguiente restregándose las manos hasta dejárselas en carne viva. Mamá lo notó y lo felicitó por su higiene.

—Me alegra ver que al menos uno de mis chicos ha comprendido por fin la importancia de unas manos bien lavadas. ¿Cuál ha sido el motivo?

—Bueno, me encontré un ar…

—No, no —farfullé—. Es que la señorita Harbottle dio una charla sobre el tema en la escuela. Sí, ¡je, je! Y ahora todos nos pasamos el día lavándonos las manos. ¡Je, je!

¡Ay, Travis, Travis, mi blando y delicado pollito! Cómo conseguía sobrevivir día tras día sin ser aplastado bajo las ruedas de la vida era algo que no alcanzaba a comprender.

Más tarde le dije:

—Escucha, si mamá se llega a enterar de lo de *Armand*, no te dejará adoptar a ningún otro animal. De ningún tipo. Nunca más. ¿Es eso lo que quieres?

—Supongo que no.

—Ya me lo imaginaba.

—Tengo una especie de picor —me confesó—. Y dolor de estómago. Y mareos. Ah, y me duele el pelo. ¿Será la lepra?

Yo no lo sabía. Busqué los síntomas en un libro del abuelo titulado *Enfermedades contagiosas y tropicales del hombre*. Estaba lleno de fotografías espantosas que era mejor no mirar directamente (o no mirarlas en absoluto si podías contenerte), entre las erupciones larvarias progresivas y todas aquellas partes corporales putrefactas.

Resultó que los síntomas iniciales de la lepra incluían la caída de las cejas y una pérdida de sensibilidad en las zonas más frías de la piel, como las rodillas. Travis se examinaba las cejas en el espejo un centenar de veces diariamente, y me pedía que le diera un fuerte pellizco en las rodillas por lo menos una vez al día. En cada ocasión exclamaba «¡Ay!» y suspiraba con alivio. (Entonces aún iba con pantalones cortos y andaba por ahí con las rodillas llenas de moratones. Si mamá lo notó, no hizo ningún comentario.)

Capítulo 3

El barómetro dice la verdad

En el lugar donde dormimos, debido a la presión atmosférica más baja, el agua hervía a una temperatura inferior de lo que hierve en una región menos elevada...

La primavera se transformó lentamente en verano, con su inevitable calor aplastante y nuestras inevitables quejas a cuenta de ello. Viola decía que hacía tanto calor que las gallinas estaban poniendo huevos duros. Yo me quejaba menos que los demás porque a mediodía me escabullía con frecuencia al río, mientras que ellos preferían refugiarse en sus habitaciones, con los postigos cerrados, y echar una siesta agitada y sudorosa. Como no tenía traje de baño, me desnudaba hasta quedarme en camisola y flotaba de espaldas sobre los suaves remolinos, contemplando las nubes del cielo, en cuyas siluetas buscaba escenas y formas curiosas: ahí había una tienda india; allí, un ardillón bailando; allá, un dragón echando humo.

Las escenas se formaban y se deshacían interminablemente. Observé que los gruesos e inflados cúmulos alimentaban extraordinariamente la imaginación, mientras que los cirros, delgados y dispersos, resultaban estériles. Pregunta para el cuaderno: ¿qué es lo que da forma a las nubes? Debe de tener algo que ver con la humedad del aire. ¿Y qué pasa cuando hay un cielo aborregado? Comentar con el abuelo.

Desde allí oía los gritos y chapoteos de los toscos chicos del pueblo que se bañaban junto al puente, corriente abajo, y aunque les envidiaba la cuerda para columpiarse y lanzarse al río, por nada del mundo me habría unido a ellos, estando como estaba en ropa interior. Después del refrescante chapuzón, me arreglé el pelo y la ropa lo mejor que pude, con un peine y una toalla que tenía ocultos en la base de un árbol hueco, dentro de una bolsa de papel, y volví a hurtadillas a mi cuarto.

Ese mismo día, más tarde, le pregunté al abuelito sobre la meteorología. Me dijo que unos científicos habían subido en un globo enorme a tres kilómetros de altura y habían descubierto que las nubes bajas e hinchadas estaban compuestas de diminutas gotitas de agua, como la niebla, mientras que las nubes altas y deshilachadas estaban compuestas de diminutos cristales de hielo. Y los cielos aborregados estaban formados por un tipo raro de nube a medio camino entre las otras dos. Yo me maravillé de la valentía que habría necesitado la primera persona que hizo ese vuelo en globo.

Comenzamos mi estudio de la meteorología investigando la dirección del viento. Eso era fácil, pues había una veleta en lo alto de la casa, junto al pararrayos. La veleta era un trozo de hojalata recortado con la forma de un novillo de cuernos largos, y giraba automáticamente señalando la dirección del viento. Hasta el más bobo podía comprenderlo. Tras unos días de observación, advertí que cuando el viento procedía del oeste, quería decir que venía buen tiempo. Anoté mis hallazgos en el cuaderno.

Para medir la velocidad del viento, construí un «anemómetro» con cuatro conos de cartón pegados como en un molinete; pero los materiales no resultaron ser adecuados, y la primera racha de viento fuerte partió en pedazos mi instrumento, esparciendo los restos por el patio de delante.

—¿Eso era otro de tus «experimentos científicos»? —preguntó Lamar, que estaba en el porche con Sul Ross.

Menudo pelma.

—Habló el rey de los merluzos —repliqué.

Sul Ross se mondó de risa al oírlo. Lamar le dio un golpe, pero no logró encontrar una buena réplica. En un duelo de ingenio, Lamar estaba desarmado.

Me fui a ver al abuelo y le dije:

—El viento ha destrozado mi anemómetro.

—Qué pena. Es lo que pasa con los instrumentos caseros, pero al menos te has familiarizado con los principios básicos.

Nuestra siguiente lección trataba de una cosa llamada «presión atmosférica» que medías con un barómetro. Yo había tenido que construirme el anemómetro porque no disponíamos de ninguno, aunque sí disponíamos —o al menos el abuelo— de un barómetro; me imaginé que utilizaríamos ese para mis lecciones. Me equivocaba.

—Necesitaremos —indicó el abuelo— un tarro de cristal, un globo, una goma elástica, una pajita, una aguja de coser, una regla métrica y un bote de pegamento.

Era un lista intrigante, desde luego, pero yo no la acababa de entender.

—¿Para qué necesitamos esas cosas?

—Vas a construir tu propio barómetro.

Señalé el precioso instrumento de latón colgado en la pared de la biblioteca.

—¿Qué problema tiene ese?

—Ninguno, que yo sepa.

—¡Ah, ya veo! Esto va a ser una de esas clases pensadas para aprender algo a partir de cero, ¿no?

—Exacto —afirmó lamiéndose el índice y pasando una página—. Te espero aquí.

Estudié la lista de cosas que necesitábamos. No tenía ningún globo y estaba segura de que mis hermanos tampoco; por lo tanto fui corriendo a la tienda y compré uno por cinco centavos. (Normalmente, me habría quejado ante un precio tan exorbitante, pero valía la pena hacer un esfuerzo por la ciencia.) También birlé una pajita de papel del bar.

Entonces me dirigí a toda prisa hacia el laboratorio y encontré una regla, un tarro vacío y un bote de pegamento entre el batiburrillo de tubos y matraces y los centenares de frasquitos llenos de un líquido marrón de aspecto repugnante. El abuelo se había pasado años tratando de des-

33

tilar whisky a partir de pacanas, y los estantes estaban llenos hasta los topes de sus múltiples fracasos.

Volví a la biblioteca con todo lo necesario y lo coloqué sobre su escritorio.

—Bien —dijo—. Antes de empezar, debes entender lo que vamos a medir. El concepto de presión atmosférica no se comprendió plenamente hasta 1643, cuando el científico italiano Torricelli, que fabricó el primer barómetro, dijo una frase célebre: «Vivimos sumergidos en el fondo de un océano de aire».

El abuelo siguió explicándome este hecho asombroso: aunque el aire sea invisible tiene un peso, y los muchos kilómetros de aire que hay por encima de nosotros en la atmósfera, pesan un montón. Me recordó que si me zumbaban los oídos al zambullirme en el río y descender a las profundidades donde vive el bagre, era debido al peso creciente del agua sobre mí y a la presión que ejercía sobre mis tímpanos. Del mismo modo, el aire ejercía presión sobre nosotros con una tremenda fuerza de un kilo por centímetro cuadrado. Afortunadamente, éramos capaces de resistir esa presión y, de hecho, ni siquiera la notábamos, porque nos comprimía desde todas las direcciones a la vez, y porque nuestros cuerpos eran lo bastante rígidos como para ejercer presión en la dirección opuesta.

Encontré bastante desconcertante toda esta información, pero siendo un «hecho del universo», no era posible soslayarlo.

El abuelo prosiguió:

—El barómetro que nosotros vamos a construir es diferente del de Torricelli, porque en su época no tenían globos de goma. Pero su verdadera contribución fue la idea de medir la presión de la atmósfera. En parte sacó la idea de su amigo y colega Galileo, ahora venerado como el «padre de la ciencia moderna», que fue condenado a prisión por herejía. Y el propio Torricelli tuvo que ocultar su primer barómetro de los vecinos para que no lo acusaran de brujería. ¡Ah, sí! Tal es el destino del científico que es lo bastante osado para ensanchar las fronteras del conocimiento. Pero basta de historia; empecemos. Verás que el aparato es de una sencillez asombrosa.

Siguiendo las instrucciones del abuelo, recorté el cuello del globo, lo extendí sobre la boca abierta del tarro de cristal, situándolo bien tenso, y lo sujeté con la goma elástica. Luego unté de cola un extremo de la pajita y la coloqué horizontalmente sobre el globo en tensión, de tal manera que un extremo de la pajita quedara pegado justo en el centro. Finalmente, pegué la aguja de coser en el otro extremo de la pajita.

Di un paso atrás y contemplé mi creación. ¿Cómo era posible que funcionara un instrumento tan poco convincente?

Como leyéndome el pensamiento, el abuelo dijo:

—Es un modelo más bien tosco, lo reconozco, pero eminentemente práctico. Ahora mide la altura de la aguja y anótala.

Puse la regla de pie y anoté la cifra que señalaba la aguja.

35

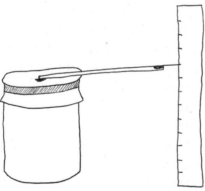

—Cuando la presión atmosférica aumenta, empuja la superficie del globo hacia abajo, comprimiendo el aire que hay dentro del tarro y haciendo que asciendan la pajita y la aguja. Por el contrario, cuando cae la presión atmosférica, la aguja desciende. Mide la altura de la aguja varias veces al día; comprobarás que si sube la presión y asciende la aguja quiere decir, en general, que viene buen tiempo. En cambio, si cae la presión y desciende la aguja, es señal de lluvia y tormenta. También podrías intentar utilizar el tarro de grasa de oso que tengo por alguna parte, pero sigo siendo escéptico sobre su eficacia.

—¿El tarro de qué? —Creía que había oído mal.

—Hace unos cuantos años Gordon Poteet, que había sido secuestrado por los comanches en las afueras de Fredericksburg cuando tenía nueve años, me dio un tarro de grasa de oso. Yo era uno de los miembros del pelotón de los Rangers que persiguió a sus captores por Texas para rescatarlo: una larga y desdichada historia en la que prefiero no detenerme ahora. Pero finalmente, unos años más tarde, logramos devolvérselo a sus padres. Para entonces, él se había convertido en gran parte en un indio. Cambió su nombre por el de Gordon Whitefeather y ahora vive a medio camino entre las dos sociedades, sin sentirse a gusto ni aquí ni allá. Él me dio un tarro de grasa y me aseguró que los hechiceros le habían enseñado a predecir el tiempo observando ciertos cambios en la grasa, cambios que yo especulo que podrían deberse a las variaciones de la presión atmosférica.

—¡Ajá! Creo que me quedaré con el barómetro. —Acabábamos de entrar en un nuevo siglo, y un tarro de grasa me parecía un retroceso excesivo al siglo anterior. Llevé mi instrumento al extremo más alejado del porche delantero y lo coloqué detrás de un par de macetas de mamá para que no corriera peligro.

Al día siguiente el cielo estaba gris y cubierto de nubes bajas. Me senté en los escalones de delante y anoté mis observaciones habituales sobre la flora y la fauna. Añadí lo siguiente: «La aguja está subiendo, lo cual se supone que significa presión alta, lo cual se supone que significa buen tiempo. Parece dudoso. ¿Habrá que probar con grasa de oso la próxima vez?».

Pero a la hora del recreo, las nubes se habían disipado y el sol sonreía en un cielo totalmente azul. El barómetro había dicho la verdad.

Υ

Nuestro pícnic escolar anual —una ocasión especial que todos aguardábamos con ilusión desde mucho antes de la fecha— estaba previsto para el viernes a primera hora de la tarde. Al llegar el día tan esperado, consulté el barómetro a las 6:15 de la mañana. Se me encogió el corazón. La aguja estaba cayendo, lo cual presagiaba mal tiempo. ¡Aj! Cuando llegué a la escuela, el cielo estaba de un límpido azul, sin una sola nube. No obstante, me acerqué a la señorita Harbottle y le dije que igual nos sorprendía la lluvia durante el pícnic.

Ella señaló el cielo con aire despectivo y soltó un hondo suspiro.

—Calpurnia Tate, ¿de dónde saca esas ideas?

—Del barómetro, señorita Harbottle.

—Le sugiero que use los ojos que Dios le ha dado. No tiene problemas en la vista, ¿verdad?

—No, que yo sepa, señorita Harbottle.

—Gracias a Dios. Y ahora siga adelante, por favor. Está deteniendo la fila.

Dos compañeras de clase se dieron codazos y soltaron una risita tonta. Una de ellas, Dovie Medlin, era la que me caía peor de todas: una boba prepotente con delirios de grandeza por el simple hecho de que su hermana mayor era la operadora de teléfono del pueblo. La odiosa Dovie disfrutaba mangoneando a todo el mundo y se negaba a aceptar que haberle dado el propio nombre a una nueva especie de planta pudiera elevarte al mismo nivel de magnificencia. ¡Aj!

Pero cuando a mediodía sonó el retumbo ominoso del primer trueno, Dovie abrió la boca en una «O» perfecta de incredulidad, y la señorita Harbottle me lanzó una mirada furiosa, como si en cierto modo yo fuera responsable de que la salida hubiera quedado arruinada. ¡Qué absurdo! ¡Y qué satisfacción la mía! Me mordí el labio para contener la risa y, haciendo un esfuerzo, logré mantener una expresión imperturbable.

Υ

Increíblemente, Travis seguía deprimido por la pérdida del armadillo. Pasaba todo su tiempo libre cepillando y acunando a *Bunny* (que aún no había aprendido a recoger un palo), y jugando con los gatos del establo, a los que les había puesto nombres de famosos forajidos (*Jesse James*, *Belle Starr*, etc.). Pero, al parecer, no bastaba con eso. Para animarlo, le propuse que fuéramos a ver a los nuevos cachorros de los Holloway. Caminamos un kilómetro por la carretera de Lockhart hasta la granja desvencijada. La señora Holloway, que llevaba un delantal mugriento, nos abrió la puerta desportillada. *Maisie*, una rat terrier de color marrón y blanco y de tamaño mediano, lloriqueaba desconsolada a sus pies.

—Buenas tardes, señora Holloway —la saludé.

—Hola, *Maisie* —dijo Travis—. ¿Qué le pasa? ¿Por qué llora de esa manera?

—Es que tuvo unos cachorros —nos explicó la señora Holloway—, y ahora ya no los tiene.

—¿Dónde están? —preguntó Travis.

La mujer parecía incómoda.

—Veréis, hay que entender lo que ha pasado con esos cachorros. Lo que suponemos es que un coyote debió de saltar la cerca cuando *Maisie* estaba en celo. El resultado fue que tuvimos siete cachorros feísimos. ¡Siete! ¿Os imagináis? Nunca habíamos visto otros parecidos. Ni siquiera podíamos regalarlos. Que el cielo se apiade de mí.

—Yo me quedaré uno —dijo Travis rápidamente.

Le eché un vistazo, consternada. No habíamos hablado nada de eso con nuestros padres.

—Me quedaré dos —añadió.

Lo miré ceñuda.

—Me quedaré tres —determinó.

Le lancé una mirada fulminante y le di un golpecito con el pie.

—Vaya, cariño —dijo la señora Holloway, otra vez incómoda—, llegas demasiado tarde. El señor Holloway se ha cansado de sus gañidos y hace diez minutos que se los ha llevado al río en un saco.

—¡Oh, no!

—Si corres, tal vez lo alcances. Pero será mejor que no. Son feísimos, te lo aseguro. Que el cielo se apiade de mí.

Mi hermanito dio media vuelta y echó a correr como un loco. Yo farfullé un «adiós» a la señora Holloway y corrí tras él a toda velocidad.

—¡Travis, detente! ¡No lo mires!

Él corrió aún más. Mantuve su ritmo durante la mitad del camino, hasta que sentí un fuerte pinchazo en el costado que me obligó a aflojar y seguir al trote, a unos cien metros de distancia. A lo lejos, distinguí una figura a caballo que venía hacia nosotros: el señor Holloway. Volvía del puente. Travis gritó algo que no oí. El señor Holloway meneó la cabeza y señaló con el pulgar hacia el puente por encima del hombro. Travis continuó corriendo.

Cuando me crucé con él, el señor Holloway dijo:

—No vais a querer un cruce con un coyote, ¿verdad?

Aceleré. Mi hermano estaba sobre el puente escrutando febrilmente las aguas lentas del río, por si veía alguna señal de vida. Pero no había nada que ver. Ni el saco ni los cachorros. Ni siquiera burbujas. Yo daba gracias, por el bien de Travis.

—Ya no están —murmuré.

Nos quedamos allí unos minutos más. Él no dijo una palabra. Lo rodeé con el brazo y echamos a andar hacia casa. Habrían de pasar meses antes de que volviéramos a hablar de ello.

39

Capítulo 4

Pájaros del diablo

[La mansedumbre de los pájaros] es común a todas las especies terrestres… Un día, mientras estaba tumbado en la cama, un angú se posó en el borde de una jarra de concha de tortuga, que yo sujetaba con la mano, y empezó a sorber el agua con toda tranquilidad.

*U*nas semanas más tarde, estaba en la cocina acariciando a *Idabelle* (y estorbando un poco a Viola, todo sea dicho), cuando Travis entró muy sonriente por la puerta trasera, sujetando un viejo sombrero de paja cubierto con un pañuelo rojo del que salían ligeros crujidos.

—¡Eh, mirad! A ver si adivináis qué he encontrado.

Viola alzó la vista con severidad.

—Sea lo que sea, no lo quiero en mi cocina.

—¿Qué es? —pregunté con interés e inquietud a la vez.

Él retiró el pañuelo de golpe como un ilusionista, mostrando dos crías de arrendajo azul: dos pajaritos escuálidos, huesudos, parcialmente plumados, con las rosadas bocas abiertas de par en par, y feos como un pecado. Se erguían, temblorosos, reclamando comida y emitiendo unos grititos estridentes.

Desde luego, no era raro tropezarse de vez en cuando con una cría desamparada que había caído o había sido arrojada del nido. Pero… ¿dos? Me pareció más bien sospechoso.

—¿Los has encontrado? ¿De veras? ¿Dónde?

Travis no me miró a los ojos.

—Cerca de la limpiadora de algodón.

Viola dijo:

—Me da igual dónde los hayas encontrado. Saca ahora mismo de aquí a esas cosas horribles. Son pájaros del diablo.

Como para confirmar su opinión, las dos crías echaron hacia atrás la cabeza, demasiado grande para su vacilante cuello, y gritaron como... como demonios. Jamás te habrías imaginado que unos seres de aspecto tan frágil fueran capaces de armar semejante bulla, pero era así como pedían comida a sus padres.

Superando el estrépito, Viola gritó:

—Sácalos de aquí.

Travis no paró de parlotear mientras íbamos hacia el establo.

—He oído decir que son muy buenas mascotas. ¿Tú no lo habías oído? Dicen que son muy listos y que puedes enseñarles trucos. Ya he pensado en los nombres. ¿Qué te parece *Azul* para uno y *Arren* para el otro? *Azul* es este. Mira, es un poco más pequeño. Y *Arren*, es un poquito más grande, pero tiene un ala medio rara. Espero que no le pase nada. Pero es la mejor manera de distinguirlos. Me gustaría saber cuándo comieron por última vez. ¿Tú crees que se comerán el pienso de las gallinas? ¿O tendremos que cavar para buscar lombrices?

—Travis, ya sabes lo que opinan nuestros padres sobre los animales salvajes.

—Pero estos ni siquiera son animales, Callie. Son pájaros. Es diferente.

—No, en realidad no. Los pájaros son un tipo de vertebrado dentro del reino animal.

—No sé qué quiere decir eso. Pero, vaya, ruidosos sí son.

Vaya que sí; vaya si eran ruidosos. Sus gritos eran un sonido molesto a medio camino entre un chirrido y un chillido, y como seis octavas más agudo de lo que yo era capaz de cantar. Seguí a mi hermano hasta el establo, donde se puso a buscarles algún tipo de hogar. Pero los estridentes gritos de *Azul* y *Arren* rápidamente atrajeron a un atento círculo de gatos de exterior, de ojos relucientes y colas erizadas.

—Habrá que meterlos en el corral de las gallinas —sugerí—. Es el único sitio donde estarán a salvo. —El corral tenía un sólido tejado para disuadir a gatos, mapaches y halcones. Llenamos una caja de madera con vellones de *Nieve Blanca*, la oveja favorita de mamá, y pusimos a los pájaros en su nuevo hogar. Ellos no paraban de exigir comida agresivamente; de hecho, eran dos bocas desmesuradas adosadas a dos cuerpos raquíticos. Solo interrumpían sus ruidos horribles el tiempo necesario para engullir bocados de una papilla de pienso de gallinas, agitando las alas con excitación.

—¿Crees que deberíamos darles agua también? —preguntó Travis.

—No creo que les haga daño.

Mi hermano metió el dedo en el cuenco de las gallinas; luego, meneando el dedo mojado, dejó caer un par de gotas de agua en cada pico. A los pájaros les gustó; al menos, en apariencia.

Las gallinas, ofendidas, se habían apiñado en el otro extremo del corral y cloqueaban con consternación. Al final, para hacer callar a las crías, Travis colocó el pañuelo encima y, enseguida, en esa oscuridad artificial, se quedaron en silencio.

Sobrevino una desgracia, sin embargo, pues a la mañana siguiente nos encontramos muerto a *Azul*, el más pequeño de los pájaros. Su hermano, sin hacer caso del cadáver, reclamaba el desayuno a pleno pulmón. Por la reacción de Travis, cualquiera habría dicho que era la mayor tragedia del mundo.

—Lo he matado yo —dijo conteniendo las lágrimas—. Debería haber pasado la noche a su lado. Pobre *Azul*. Le he fallado.

—No, no es así —repliqué, en un vano intento por consolarlo—. Es lo que pasa siempre con las crías. No hay modo de evitarlo; se trata de la supervivencia del más fuerte. Así es como funciona la madre naturaleza.

No hubo más remedio que celebrar un funeral y enterrar «a nuestro pobre y querido *Azul*» en el trecho de tierra de detrás del ahumadero que Travis había reservado

43

con los años como pequeño cementerio para sus proyectos fallidos. (Yo habría dejado a *Azul* a merced de las hormigas y los escarabajos, para que lo devorasen hasta los huesos y contar así con un bonito esqueleto que estudiar, pero mi hermano parecía demasiado afligido para atreverme a sugerirlo siquiera.)

Pusimos sus restos sobre un lecho de trizas de periódico, en una de mis cajas de puros: una de colores vistosos y una dama danzante ataviada con mantilla y vestido rojo. Casi me disculpé ante mi hermano por no tener algo más sombrío, tan contagioso resultaba su dolor. Él cavó un hoyo y depositó el pintoresco ataúd en la oscura tierra.

—¿Quieres decir unas palabras, Callie?

—Hazlo tú —contesté, alarmada—. Tú lo conocías mejor.

—Muy bien. *Azul* era un buen pájaro —dijo él con voz ahogada—. Le gustaba su papilla. Se esforzó todo lo que pudo. No aprendió a volar. Te echaremos de menos, *Azul*. Amén.

—Amén —repetí, a falta de otra cosa, preguntándome si estaba permitido rezar por un pájaro muerto.

Travis llenó el hoyo y apisonó la tierra con el dorso de la pala. Creyendo que ya habíamos terminado, me di media vuelta.

—Espera —pidió él—. Hemos de poner alguna señal.

Encontramos una piedra lisa de río. Entonces Travis empezó a calentarse la cabeza sobre cómo grabar el nombre del pájaro en la piedra. En ese momento sonó la campana del desayuno.

—Habrás de volver luego —indiqué. Le pasé mi pañuelo y le rodeé los hombros con el brazo mientras volvíamos con paso apesadumbrado.

En la mesa, mamá se dio cuenta de que Travis tenía los ojos hinchados y enrojecidos, y dijo con dulzura:

—¿Te ocurre algo, cariño?

—Uno de mis arrendajos se murió anoche —musitó él con la vista fija en el plato.

—¿Uno de tus… qué? —inquirió mamá, ladeando la ca-

44

beza y mirándolo fijamente con ojitos brillantes: tan parecida a un pájaro que a punto estuve de soltar una risita.

—Me encontré dos crías de arrendajo azul. Y una de ellas se murió anoche.

—Eso me ha parecido que decías —dijo mamá—. Pero no doy crédito a mis oídos. ¿Cuántas veces hemos hablado de esto?

—¡Ah! —exclamó el abuelito, escogiendo ese momento para salir de su ensimismamiento habitual durante las comidas—. El arrendajo azul norteamericano, *Cyanocitta cristata*, es un miembro de la familia de los córvidos, que incluye a las cornejas y a los cuervos, aunque el arrendajo es estrictamente un ave del Nuevo Mundo. Son conocidos por su inteligencia y su curiosidad, poseen una gran capacidad para mimetizar otros sonidos y, con frecuencia, se les puede enseñar a hablar. Algunos expertos los consideran tan inteligentes como los loros. Muchas tribus indias creen que es un pájaro embaucador, travieso y codicioso, pero también avispado e ingenioso. ¿Dices que tienes uno, muchacho?

Animado, Travis respondió:

—Sí, señor, aunque no es más que una cría.

—En ese caso, se apegará a ti. Ya puedes prepararte para cuidarlo a lo largo de toda su vida adulta, que puede prolongarse durante una década o más. Sí, ya lo creo, son pájaros de larga vida. —Dicho lo cual, volvió a concentrarse en sus profundas reflexiones y sus huevos revueltos.

Mamá, aunque habría deseado fulminar al abuelo con la mirada, observó furiosa a Travis.

—Acordamos que no recogerías más animales salvajes, ¿no es así?

—Sí, mamá.

—¿Y?

—Y… Humm.

Intervine en su defensa.

—Solo son crías, mamá. Se habrían muerto las dos si él no las hubiera recogido. Al menos ha salvado a una.

—No te metas, Calpurnia —ordenó ella—. Travis puede hablar por sí mismo.

—Sí, Calpurnia —se mofó Lamar por lo bajini—, deja que el pequeño sesos de pájaros hable por sí mismo. Bueno, si es que no empieza a berrear.

—Y tú… —Mamá se volvió hacia Lamar—. ¿Tienes algo útil que aportar a esta conversación? ¿No? Ya me lo parecía.

¡Ay, Lamar! ¿Cómo te las habías arreglado para convertirte en un completo pelmazo? ¿Y por qué? Y lo más importante: ¿ya no había remedio?

Travis sacó a relucir todos sus argumentos.

—Lo tengo en el corral de las gallinas, mami. Allí no ocasionará problemas, te lo prometo.

¿Alguien, aparte de mí, había reparado en su manera de dirigirse a ella? Él no la llamaba «mami» desde que había cumplido los ocho años. Mi madre se ablandó visiblemente.

—Pero, cariño, siempre son un problema.

—Esta vez no, te lo prometo.

—Siempre lo prometes. —Mamá se masajeó las sienes; yo deduje por ese gesto que Travis, el chico risueño, había vuelto a salirse con la suya.

En efecto, *Arren* se apegó rápidamente a su amo. Se volvió más bonito a medida que le salían las plumas y adquiría un color más azulado. Pero su ala derecha torcida era un inconveniente. Cada vez que Travis y yo tratábamos de entablillársela, *Arren* se convertía en nuestras manos en una bola explosiva de plumas azules: se enfurecía, aleteaba a lo loco y ponía el grito en el cielo (nunca mejor dicho). Pero resultó que todos esos aleteos que provocamos le sentaron de maravilla, porque poco a poco el ala derecha se le fue reforzando. Aun así, cuando al fin pudo volar, observé que siempre lo hacía en círculo: el ala izquierda lo impulsaba en el sentido de las agujas del reloj.

El arrendajo se pasaba la mayor parte del tiempo en el corral, pero Travis lo sacaba a veces de «paseo», y entonces el pájaro se le posaba en el hombro o lo seguía aleteando de un árbol a otro. *Arren* se convirtió en un buen imitador. Aprendió a cloquear como las gallinas y a cacarear como nuestro gallo, el *General Lee*. Este, normalmente tan orgu-

46

lloso, se quedaba desconcertado al oírlo y recorría el patio muy inquieto, buscando en vano a su invisible rival.

El plumaje de *Arren* se volvió precioso; su voz, no. Cuando no estaba con su amo y señor, chillaba como un poseso. A veces oíamos sus estridentes gritos incluso estando sentados a la mesa del comedor, a unos buenos cincuenta metros del corral. Todos fingíamos no darnos cuenta.

Travis comenzó a darle un baño semanal en una cazuela de agua templada, y *Arren* chapoteaba y se agitaba con gran placer. Cada vez pasaban más tiempo juntos fuera del corral. Nos habituamos a ver a Travis con regueros blancos en los hombros, lo cual sacaba de quicio a nuestra criada San-Juanna. Mi hermano incluso se llevó al arrendajo a la escuela para hacer una exposición, que resultó todo un éxito, aunque la señorita Harbottle se encogía cada vez que el pájaro gritaba o aleteaba, temiendo (con razón) por su vestido negro y su abultado moño.

Arren disfrutaba especialmente burlándose de los gatos; sobre todo, vaya a saber por qué, de *Idabelle*. Se lanzaba en picado chillando cada vez que la gata salía a tomar el sol. Viola le dijo más de una vez a Travis: «Mantén alejado de mi gata a ese pájaro del diablo».

Y al final, claro, se produjo el espantoso y previsible desastre. *Idabelle* salió un día por la puerta trasera con un flácido amasijo de plumas azules en la boca.

No se puede culpar propiamente a un gato por zamparse a un pájaro, ¿verdad? No sería justo; así es como funciona la naturaleza. No quedó mucho que enterrar: un ala y un puñado de plumas de la cola.

Yo nunca había asistido a un verdadero funeral (por una persona, digo) y siempre había deseado presenciar uno, pero tras la ceremonia por *Arren*, cambié de opinión. El dolor de Travis era un espectáculo terrible. Y aunque me sentí desleal por pensarlo y jamás lo habría dicho en voz alta, sospecho que todos los demás nos sentimos aliviados por la desaparición del arrendajo.

Capítulo 5

Rara avis

El jaguar es un animal ruidoso; ruge mucho por la noche, en especial antes del mal tiempo.

$\mathcal{M}$e desperté con una pequeña expectativa excitante corriendo por mis venas. Me costó un instante recordar el motivo, pero enseguida me vino a la cabeza: estaba a punto de iniciar un nuevo cuaderno científico. El primero lo había llenado a rebosar de infinidad de preguntas, algunas respuestas y diversas observaciones y dibujos. Había sido mi fiel compañero durante el año anterior, e incluía mis notas sobre la nueva especie de algarroba vellosa que el abuelo y yo habíamos descubierto, la *Vicia tateii*. Tal vez un día —quién sabe— el cuaderno se convertiría en un objeto de interés científico e histórico.

Pero ahora ya había llegado la hora de decirle adiós al viejo y empezar el alegre cuaderno rojo que el abuelito me había dado. Lo abrí, aspiré el aroma a papel y cuero fresco. ¿Había algo que superase las promesas y el potencial de una página en blanco? ¿Qué otra cosa podía resultar más placentera? No importaba que pronto hubiera de estar cubierta de una tosca caligrafía; ni tampoco que mis renglones tomaran inevitablemente una inclinación descendente hacia la esquina derecha; ni que yo hiciera borrones con la tinta, ni que los dibujos nunca me salieran como había previsto en mi imaginación. Todo eso no importaba. Lo que contaba era la posibilidad misma. Una podía vivir de la pura posibilidad, al menos por un tiempo.

Bajé con todo sigilo, evitando el tramo traicionero que había en mitad del séptimo peldaño y cuyo crujido era como un disparo de pistola. Apenas comenzaba a haber movimiento en la casa. Si me apresuraba, podría disponer de un rato para mí sola. Me colé por la puerta principal y salí al fresco de la mañana dispuesta a tomar mis notas.

Y ahí mismo, para mi sorpresa, en el patio de delante, había un extraño pájaro gris y blanco. Era del tamaño de una gallina, pero con una forma totalmente distinta. Tenía el plumaje lustroso; el pico curvo, aguzado y rojizo. Sus patas eran amarillas y, mira por dónde, con terminación palmípeda. Por consiguiente, era un pájaro que podía nadar, además de volar. Y aquel pico no parecía pensado para picotear fruta o atrapar insectos, sino para desgarrar carne. ¿Un pájaro carnívoro, pues? ¿Un pato carnívoro? Me senté en el porche, despacito y en silencio para no espantarlo, abrí mi nuevo cuaderno y escribí: sábado, 8 de septiembre de 1900. Muy nuboso, viento del sudoeste. Extraño pájaro en el patio, con este aspecto:

Me apresuré a terminar el dibujo antes de que mi modelo saliera volando. Le estaba dando los últimos toques cuando se abrió la puerta principal y salió Harry:

—Bicho —gritó—, a desayunar.

El pájaro, sobresaltado, alzó el vuelo, alejándose hacia los robles de Virginia que bordeaban nuestro patio, y se posó de nuevo en el suelo. Eso me sorprendió. Me detuve a reflexionar. No era un paseriforme o pájaro vulgar: imposible con esas patas palmípedas.

—¿Has visto ese pájaro, Harry? ¿Qué crees que es?

Pero Harry había vuelto adentro.

Antes de seguirlo, eché un vistazo rápido a mi barómetro y observé que la presión había descendido de forma significativa. ¿Se habría estropeado mi instrumento? Le di un golpecito con la uña, pero se mantuvo en su sitio.

Entré en casa y, justo en ese momento, se levantó viento y cerró la puerta a mi espalda con estrépito. Entonces no le atribuí ningún significado a ese detalle.

Como era sábado, tenía mi media hora obligatoria de práctica de piano después del desayuno. Luego fui a buscar al abuelo a la biblioteca. Di unos golpecitos en la puerta y él gritó: «Adelante, si no hay más remedio». Estaba sentado ante su escritorio leyendo *Las talofitas de Norteamérica*. He de confesar que los hongos no eran precisamente mi tema favorito, pero como él siempre me recordaba, todas las formas de vida estaban entrelazadas y no debíamos descuidar ninguna. Hacerlo era prueba de un intelecto superficial y una erudición chapucera.

—Abuelito —dije—, ¿puedo usar el atlas de pájaros?

—Querrás decir si puedes consultar el atlas de pájaros. Y la respuesta es sí, claro, puedes consultarlo. Mis libros son tuyos.

Lo dejé trabajando y saqué de la estantería la pesada *Guía de campo Thompson de los pájaros*. La hojeé y me distraje unos momentos con el asombroso despliegue del pavo real y la extraña forma del flamenco, antes de llegar a una sección que no había explorado hasta entonces: «Aves marinas del golfo de México». Para una chica que nunca había estado en la costa, aquello resultaba sumamente interesante.

—¡Caray! —exclamé inclinándome sobre las páginas.

—Calpurnia, me consta que eres capaz de expresarte sin recurrir a vulgares exclamaciones. El uso de la jerga popular denota una pobre imaginación y una mente perezosa.

—Sí, señor —murmuré, aunque mi mente estaba en

51

otro lado. Observé atentamente una ilustración del pájaro que había visto en el patio—. ¡Recórcholis!

—Calpurnia.

—¿Humm? ¡Ay, perdón! Abuelo, mire este pájaro. He visto uno igual esta mañana.

Él se levantó y atisbó por encima de mi hombro.

—¿Estás segura? —preguntó frunciendo el entrecejo.

Abrí mi cuaderno y le enseñé mi dibujo.

—Es el mismo, ¿no?

El abuelo comparó ambos dibujos, llevando de uno a otro su deformado índice.

—La silueta es correcta —murmuró— y también la gorguera, así como las plumas primarias y secundarias. ¿Estás segura de que tenía esta zona oscura de aquí, entre el ala superior y la extremidad distal del ala?

—Sí, señor.

—¿Y no tenía una «ventana» blanca aquí, en el ala?

—No, señor, que yo haya visto.

—Entonces es una gaviota reidora, o *Leucophaeus atricilla*. Qué extraño. Es una gaviota que se halla habitualmente a un margen de cuarenta kilómetros tierra adentro, y, por el contrario, aquí está, a trescientos kilómetros de la costa. —Se echó hacia atrás en la silla, juntó las yemas de los dedos y miró hacia el techo con el entrecejo fruncido, perdido en sus pensamientos. La biblioteca quedó en silencio, salvo por el tictac del reloj de la repisa de la chimenea. No me atreví a interrumpir sus cavilaciones. Tras unos minutos, se levantó y escrutó su propio barómetro, que estaba colgado en la pared. Tenía una expresión grave y distante.

—¿Está estropeado su barómetro, señor? —quise saber—. Al mío también le pasa algo raro.

—No. A los barómetros no les pasa nada. Pero tenemos que avisarles… Espero que no sea demasiado tarde.

Me recorrió un escalofrío.

—Avisar, ¿a quién? Y demasiado tarde, ¿para qué?

Como estaba sumido en sus cavilaciones, no me respondió. Se puso el abrigo y el sombrero, cogió el bastón y se fue hacia la puerta. ¿Qué sucedía? Me apresuré a seguirlo, muerta de ansiedad. Él caminaba con paso vivo, echando miradas inquietas al cielo y murmurando:

—Ojalá no sea demasiado tarde.

—Demasiado tarde, ¿para qué?

—Podría estar acercándose una terrible tormenta. Me temo lo peor. Debemos avisar a la gente de la costa. Tu madre tiene parientes en Galveston, ¿no?

—El tío Gus y la tía Sophronia. Y su hija Aggie. Que es mi prima, por lo tanto, aunque nunca nos hemos visto.

—Tu madre debería llamarlos por teléfono de inmediato.

—¿Por teléfono? ¿A Galveston? —La idea me dejó patidifusa. Nunca habíamos hecho una cosa tan absurda; el gasto y los inconvenientes que representaba eran inconcebibles. Observé los rollizos cúmulos del horizonte, y, aunque eran muchos, no aprecié ningún augurio de catástrofe. Me parecieron nubes vulgares.

Pasamos junto a la limpiadora de algodón, que había sido de mi abuelo y ahora era de mi padre. Había una hilera de viejos confederados y de combatientes indios sentados enfrente, que se mecían rítmicamente mientras hablaban de glorias y derrotas pasadas, haciendo de vez en cuando una pausa, en el movimiento hacia delante, para escupir tabaco. Todo el suelo en torno a ellos estaba salpicado de asquerosos y relucientes grumos que parecían babosas muertas. Backy Medlin era el que mejor puntería tenía, pese a ser el más viejo y decrépito, tal vez porque llevaba practicando más tiempo que nadie. Era capaz de darle de lleno a una cucaracha, *Periplaneta americana*, a tres metros de distancia, una hazaña muy admirada por mis hermanos. Los viejos carcamales saludaron a mi abuelo, que había luchado junto a ellos en la guerra, pero él no dio muestras de haberlos oído.

Nos apresuramos hasta la oficina de Western Union, que estaba alojada junto al periódico y a la centralita de teléfonos. La campanilla de la puerta anunció nuestra llegada y el telegrafista, el señor Fleming, salió a recibirnos.

Al ver al abuelo, se puso firmes y le dirigió un saludo militar, diciendo:

—Capitán Tate.

—Buenas tardes, señor Fleming. No es necesario el saludo. Los dos somos viejos. La guerra terminó hace mucho.

El señor Fleming se colocó en posición de descanso.

—La Guerra de Agresión del Norte nunca terminará, capitán. ¡La Causa no está perdida! ¡El Sur se alzará de nuevo!

—No vivamos atascados en el pasado, señor Fleming. Seamos hombres con visión de futuro.

Ya había oído conversaciones parecidas otras veces. El señor Fleming se exaltaba con facilidad y era capaz de escupir vitriolo a propósito de los yanquis. En circunstancias normales, habría resultado entretenido, pero hoy no era un día normal.

El abuelo prosiguió:

—Hemos de apresurarnos. Tengo que enviar tres telegramas inmediatamente.

—Por supuesto, señor. Si escribe su mensaje aquí, los despacharé en cuanto pueda. ¿A quiénes van dirigidos?

—A los alcaldes de Galveston, Corpus Christi y Houston. Aunque me temo que no conozco sus nombres.

54

—No se preocupe. Los dirigiremos al excelentísimo alcalde de cada lugar, y con eso bastará. Yo conozco a todos los jefes de telégrafos. Nos aseguraremos de que los telegramas llegan a su destino.

El abuelo escribió el mensaje y se lo entregó al señor Fleming, que lo examinó con sus anteojos de media luna y lo leyó en voz alta:

—«Gaviota avistada a trescientos kilómetros de la costa. Stop. Indicios de gran tormenta aproximándose. Stop. Evacuación tal vez resulte necesaria. Stop». —Se alzó las gafas sobre la frente y frunció el entrecejo—. ¿Es correcto, capitán?

—Correcto, gracias. La isla de Galveston no tiene rompeolas y es extremadamente vulnerable. O sea que envíe ese primero.

—Esto es un asunto muy grave. ¿De veras cree que la gente debería salir de allí solo por un pájaro?

—Señor Fleming, ¿usted ha visto alguna vez una gaviota reidora en el condado de Caldwell?

—No… supongo que no. Pero incluso así me parece una medida muy drástica. Me imagino que allá abajo están acostumbrados a los vendavales.

—Pero no como este, señor Fleming. Temo que se produzca una catástrofe de enorme magnitud.

—¿De veras ha visto una gaviota?

—La ha visto mi nieta a primera hora de la mañana.

El telegrafista me miró de soslayo y se estremeció. Yo podía leerle el pensamiento; era algo así como: «¿Evacuar las mayores ciudades de Texas por el testimonio de una niña? ¿Qué locura es esta?».

El abuelo continuó diciendo:

—Hay pruebas de que los animales poseen sentidos de los que nosotros carecemos, que pueden advertirles de los desastres naturales. Existen muchos relatos de casos similares. Los elefantes de Batavia tienen fama de prever los maremotos; y los murciélagos de Mandalay, de predecir los terremotos.

El señor Fleming habló lentamente:

—Bueno… ahora mismo están todas las líneas ocupadas. El precio del algodón está experimentando hoy grandes oscilaciones, de manera que hay mucho tráfico comercial. Tengo un montón de órdenes de compra y venta acumuladas antes que usted. Me temo que habrá un par de horas de espera.

Yo nunca había oído al abuelo alzar la voz, y tampoco lo hizo en ese momento, pero su mirada se volvió de hielo y su tono, de acero. Inclinándose sobre el mostrador y arqueando sus pobladas cejas, taladró al telegrafista con sus penetrantes ojos azules.

—Esto, señor Fleming, es una cuestión de suma gravedad; posiblemente, un asunto de vida o muerte. Las simples transacciones comerciales tendrán que esperar.

El señor Fleming se removió, amedrentado, y dijo:

—Bien, capitán, tratándose de usted, lo pondré en el primer puesto de la fila. Habrá que esperar diez minutos a pesar de todo.

—Así me gusta, señor Fleming. Sus servicios en este momento de apuro no caerán en saco roto.

El abuelo tomó asiento y miró al vacío. Yo estaba demasiado nerviosa para quedarme sentada. Como no iba a suceder nada durante un rato, crucé corriendo la calle hasta la limpiadora de algodón, donde mi padre estaba trabajando en su oficina acristalada. Al verme, me hizo una seña a través del cristal. El lugar era como de costumbre un hervidero de actividad: todo el mundo ocupado en la incesante tarea de separar las semillas del algodón y de empaquetar la fibra en balas enormes para enviarlas río abajo. El tamborileo de las grandes correas de cuero de las máquinas, el ruido ensordecedor de la planta entera, las órdenes transmitidas a gritos… todo ello no hacía más que aumentar mi tensión. Me refugié en la relativa calma de la oficina del ayudante de dirección y observé a *Polly*, el loro que vivía allí, desde una distancia prudencial.

Polly (al parecer todos los loros recibían este nombre, fuera cual fuese su género) era un loro del Amazonas de noventa centímetros que el abuelo me había comprado cuando cumplí doce años: el pájaro más espléndido que habíamos visto en nuestra vida, de pecho dorado, alas azul celeste y cola carmesí. Era picajoso e irritable: rasgos muy desafortunados en un pájaro provisto de un pico alarmante y unas garras tremendas. Se había convertido en una presencia inquietante en nuestra casa hasta el punto de que, para alivio de todos (incluida yo misma), se lo habíamos dado al ayudante de dirección de la limpiadora, el señor O'Flanagan, un viejo lobo de mar al que le encantaban los loros. Según decían, a puerta cerrada, cantaban juntos groseras canciones marineras.

Se me ocurrió comparar a la gaviota con el loro: ambos tan lejos de su hábitat, el uno desplazado por la naturaleza, el otro por el hombre. ¿Soñaba *Polly* con el clima tropical? ¿Soñaba con las selvas exuberantes llenas de frutas maduras y pegajosas y de sabrosas larvas blancas? Y sin embargo, vivía encadenado a una percha en una limpiadora de algodón de Fentress, Texas, y yo era, estrictamente hablando, parte del motivo de que fuera así. Por primera vez, me compadecí de él.

Cogí una galletita salada del cuenco del escritorio y me acerqué con cautela. Él me observó con su temible ojo amarillo y gritó: «¡Craaaac!». Tragué saliva y le tendí lentamente mi ofrenda de paz, que sujetaba con la puntita de dos dedos: dedos que tal vez dejarían de ser míos en un instante.

—*Polly*, ¿quieres una galleta? —susurré.

Él extendió una garra terrorífica y yo me cuestioné de repente mi propia cordura. ¿Te has vuelto loca? ¡Retírate ahora mismo con todos los dedos intactos! El loro, no obstante, cogió la galleta de mi mano temblorosa con una delicadeza sorprendente y luego dijo con aquella voz nasal y como de otro mundo:

—'acias.

Parpadeé sin dejar de mirarlo. Él parpadeó también, y entonces, mordisqueó la golosina con tanta pulcritud, con tanta precisión y elegancia como una dama refinada en un almuerzo elegante. Bueno. Habíamos alcanzado una especie de tregua.

El señor O'Flanagan entró y nos saludó.

—Veo que estás hablando con *Polly*. Es un buen pájaro, ¿verdad, muchacho? —Le alborotó las plumas de la parte posterior del cuello, un gesto que yo pensé que lo irritaría, pero el loro se inclinó sobre la mano del hombre, emitiendo unos melifluos gorjeos de placer. Me asombró esta faceta de *Polly*, y pensé que quizá podríamos hacernos amigos también. Pero ahora me aguardaban asuntos más acuciantes, y se me ocurrió que aquel hombre podría resultar de ayuda.

—Señor O'Flanagan... Usted ha navegado por todo el mundo, ¿verdad?

—Así es, muchacha. He visto amanecer en Bora-Bora; he visto las hogueras de los faros en la Tierra del Fuego...

—¿Es cierto que...? —Titubeé, debatiéndome sobre si poner en cuestión el criterio del abuelo. Pero había demasiado en juego, incluida mi propia tranquilidad.

—¿Sí, cielo?

Me lancé.

—¿Es cierto que los animales pueden predecir un desastre?

57

—Yo creo que sí, querida. Una vez, cuando estaba en Nueva Guinea, vi cómo huían las serpientes de sus refugios en gran número, una hora antes de que hubiera un terremoto.

Sentí un inmenso alivio. Salí corriendo del despacho y, mirando hacia atrás, grité un «¡Gracias!».

Llegué a la oficina de telégrafos justo cuando el señor Fleming introducía su código de identificación en el «dispositivo» y lo manipulaba con un rítmico traqueteo para enviar el primer telegrama. Estiré el cuello por encima del mostrador para observar, fascinada por esa capacidad milagrosa para «hablar» instantáneamente con alguien que se encontraba a cientos de kilómetros. Los dedos del señor Fleming saltaban sobre el dispositivo, marcando las señales cortas y las señales largas y mandando el mensaje a lo largo de un cable eléctrico a la increíble velocidad de cuarenta palabras por minuto. Era un aparato maravilloso, y yo albergaba el deseo de poseer uno. Quizá un día, en el futuro, cada uno de nosotros tendría su propio telégrafo personal e intercambiaría mensajes con sus amigos a lo largo de un cable eléctrico. Sí, era descabellado, lo sabía, pero una también tenía derecho a soñar.

58

Tres minutos después, el señor Fleming dijo:

—Bien, ya está. Aquí tiene su recibo, capitán.

—Señor Fleming, le agradezco su encomiable servicio.

El telegrafista se puso firmes y saludó militarmente.

—Gracias, capitán.

Caminamos hasta la limpiadora; el abuelo estaba otra vez sumido en sus pensamientos. Una vez allí, estuvo conferenciando con mi padre detrás del cristal. Al principio papá parecía desconcertado, luego, preocupado. El abuelo emergió al cabo de unos minutos y emprendimos la vuelta a casa.

Yo pregunté con agitación:

—¿Nosotros estaremos a salvo aquí? ¿También deberíamos evacuar la zona?

—¿Cómo? ¡Ah, no! Quizá tengamos fuertes vientos y lluvia torrencial, pero no creo que se produzcan víctimas. Estando a tanta distancia de la costa, no.

—¿Está seguro? ¿Cómo puede saberlo?

—La gaviota podría haber volado todavía más hacia el interior, hasta la región de Hill Country, pero se ha detenido aquí. ¿Te ha parecido que tuviera alguna herida?

—No, señor.

—Entonces no se ha detenido aquí por una herida, sino porque ha considerado Fentress un lugar seguro. Los huracanes pierden rápidamente fuerza cuando empiezan a avanzar tierra adentro. Yo confío en la gaviota. ¿Y tú?

Pese a la confirmación del señor O'Flanagan, no fui capaz de responder; me reconcomía la inquietud por todo lo que había desatado. Tres grandes ciudades podían ser víctimas del pánico, y todo porque Calpurnia Virginia Tate había avistado brevemente a un pájaro desconocido. Yo. Una niña anónima de un pueblo perdido. ¿Qué había hecho? De los nervios, me salieron ronchas en el cuello.

—Abuelito —dije con voz temblorosa—, ¿y si... y si resulta que era otro tipo de pájaro? ¿Y si me he equivocado? —La urticaria se me extendió por el pecho.

—Calpurnia, ¿tú crees en tus poderes de observación o no?

—Pues... sí. Pero.

—Pero ¿qué?

—Supongo que necesito saber si... ¿usted cree en ellos?

—¿Es que no te he enseñado nada?

—No, señor, usted me ha enseñado mucho. Es que...

—¿Qué?

Hice un esfuerzo para contener las lágrimas. La responsabilidad que había recaído sobre mí era demasiado grande. Y justo entonces, cuando la desesperación iba a abrumarme, pasamos la curva de la carretera... y ahí estaba la gaviota, en nuestro propio sendero de acceso. Nos detuvimos en seco. El ave abrió el pico y se rio de nosotros, «¡Ja, ja, jaaaaa!», con un grito áspero y burlón, como de otro mundo, que resultaba incluso peor que los gritos de *Arren*. Después se alejó aleteando torpemente. Alcé la vista hacia el abuelo con el corazón palpitante.

—¿Ves por qué se llama gaviota reidora? —observó—. Si lo oyes una vez, ya no se te olvida.

59

Me recorrió un enorme alivio y mis ronchas se aplacaron. Deslicé la mano en la suya y me reconforté sintiendo su enorme y callosa palma.

—Ya veo —contesté, estremecida—. Ahora lo entiendo.

El viento cambió y sopló hacia el este. Aunque había refrescado, el aire parecía extrañamente más denso, si es que una cosa así era posible.

Entramos en la biblioteca y volvimos a mirar el barómetro.

—El mercurio continúa bajando. Ya va siendo hora de atrancar las escotillas.

—¿Nosotros tenemos escotillas?

—Es una expresión náutica. Hablo metafóricamente. Los marinos aseguran las escotillas de la cubierta del barco cuando amenaza tormenta.

—¡Ah!

—Hemos de hablar más a fondo de la meteorología en general, pero ahora no es el momento apropiado. —Cruzó el pasillo y entró en el salón, donde mamá estaba con su cesta de costura haciendo remiendos.

Me acerqué con sigilo hasta allí. No era espiar exactamente, ¿verdad? Quiero decir, si hubieran querido conversar en privado, habrían cerrado la puerta, ¿no?

Mamá alzó la voz:

—¿Por un pájaro? ¿Va a sembrar el pánico por la mitad del estado por un pájaro?

Mis ronchas resurgieron. Me rasqué la nuca furiosamente.

La voz del abuelo no se alteró.

—Margaret, la gaviota y el descenso del barómetro son motivo para preocuparse seriamente. Si no hacemos caso de estas señales, será por nuestra cuenta y riesgo.

En ese momento Sul Ross y Jim Bowie entraron ruidosamente por la puerta principal, y yo salté como un gato escaldado. Subí corriendo a mi habitación antes de que delataran mi presencia y me preguntaran por qué tenía un aire tan culpable y qué era lo que había oído.

Υ

Mamá permaneció callada durante el almuerzo, lanzando miradas aprensivas del abuelo a la ventana y de la ventana al abuelo. Después, ante la insistencia de él, fue a la oficina de teléfonos y puso una conferencia de larga distancia a Galveston, una extravagancia inaudita que costaba la friolera de tres dólares (¡!) y requería los servicios de cuatro operadoras sucesivas, todas las cuales sin duda fisgaban la conversación. La conexión era muy deficiente, pero, por un pequeño milagro, mi madre había logrado hablar con su hermana, Sophronia Finch, que le explicó a gritos a través de la línea que, sí, que estaban sufriendo fuertes vientos, pero que no se preocupase, que estaban acostumbrados a esas cosas, que Gus, calzando sus botas de goma, había salido en ese preciso momento para asegurar los postigos de la casa. Además, en la oficina meteorológica, los expertos del gobierno no parecían excesivamente alarmados.

Después de la cena, nos sentamos en el porche y estuvimos buscando luciérnagas en vano. La temporada de las luciérnagas llegaba a su fin, o quizá estaban muertas de miedo entre las altas hierbas, atrancando sus diminutas escotillas. El aire se mantenía en suspenso y resultaba opresivo, pero mis hermanos hacían carreras, daban volteretas y peleaban por el suelo en montones que se formaban y deshacían y volvían a formarse, según fugaces combinaciones de aliados y enemigos.

Yo me senté a los pies del abuelo, que se balanceaba lentamente en su vieja mecedora de mimbre mientras fumaba un puro. La punta del cigarro relucía en la oscuridad como la luciérnaga más gorda y más roja de todas.

—El barómetro sigue descendiendo —me dijo—. Lo noto en los huesos.

—¿Cómo es posible?

Pero antes de que pudiera responder, mamá gritó:

—¡Ya es hora de acostarse!

—Buenas noches, abuelito —susurré, y le di un beso. Él no pareció notarlo. Lo dejé allí, meciéndose poco a poco y mirando todo el rato hacia el este, con la cara oculta por las sombras.

Aquella noche *Idabelle* se puso a rondar por la escalera y a maullar sin parar de un modo muy irritante. La cogí en brazos y me la llevé conmigo a la cama, donde la calmé con palmaditas y dulces palabras hasta que al fin se acomodó y se echó a dormir. ¿Su agitación era también una advertencia? Pregunta para el cuaderno: ¿no sería de esperar que los gatos fueran especialmente sensibles a tales cosas, puesto que su pelaje y sus bigotes captaban extrañas vibraciones y cosas parecidas? Me imaginé que si yo estuviera equipada así, sería capaz de captar señales lejanas de acontecimientos insólitos. Me quedé dormida y soñé que era una gata.

Me desperté de golpe a media noche. La temperatura había bajado y no había ni rastro de *Idabelle*. La lluvia arreciaba en mi ventana. El cristal se estremecía en el marco y su traqueteo rítmico me puso los pelos de punta. Me envolví en mi edredón y, finalmente, caí en un sueño agitado, esta vez poblado de pájaros extraños y vientos aullantes.

Al día siguiente mi padre nos explicó que todas las líneas telefónicas con la isla de Galveston estaban cortadas. No recibían noticias ni podían enviarlas.

Capítulo 6

Una ciudad inundada

La noche anterior, un granizo enorme, del tamaño de pequeñas manzanas y extremadamente fuerte, había caído con tal violencia que mató a un gran número de animales salvajes.

*D*urante todo el día siguiente, los vientos racheados trajeron una lluvia intermitente. El periódico decía que la ciudad de Galveston seguía incomunicada, que una tremenda tormenta había azotado la costa y que los pocos supervivientes que habían alcanzado tierra firme hablaban de una devastación catastrófica.

Fuimos a pie a la iglesia metodista bajo un racimo de paraguas negros chorreantes. El reverendo Barker ofreció una oración especial por los habitantes de Galveston, y el coro cantó «Más cerca, oh Dios, de ti». Todo el mundo tenía allí amigos o familiares, o conocía a alguien que los tenía. Algunos adultos lloraban sin disimulo; los demás estaban demacrados y hablaban en voz baja. Las lágrimas le rodaban a mamá por la cara; papá le pasó un brazo por los hombros y la estrechó con fuerza.

Al llegar a casa, mamá se retiró a su habitación tras administrarse unos polvos para el dolor de cabeza y el tónico, de concentrado vegetal, de Lydia Pinkham. Se le había olvidado hacerme practicar el piano y yo, siempre tan considerada, no me molesté en recordárselo, pensando que ya tenía demasiadas preocupaciones.

Al día siguiente se hablaba entre susurros de que había niveles de dos metros de agua en las calles, de familias enteras ahogadas, de la ciudad completamente arrasada. Las ropas de colores lúgubres indicaban el lúgubre estado de ánimo que reinaba en el pueblo. Algunos hombres llevaban brazaletes negros; algunas mujeres iban con velo negro. El pueblo entero —mejor dicho, el estado entero— parecía contener el aliento mientras aguardaba a que los cables de telégrafo y teléfono inutilizados volvieran a funcionar. Había barcos venidos desde Brownsville y Nueva Orleans que se dirigían en ese mismo momento a la ciudad devastada, cargados de comida y agua, de tiendas de campaña y herramientas. Y de ataúdes.

Busqué a Harry y, finalmente, lo encontré en el almacén contiguo al establo. Estaba haciendo inventario.

—Harry, dime qué ocurre.

—¡Chist! Siete, ocho, nueve barriles de harina. —Hizo una marca en una lista.

—Harry.

—Lárgate. Judías, café, azúcar. A ver. Beicon, manteca, leche en polvo.

—Harry, dímelo.

—Sardinas. Lárgate.

—*Harry*.

—Vamos a ir a Galveston, ¿vale? Pero papá ha dicho que ni una palabra a los demás.

—¿Quién va a ir? ¿Por qué no puedes hablar? Y yo no soy «los demás»; soy tu bicho, ¿recuerdas?

—Déjalo ya. Y lárgate.

Lo dejé y me largué.

Vagué un rato por ahí, enfurruñada, hasta que tuve la brillante idea de echar un vistazo a nuestro periódico, el *Fentress Indicator*. Normalmente, Harry era el único de nosotros que tenía permiso para leerlo (a los demás nos consideraban demasiado pequeños: algo relacionado con nuestra «tierna sensibilidad»). Encontré un montón de periódicos viejos en la despensa, donde Viola solía guardarlos. Ella no sabía leer, pero los conservaba para acolchar el huerto. Cogí el más reciente y me escabullí al porche trasero. Los titulares decían: «Tragedia en Galveston. Devastadora inundación. La perla de Texas arrasada por las olas del huracán. El mayor desastre natural de la historia americana. Se temen miles de desaparecidos».

Miles. Miles. La terrible palabra me resonaba en el cerebro. Me quedé helada hasta el tuétano; las rodillas me flaquearon. Una parte de mí no podía creerlo, pero la otra sabía que era cierto. Y mis parientes, los Finch, ¿estaban incluidos entre esos millares? Eran de nuestra familia, estábamos unidos por lazos de sangre. Y la propia Galveston, la ciudad más bella de Texas, nuestra capital cultural, con su imponente teatro de ópera y sus espléndidas mansiones... todo había desaparecido.

Tiré el periódico, corrí a mi habitación y me derrumbé desconsolada en mi cama de latón. Lloré sin parar hasta que subió mi madre y me dio el tónico de Lydia Pinkham, que solo sirvió para marearme. Luego me dio aceite de hígado de bacalao, que me hizo vomitar. Finalmente, me levanté atontada de la cama y me fui a ver al abuelo al laboratorio. Él me subió al alto taburete de la mesa, donde normalmente trabajaba con él como ayudante, me acarició el pelo y me dijo:

65

—Vamos, vamos. Estas cosas ocurren en la naturaleza. Tú no eres la culpable. Vamos, vamos. Tú eres una buena chica y muy valiente.

¡Ay, valiente!

Viniendo de él, este elogio me habría llenado de satisfacción en otras circunstancias. Pero en ese momento no.

—¿Por qué no hicieron caso? —dije hipando.

—La gente se niega a escuchar muchas veces. Tú puedes ponerles las pruebas delante, pero no obligarles a creer lo que no quieren creer.

Descorchó una botellita llena de un turbio líquido marrón y la alzó como en un brindis:

—Por el Galveston que fue —dijo—; por el Galveston que volverá a ser. —Dio un sorbo e hizo una mueca—. Maldición, es horrible. ¿Quieres un trago? Ah, se me olvidaba que tú no bebes. Menos mal. Este mejunje es espantoso. Estoy considerando la idea de abandonar esta rama de mis investigaciones.

Me quedé tan asombrada que dejé de llorar.

—¿Abandonar? —Yo nunca lo había visto darse por vencido en nada: ni siquiera conmigo. Ni siquiera cuando me había merecido del todo que se diera por vencido, quiero decir, cuando yo había perdido (momentáneamente) la preciosa *Vicia tateii*, la nueva especie de algarroba vellosa que habíamos descubierto.

—Pero, abuelo, después de todo el trabajo que ha hecho... —Miré los montones de botellitas que atestaban los estantes y la mesa, cada una de ellas etiquetada con la fecha de preparación y el método de destilación. ¡Tirar por la borda aquel montón enorme de trabajo!

—No voy a abandonar del todo, en realidad; simplemente voy a cambiar de dirección. Ahora me doy cuenta de que la pacana es mucho más adecuada para una bebida dulce, como un licor de sobremesa. Además, todo el esfuerzo no ha sido en balde. Recuerda, Calpurnia, que aprendes más de un fracaso que de diez éxitos. Y cuanto más espectacular es el fracaso, más importante es la lección que aprendes.

—¿Me está diciendo que debería tener como objetivo fracasos espectaculares? A mamá no le va a gustar. Bastante mal lo pasa con mis fallos ordinarios.

—No digo que debas proponértelos como objetivo, sino que aprendas de ellos.

—¡Ah!

—Y que te esfuerces para superarte con cada nuevo fracaso. En cuanto a las penas y decepciones...

—¿Sí?

—Solo son útiles como un medio para instruirse. Una vez que has aprendido de ellas todo lo posible, lo mejor es dejarlas de lado.

—Ya veo. Creo.

—Bien. Y ahora, si no te importa, te agradecería que te pusieras a tomar tus notas mientras yo reviso esta última tanda del destilado.

Cogí un lápiz del viejo tazón agrietado de la mesa y le saqué punta. Si no habíamos vuelto exactamente al trabajo, al menos estábamos caminando en esa dirección.

Y

El miércoles, mi padre, Harry y nuestro peón, Alberto, llenaron el carromato largo de mantas, herramientas y barriles de comida. Mamá, con lágrimas en los ojos, abrazó a papá. Él le susurró unas palabras en secreto para consolarla; después le estrechó la mano al abuelito, nos la estrechó a cada uno de nosotros y nos dio un beso en la mejilla.

—Cuidad de vuestra madre —dijo. Su mirada se demoró un poquito más en mí, cosa que me pareció injusta.

Alberto besó con timidez a su esposa, SanJuanna, para despedirse. Ella movía los labios, rezando en silencio una oración, e hizo la señal de la cruz.

Papá subió al carromato junto con Alberto y tomó las riendas. Harry montó en *King Arthur*, uno de nuestros grandes caballos de tiro. No era la montura más cómoda para una distancia tan larga, dados su ancho pecho y sus enormes ancas, pero su fuerza brutal resultaría útil para despejar las calles y arrastrar maderos. El plan era ir hasta Luling, donde cargarían el carromato en un barco de vapor o en un tren hacia la costa, dependiendo de la densidad del tráfico de la columna de ayuda. Decían que muchos hombres y provisiones se dirigían rápidamente a Galveston desde todos los puntos del estado, y mi familia estaba decidida a poner su granito de arena. Y a encontrar al tío Gus, a la tía Sophronia y a la prima Aggie.

Mi padre sacudió las riendas y gritó: «¡Arre!». Los caballos clavaron las pezuñas y tiraron con fuerza de los arneses. Lentamente, muy lentamente, el carromato arrancó entre crujidos. Travis sujetaba a *Áyax* del collar. El perro, que no estaba acostumbrado a separarse de mi padre, se retorcía, forcejeaba y ladraba. Mamá se dio media vuelta y corrió adentro. Mis hermanos y yo acompañamos al carromato hasta el final de la calle, agitando la mano y diciéndoles adiós. Unos minutos después, los vimos desaparecer por la curva de la carretera.

No sabíamos que estarían fuera dos meses enteros. Ni sabíamos lo cambiados que estarían a su regreso.

67

Capítulo 7

Anfibios y reptiles domésticos

La expresión de la cara de esa serpiente era feroz y espantosa; la pupila consistía en una ranura vertical dentro de un iris cobrizo y moteado; las fauces eran anchas en la base y la nariz terminaba en una prominencia triangular. No creo que haya visto nunca nada más horrible, dejando aparte quizá a algunos de los murciélagos vampiro.

*L*as sillas de papá y de Harry estaban vacías. El hueco en la cabecera de la mesa deprimía tanto a mamá que le pidió al abuelo que ocupara el sitio de papá. Él lo hizo para complacerla, pero no era precisamente un buen conversador en la mesa y se pasaba la mayor parte del tiempo con la mirada perdida. Cuando alguien le hablaba, parpadeaba y murmuraba: «¿Eh? ¿Cómo?». Los demás seguramente lo consideraban maleducado, quizá senil, pero yo sabía que bajo su plácida apariencia había una mente entregada a una actividad febril, una mente que reflexionaba sin descanso sobre lo que él llamaba los «misterios del universo». Y yo lo quería precisamente por eso.

Mamá recibía la mayoría de los días una carta de papá. Nos leía algunos fragmentos mientras cenábamos, aunque noté que otros se los saltaba. Cuando acababa, sonreía haciendo un esfuerzo y decía algo así como: «Vuestro padre nos tiene a todos en sus pensamientos», o «Hemos de poner todos de nuestra parte en estos momentos difíciles».

A todo esto llegó un telegrama, no de parte de papá, todavía en camino, sino directamente de Galveston.

Yo estaba arriba en ese momento, leyendo *El libro de la selva*, del señor Rudyard Kipling, y totalmente inmersa en la aventuras del «cachorro humano» Mowgli. (Estrictamente hablando, el libro era de Sam Houston; se lo había cogido «prestado» en un descuido, pero él no apreciaba demasiado los libros, así que no acababa de entender por qué se lo habían regalado por su cumpleaños, en lugar de regalármelo a mí.)

Oí un crujido en el sendero de grava y, al levantarme, vi al señor Fleming subiendo bamboleante en bicicleta. Para cuando él entró por fin en el salón, yo ya había avisado a la mayoría de mis hermanos y todos lo esperábamos apostados en la entrada, junto con mi madre, Viola y SanJuanna. El señor Fleming hizo una profunda reverencia y dijo:

—Señora Tate, tengo aquí un telegrama de Galveston. Sé que lo estaba usted esperando, de modo que se lo he traído yo mismo.

Mamá intentó responder, pero solo consiguió darle las gracias con una inclinación. Todos contuvimos el aliento mientras abría el telegrama con manos temblorosas. Al cabo de un momento, exclamó: «¡Gracias a Dios!», y estalló en sollozos. El papel se le escapó de la mano. Viola la ayudó a sentarse y la abanicó con una partitura.

Recogí el telegrama, escrito con aquella extraña y entrecortada dicción puntuada de «stops».

—Léelo, Callie —pidió Sul Ross.

—Dice: «Vivos gracias a Dios. Stop. Casa destruida. Stop. Viviendo en tienda en la playa. Stop. Con cariño Gus Sophronia Aggie Finch. Stop.»

Nos miramos unos a otros. Mamá sollozaba tapándose con el pañuelo, incapaz de hablar. Viola fue a buscar la botella de tónico y una cuchara sopera.

—Tome esto, señora Tate. Ha sufrido una conmoción.

Incluso después de la buena noticia, mamá siguió más bien pálida y preocupada, aguardando alguna señal de dos de sus amigas de infancia; pero los demás nos sentimos bastante mejor, la verdad, y continuamos con nuestras rutinas habituales.

Los paseos científicos y los trabajos de campo con el abuelo proseguían. Las semillas de arveja iban a germinar. Y yo debía ocuparme de *Sir Isaac Newton*, un tritón de manchas negras que había encontrado en una zanja de desagüe y que ahora vivía en mi tocador, metido en una bandeja poco profunda de cristal tapada con una malla metálica. (Mi tocador empezaba a estar atestado, entre mi precioso nido de colibrí guardado en una caja de cristal y el surtido de plumas, fósiles y huesecillos.) Debía mantener vigilado a *Sir Isaac*, porque, a pesar de las gruesas moscas que le daba, con frecuencia trataba de escaparse. Una mañana lo encontré debajo de mi cama, en el rincón del fondo, tan cubierto de polvo que tuve que llevarlo abajo y lavarlo en el fregadero de la cocina.

Al verlo, Viola soltó un chillido.

—¿Qué es eso, por el amor de Dios?

—No hace falta ponerse a gritar. Es un tritón de manchas negras, también conocido como *Diemyctylus meridionalis*. No te preocupes, es totalmente inofensivo. Esta especie, de hecho, es beneficiosa para el hombre porque se come las moscas y otros insectos...

—Me tiene sin cuidado lo que sea. ¡Sácalo de mi fregadero!

—Es que necesito...

—Si tu mamá ve ahí esa cosa, me quedaré sin trabajo.

—¿Cómo? No seas tonta. —La mera idea de que mamá pudiera despedir a Viola era impensable. Había estado con nosotros siempre, desde antes de que yo naciera, incluso desde antes de que naciera Harry. La casa entera se vendría abajo sin ella.

—No es ninguna tontería. ¡Fuera de mi cocina!

Ofendida, me llevé a *Sir Isaac* al abrevadero de los caballos, donde chapoteó muy contento.

En fin, que no me faltaban ocupaciones. Y todo esto sin olvidar mi incipiente amistad con el loro *Polly*, que

71

quedó cimentada definitivamente el día en que le regalé un melocotón entero para él solito. El pájaro casi ronroneó de placer. Incluso el hueso le gustó; se lo quedó para afilarse el pico.

Yo me preguntaba si le gustaría tener una hembra de loro para hacerle compañía. Y también cómo íbamos a encontrar esa hembra, suponiendo que le gustara. El abuelo me había dicho que *Polly* podía llegar a los cien años. La idea de que viviera tanto tiempo sin nadie de su propia especie me daba pena, por más que el señor O'Flanagan cuidara bien de él. Con frecuencia, cuando hacía calor, él lo sacaba fuera y lo rociaba con una manguera; *Polly* desplegaba las alas bajo el chorro de agua y daba vueltas en éxtasis. A continuación el viejo lobo de mar lo instalaba en su percha al sol, junto a los vejestorios que se sentaban frente a la limpiadora y seguían reviviendo a diario las vicisitudes de la guerra. Ellos abandonaban momentáneamente sus disertaciones para hablar con *Polly* y trataban de enseñarle a decir: «¡El Sur se alzará de nuevo!». Pero el loro no hacía ningún caso; él únicamente quería al señor O'Flanagan y no aceptaba a ningún otro amo. Observé que el pájaro hablaba ahora con acento irlandés. Cuando se le caía una de aquellas plumas carmesíes de treinta centímetros, el señor O'Flanagan me la guardaba. ¡Menudo tesoro! Seguro que ninguna niña de Texas tenía una parecida en su tocador.

Una noche, después del postre, mamá sacó una carta de su corpiño, diciendo:

—Papá y Harry han alcanzado al fin la costa. Mañana embarcan en el vapor *Queen of Brazoria* para llegar a Galveston. Sé que todos vuestros pensamientos y oraciones son para ellos.

Se hizo en la mesa un solemne silencio, solamente interrumpido por Jim Bowie, el pequeño, que soltó de repente:

—¿Papi va a subir a un barco? ¿Yo también puedo subir?

Mamá esbozó una leve sonrisa.

—No, muchachito. Esta vez no.

—Pero yo quiero, mami. Yo quiero.

Lamar masculló:

—¡Uf, niño! Ya estamos otra vez.

Le lancé una mirada de odio y cogí en brazos a J.B., que ya estaba preparándose para un berrinche de los buenos. Lo llevé afuera, diciéndole:

—Venga, J.B. Te voy a contar un cuento. Verás que bonito.

Él dejo de lloriquear.

—¿Habrá barcos en el cuento? —dijo hipando.

—Si tú quieres...

—A mí me gustan los barcos, Callie —dijo, y sonrió como un angelito entre las lágrimas y los mocos.

Que yo supiera, nunca había visto un barco. Pero le dije:

—Ya lo sé, cariño. Vamos a limpiarte la cara y luego te contaré un cuento con montones de barcos. Todos los que quieras. —Y añadí—: ¿Cuál es tu hermana preferida?

Él soltó una risita.

—Tú, Callie. —Era nuestro pequeño chiste privado, y nunca dejaba de hacerle gracia.

Esa noche, mientras me cepillaba los dientes, intenté imaginarme la playa donde los Finch estaban acampados. Yo nunca había visto el océano, y, por lo que había leído, me parecía un lugar misterioso, casi místico. ¿Cómo resonaba? ¿Cómo olía?

Estaba familiarizada, eso sí, con mi querido río, pero la idea de las mareas y las olas, de aquella masa inmensa de agua en constante transformación, me desconcertaba y excitaba a la vez. Había incluido el deseo de ver el mar en la lista de Año Nuevo que había hecho cuando el calendario pasó de 1899 a 1900. (La misma en la que había anotado el deseo de ver la nieve.) Yo nunca había pasado de Austin, que estaba a unos setenta kilómetros. Pero aunque mi vida exterior se hallaba tristemente reducida a un pedazo de tierra sin acceso al mar, mi vida interior estaba repleta de viajes a tierras exóticas, alimentados por los li-

73

bros, el atlas y el globo terráqueo. La mayoría de los días me bastaba con eso. Pero algunos días, no.

Me levanté con esfuerzo de la cama. Faltaba una buena media hora para amanecer, pero quería hacer mis observaciones diarias antes de que mis hermanos desbarataran la frágil paz matutina. Abrí el cajón inferior del tocador y metí la mano, pero en lugar de mi camisola pulcramente doblada, había una extraña forma enroscada entre las sombras. En un lugar donde no debía haber formas extrañas, y menos aún enroscadas. Mi cerebro gritó: «¡Una serpiente!», y retrocedí de golpe. La serpiente retrocedió también y abrió la boca, mostrándome una colección de dientes diminutos y un paladar blanquecino. No era muy grande, aunque, en realidad, el tamaño no importa gran cosa cuando te las ves con una alimaña venenosa. Tenía franjas rojas, negras y amarillas, lo cual quería decir que era o bien la mortífera serpiente de coral, o bien la inofensiva serpiente real. La una podía matarte; la otra era una impostora no letal. Busqué febrilmente en mi memoria la vieja rima que servía para distinguirlas. ¿Cómo decía? La serpiente tenía la boca abierta a unos pocos centímetros de mi mano. ¿Cómo era?

«Bueno, Calpurnia, ahora sería el momento ideal para recordarlo, sobre todo teniendo en cuenta que está en juego tu vida. Vale, ya sé. El secreto está en el orden de las franjas. Vale. Negro sobre amarillo... No, espera, no era así. Es: "Rojo sobre amarillo, pobre niño; rojo sobre negro, no hay veneno". ¿Era así? Por favor que sea así.»

Escruté la penumbra con unos ojos como platos, tratando de distinguir bien, y observé que había una franja roja entre dos negras. «Rojo sobre negro.» Lo comprobé en las demás partes del cuerpo visibles. Las franjas rojas estaban rodeadas en cada caso de franjas negras.

¡Ja! ¡Impostora!

Era una serpiente benigna que había evolucionado astutamente a lo largo de los eones para parecerse a una venenosa, adquiriendo así una protección frente a los depredadores. El abuelo me había hablado una vez de ciertas mariposas muy sabrosas que habían evolucionado para parecerse a las amargas y no comestibles, y había llamado «mimetismo» a ese proceso. Para cualquier especie, era un modo interesante de tomar prestada gratuitamente la fama de otra. Pero, por otro lado, ¿no era una forma de mentir? Pregunta para el cuaderno: ¿miente la naturaleza? Una cuestión que se debía reflexionar.

Me relajé y sentí más simpatía hacia la serpiente, que pareció relajarse también y se dedicó a sondear el aire con la lengua. ¿Cómo había acabado aquella criatura en mi tocador, tan lejos de su hogar natural?

La pobre estaba totalmente confusa, no cabía duda. Tendría que repatriarla a su entorno habitual, bajo algún tronco podrido, donde pudiera alimentarse de ratones y de otros infortunados animalitos. Intenté cogerla y me silbó, amenazadora. Retiré la mano. No tenía sentido dejarse morder, aunque fuera con unos dientes diminutos y sin veneno.

Busqué por la habitación una bolsa o un saco para transportarla. Saqué la funda de la almohada y, justo cuando me volvía, alcancé a verle la punta de la cola desapareciendo por una grieta de la esquina del zócalo.

¡Ah, fantástico! Confiaba en que encontrara la manera de salir de la casa, porque, aunque ya no le tenía miedo, tampoco me parecía exactamente la compañera ideal de habitación.

A la noche siguiente, cuando ya me estaba quedando dormida, oí un ruidito, una especie de raspado. Abrí los ojos y descubrí a la serpiente en el suelo, reluciendo en un trecho iluminado por la luz de la luna, con un bulto diminuto e inerte en la boca, posiblemente un ratón paralizado de terror. Mi corazón se estremeció por la pequeña víctima y, por un momento, consideré la idea de intentar salvarla. Pero al fin y al cabo, la serpiente se estaba comportando como tal, y tenía derecho a su cena como cualquiera de nosotros. Esto era un ejemplo perfecto de «La naturaleza,

75

roja en dientes y garras», según las palabras del señor Alfred Lord Tennyson, un famoso escritor que el abuelo citaba a menudo. Quería decir que los animales tenían que devorar y ser devorados, a su vez, en la gran rueda giratoria de la vida y la muerte. No había otro remedio.

Mi siguiente lección sirvió para subrayar ese principio. El abuelo me llamó a la biblioteca y me dijo que ya era hora de que hiciera mi primera disección. Empezaríamos con la gran lombriz que yo había reservado precisamente para ese momento.

—Galeno y los primeros filósofos de la naturaleza —explicó— pensaban que podías comprender la anatomía y la fisiología estudiando solamente el exterior de un animal. Era un disparate, por supuesto, pero esta idea equivocada persistió muchos siglos. No fue sino en el siglo XVI cuando Andreas Vesalius demostró por fin que el interior es al menos tan importante e interesante como el exterior. Sus primeras disecciones humanas son todavía una maravilla de arte y de ciencia. ¿Has traído tu espécimen?

Alcé el tarro en el que había conservado la gigantesca lombriz sobre un dedo de tierra húmeda. Pese a todos mis esfuerzos por mantenerme indiferente y objetiva, me sentía un poco mal por matar a aquella preciosa y enorme lombriz. Viviendo en una granja, había visto un montón de pavos desplumados, conejos desollados y cerdos abiertos en canal, desde luego, pero era Alberto el que solía despachar a esas criaturas. Las matábamos para poder comer. Su sacrificio era necesario para nuestra subsistencia. Pero aunque no iba a diseccionar más que a una humilde lombriz, y aunque a lo largo de los años yo debía de haber matado y mutilado —pisoteándolas sin querer— a centenares de ellas, ahora iba a matar a una deliberadamente para satisfacer mi curiosidad. Sentí que era obligado disculparse.

—Perdona, lombriz —susurré—, pero es todo por la ciencia, ¿sabes?

La lombriz no tenía ni voz ni voto, y permaneció callada.

El abuelo dijo:

—No hace falta actuar con crueldad. Asegúrate de desembarazarte de tu espécimen de la manera más humana posible, pero de tal modo que preserves su estructura.

—¿Y cómo lo hago?

—Tienes que sumergirlo unos minutos en un vaso de precipitación con un diez por ciento de alcohol. Encontrarás todo lo necesario en el laboratorio. Una vez que lo hayas hecho, prepararemos la bandeja de disección.

Llevé la lombriz al laboratorio y encontré las botellas de alcohol y agua. Mezclé nueve partes de agua con una de alcohol y tiré la lombriz dentro. Se retorció una sola vez y luego se hundió lentamente hasta el fondo. El abuelito vino unos minutos después. Sacó de debajo de la mesa una fuente metálica y un paquete de cera. Me fue guiando a lo largo del lento proceso de derretir la cera, añadir un poco de hollín (para contar con un fondo que contrastara) y verter el líquido en la bandeja.

Mientras la cera se enfriaba, se sentó y se puso a leer el *Manual Posner de reptiles de la región sudoeste* en su desvencijado sillón, cuyo relleno se salía por todas partes. Yo me encaramé en mi taburete y leí un folleto titulado «Guía de disección de la *Lumbricus terrestris*». 77

Cuando la cera se endureció por fin, comenzamos. El abuelo me pasó un frasco de alfileres, una lupa y su navaja de bolsillo.

—Necesitarás estas cosas —indicó.

Coloqué la lombriz sobre la cera; ya iba a efectuar el primer corte a lo largo cuando él detuvo mi mano.

—Espera un momento. Vamos a empezar por observar. ¿Qué ves?

—¿Una lombriz?

—Sí, claro. —Sonrió—. Pero descríbeme lo que ves. ¿Es igual un extremo que el otro? ¿Es igual un lado que el otro?

—Este extremo es distinto de aquel —dije señalándolos. Giré delicadamente la lombriz con el dedo—. Y este lado es más plano que el otro.

—Correcto. El extremo anterior queda indicado por el prostomio y el posterior, por el ano. El lado redondeado es la parte dorsal, o superior, y el lado más plano, la parte ventral, o inferior. Ahora coge la lupa y examina la superficie ventral.

Guiñé los ojos y observé una multitud de pelos diminutos.

—Esos son los «setae», los medios de locomoción —explicó el abuelo—. Pálpalos. —Pasé la yema del dedo sobre ellos; eran ligeramente rasposos al tacto.

—Ahora ve cortando con cuidado a lo largo del lado dorsal.

Hice un corte de un extremo a otro de la lombriz a lo largo de la parte dorsal, y después separé las dos mitades y las clavé sobre la cera tal como me indicó el abuelo.

Empezamos por la cabeza y continuamos hacia abajo, examinando la faringe, el buche y la molleja.

—Las lombrices no tienen dientes. Después de ingerir la comida, la almacenan aquí, en el buche. Justo detrás está la molleja, que contiene unas finas partículas de arenilla; estas ayudan a triturar la comida antes de pasar al intestino. Tu espécimen se está secando. Has de rociarlo con un poco de agua.

Así lo hice. Entonces pregunté:

—¿Es una lombriz hembra o macho?

—Las dos cosas.

Lo miré sorprendida.

—¿De veras?

—Cuando un organismo contiene tanto los órganos masculinos como los femeninos se llama hermafrodita. Este sistema no es infrecuente entre las plantas con flores, los moluscos, las babosas, los caracoles y otros invertebrados.

El abuelo me guio en lo que quedaba de la disección, señalándome los cinco arcos aórticos, que funcionaban como cinco corazones primitivos, y los órganos reproductores, el cordón nervioso y el intestino. Así aprendí que una lombriz es básicamente un largo tubo a través del cual pasan la tierra, las hojas podridas y el estiércol, para emerger en un estado enriquecido que fomenta el crecimiento de las plantas.

—Le debemos mucho a este humilde arado que va labrando la tierra —dijo el abuelo—. El señor Darwin lo consideraba uno de los animales más importantes de la historia del mundo, y tenía razón. La mayor parte de las plantas de la Tierra están en deuda con la lombriz; y nuestra propia existencia, a su vez, depende de las plantas. Piensa en el número de estas que has comido por la mañana en el desayuno.

Yo había tomado tortitas con jarabe; ahí no había plantas de ninguna clase. Iba a decírselo, pero noté por su expresión expectante que, seguramente, estaba equivocada.

Me paré a pensar. Tortitas. Ah, claro, hechas de harina, que procedía del trigo molido. Ahí ya había una planta. Y el jarabe se extraía sangrando arces de Nueva Inglaterra que, posteriormente, nosotros lo aromatizábamos con nuestro propio extracto de pacana; por lo tanto, ya había dos plantas más.

79

—Todo mi desayuno estaba compuesto de plantas —admití—, salvo la mantequilla, que procede de las vacas, las cuales comen plantas. Así pues, supongo que cuando bendecimos la mesa, deberíamos dar gracias a la lombriz, ¿no?

—Quizá sería oportuno. Sin ese humilde anélido, nuestro mundo cambiaría para peor.

Cuando terminamos, fui corriendo a buscar a Travis y le enseñé mi trabajo.

—Mira —dije—. ¿Sabías que una lombriz tiene cinco corazones? Estas cositas rosadas de aquí son los principales vasos sanguíneos. ¿A que es interesante?

Él echó un vistazo y balbució:

—Eeeh... sí.

—Y esto es el cerebro: ese puntito gris junto a la boca. ¿Lo ves?

Reconozco que la lombriz estaba ya algo reseca, y que quizá no era la cosa más bonita del mundo, y que a lo mejor apestaba un poquito, pero yo no me esperaba que mi hermano se pusiera pálido y retrocediera.

—¿Es que no quieres verlo? —inquirí—. Y mira los nervios: estos diminutos cordones grises. Es muy interesante, ¿verdad?

Él se puso aún más pálido.

—Oh, me parece que se me ha olvidado darle de comer a *Bunny* —dijo. Y salió corriendo sin más.

Capítulo 8

Un cumpleaños discutido

Abundan las pequeñas nutrias marinas. Este animal no se alimenta exclusivamente de pescado: igual que las focas, obtiene una gran cantidad de provisiones de un pequeño cangrejo rojo que nada en grupos cerca de la superficie del agua.

Octubre, el mes del gran cumpleaños, se iba aproximando. Nosotros lo llamábamos así porque Sam Houston, Lamar, Sul Ross y yo celebrábamos nuestros cumpleaños ese mes, y todos lo esperábamos con ansiedad y expectación.

Era imposible olvidar el jaleo maravilloso del año anterior, cuando nuestras cuatro fiestas se habían unido en un gran jolgorio al que fue invitado el pueblo entero y en el que hubo toda clase de dulces y pasteles, zarzaparrilla con helado, paseos en poni, cróquet, juego de la herradura, carreras de sacos, premios, un pastel altísimo con cuarenta y nueve velas (la suma de nuestros años), y gorros de papel y serpentinas, e incluso fuegos artificiales al anochecer. Un día espléndido, en fin.

Pero todavía no sabíamos cuándo podrían regresar papá y Harry. Nos llegaron noticias de que pasaban largas y agotadoras jornadas trabajando como esclavos, limpiando de escombros las calles de sol a sol y exprimiendo sus fuerzas y las de los caballos hasta la extenuación. Trabajaban junto con los voluntarios y los peones que habían llegado de todos los rincones del sur para restablecer al menos un cierto orden en la ciudad. Se hablaba de construir un dique para protegerla de futuras inundaciones, así como de elevar cada una de las casas que se mantenían todavía en pie sobre pilares de tres metros, una asombrosa proeza de ingeniería que jamás se había visto en todo el estado de Texas.

Los titulares del periódico a los que echaba un vistazo furtivo decían: «Saqueos controlados. Continúa la reconstrucción. Miles de desaparecidos aún. Cuerpos tragados por el mar».

Decidí no leer más.

Aunque había buenas noticias sobre nuestros parientes, en casa todavía vivíamos sumidos en un clima de angustia, lo cual me hacía temer que no hubiera celebración este año. Claro que si tomábamos la decisión inaudita de saltarnos los cumpleaños, ¿qué pasaría con Halloween?, ¿y con el Día de Acción de Gracias? ¿Y qué pasaría —¡ay, Señor!— con las Navidades? ¿Podía uno saltarse las Navidades? ¿Era legal siquiera? ¡Grrr! Resultaba demasiado deprimente pensarlo.

Pero lo que era pensar, pensaba, y convoqué una reunión en el porche delantero con los demás interesados: Sam Houston, Lamar y Sully.

Lamar llegó tarde y preguntó con grosería:

—¿Qué quieres? Has interrumpido mi lectura.

(«Lectura», en este caso, quería decir noveluchas baratas, esos libros mal impresos repletos de escabrosas y previsibles hazañas en los que un joven valiente y fornido salvaba al Pony Express,[1] o un joven valiente y musculoso salvaba a los Texas Rangers, o un joven valiente y robusto salvaba a la agencia de detectives Pinkerton. Interminablemente embelesado por estas historias, mi hermano podía ser acusado de muchas cosas, pero, desde luego, de un exceso de imaginación, no.)

—Lamar, eres el colmo. —Me volví hacia los demás—. Chicos, ¿no se os ha ocurrido a ninguno de vosotros que este año quizás nos quedemos sin fiesta?

1. El servicio de correo rápido a caballo que cruzaba Estados Unidos. *(N. del T.)*

No estaba preparada para el nivel de indignación que provocaron estas palabras.

—¿Quéeee?

—¿Por qué no?

—Pero ¿qué estás diciendo?

—¿Por qué va a ser? —dije, pasmada por lo obtusos que eran. ¿Serían todos los chicos así, o solo estos con los que yo tenía la desgracia de cargar?—. Mamá está muy triste porque papá y Harry no han vuelto, porque el tío Gus y la tía Sophronia han perdido su casa, porque sus amigas siguen desaparecidas y porque todo el mundo en el pueblo está de luto.

—Es verdad —reconoció Sam Houston—. Mamá está tomando más tónico de lo normal. Se toma su dosis de siempre y a continuación otra dosis cuando cree que nadie la mira.

—Pero ¿por qué habría de significar todo esto que no hay fiesta? —cuestionó Lamar.

—Porque no celebras una fiesta cuando la gente está de luto. Y porque es mucho trabajo para mamá, Viola y todos los demás —razoné—. Supongo que el año pasado estabas demasiado ocupado divirtiéndote para darte cuenta de la cantidad de trabajo que representaba.

Guardamos silencio. Percibí que todos estaban pensando lo mismo, pero nadie quería decirlo.

El pelma de Lamar dijo finalmente:

—Bueno, ¿qué? ¿Cómo nos las vamos a arreglar para conseguir que haya una fiesta?

—Y regalos —añadió Sam Houston.

—Y pastel —terció Sul Ross, que iba a cumplir nueve años y siempre —siempre— acababa empachándose de pastel.

Me miraron como si yo hubiese creado el problema.

—No vais a echarme a mí la culpa —dije—. Yo solo lo estoy comentando.

—¿Qué hacemos? —preguntó Sam Houston.

Más silencio.

Al fin, concluí:

83

—No estoy muy segura de que tenga remedio.

Sul Ross propuso en tono lastimero:

—¿Tú no puedes hablar con mamá, Callie? Ella es una chica y tú también. Quizá a ti te haga caso.

Lamar gruñó:

—Callie es una chica boba, no se te olvide. Y mamá nunca le ha hecho ningún caso. ¿Por qué se lo va a hacer ahora? Ya me encargo yo de hablar con ella.

—¡No! —grité—. Tú la pifiarás seguro.

—Muy bien, doña sabelotodo, a ver si lo solucionas tú. Y no se te ocurra pifiarla o te tiraré en la pocilga de *Petunia*.

—Inténtalo y verás.

A pesar de mi aire desafiante, lo creía muy capaz de tirarme en el lodazal donde se revolcaban los cerdos. Lamar apenas pensaba en las consecuencias, como, por ejemplo, en el castigo interminable que habría de sufrir si hacía algo así.

Acordamos reunirnos otra vez al cabo de una hora. Yo me fui a mi habitación a ordenar mis pensamientos antes de enfrentarme con mamá. Al final, decidí que el mejor argumento sería recalcarle lo mucho que los chicos añoraban a papá y a Harry (aunque, a decir verdad, no veía muchos indicios de ello), y que celebrar el cumpleaños serviría para levantarles el ánimo. Lo cual no era una mentira descarada, pero tampoco era estrictamente la verdad. Y cuanto más lo pensaba, menos cierto me sonaba, y con más insistencia sentía que la parte falsa se abría paso en mi conciencia, llenándola de una sombría niebla gris.

«Espabila, Calpurnia. Ya es hora de localizar a tu objetivo.»

Bajé la escalera. En el comedor me fijé, como si fuera la primera vez que lo veía, en el retrato de mis padres tomado el día de su boda, veinte años atrás. Nunca le había prestado mucha atención a aquello foto, salvo para observar que el estilo de la época, sobre todo el absurdo polisón de mamá, estaba ridículamente pasado de moda.

Ahora me detuve y estudié atentamente el retrato. Qué alto y qué orgulloso aparecía mi padre con su mejor traje; qué guapa estaba mi madre con su vestido de encaje de Bruselas, su corona de flores de cera, su largo velo cayendo hasta el suelo como una cascada envuelta en neblina... Estaban muy serios debido a la cantidad de tiempo que tenían que permanecer inmóviles posando, pero incluso así se percibía en sus miradas la esperanza en el futuro, la expectativa de la felicidad que les aguardaba en su nueva vida en común.

Y habían sido felices, ¿verdad? Vamos, solo había que ver cómo habían progresado, cómo se habían convertido con el tiempo en pilares de la comunidad, en padres de siete hijos magníficos (bueno, seis, sin contar a Lamar), en propietarios de un floreciente negocio de algodón y de la casa más grande del pueblo, y en unas personas apreciadas y respetadas por todos. Habían encontrado su propia receta para la felicidad. Y les sentaba muy bien. ¿No?

Entré en el salón. Mamá se había quedado dormida en su sillón, con la cesta de costura a los pies y una camisa descosida en el regazo. Se le había torcido el moño, lo que le daba un aire desaliñado insólito en una mujer, normalmente, tan pulida y arreglada. Le observé las arrugas cada vez más profundas del rostro, las primeras hebras grises del pelo, y sentí una oleada de compasión. ¿Desde cuándo estaba tan demacrada? Ese aspecto agobiado estuvo a punto de detenerme.

Inspiró agitadamente y se despertó parpadeando.

—¡Vaya, Calpurnia! Debo de haber echado una cabezada. Ahora ya puedes hacer tu práctica de piano sin molestarme.

—La puedo hacer luego. Yo... quería hablar contigo sobre el cumpleaños de todos.

Su expresión se nubló de inmediato, cosa que no me pareció alentadora. En absoluto. Pero, aunque titubeando, seguí adelante con mi discurso preparado.

—Verás, los chicos echan de menos a papá y a Harry. Yo he pensado que quizá... o sea, hemos pensado... que una gran fiesta de cumpleaños nos animaría a todos.

Ella frunció el entrecejo, y yo hablé más deprisa.

—Nos reconfortaría a todos, ¿no crees?, y podríamos...

—Calpurnia.

—... invitar solamente a los amigos más íntimos. No

85

tendríamos que invitar a todo el pueblo como el año pasado, porque aquello dio mucho trabajo, ya lo sé, de veras, y también podríamos...

—Calpurnia.

Su voz, baja, débil, abatida, hizo que me detuviera en seco.

—¿Sí, mamá?

—¿Te parece justo y apropiado celebrar una fiesta cuando se han perdido tantas vidas? ¿De veras puedes plantarte ahí tan fresca y decirme una cosa así?

—Eh...

—Sería indecoroso en grado sumo.

—Eh, bueno...

—Con tantos muertos, con tantos supervivientes subsistiendo en penosas condiciones, y cuando el tío Gus y la tía Sophronia y la prima Aggie lo han perdido todo... Es inconcebible lo que han sufrido. Y piensa en lo que deben de estar pasando tu padre y tu hermano. Una pesadilla, entre toda esa desolación.

No había alzado la voz. No hacía falta. Sentí que me salían ronchas en el cuello de pura vergüenza.

—Tienes razón, madre. Perdona. Tienes razón.

Ella se concentró de nuevo en su remiendo, marcando el fin de nuestra conversación. Me escabullí con sigilo, sintiéndome fatal. Me rasqué con furia las horribles ronchas del cuello y fui a reunirme con los chicos en el porche.

Lamar me echó un vistazo y dijo:

—La has pifiado a base de bien, ya lo veo.

—He hecho lo que he podido.

—Pero es obvio que no ha sido suficiente.

—Tendrías que haberla oído, Lamar. Tendrías que haber visto la expresión de su cara.

—«¿La expresión de su cara?». ¿Solo ha hecho falta eso para que te rindieras? Eres una negociadora penosa. Esto nos pasa por enviar a una niña boba a hacer el trabajo de un hombre. La próxima vez lo haré yo.

Carraspeó y escupió en el suelo.

Aquello era tan injusto que le habría soltado un tortazo,

pero Lamar dio media vuelta y se marchó airado. Sam Houston y Sul Ross nos miraron dubitativos varias veces a uno y otro y, finalmente, se alejaron tras él.

Yo grité:

—¡Mamá ha dicho que sería indecoroso!

No me hicieron ningún caso. Y para colmo de desdicha, yo me había convertido en una gigantesca roncha andante. Fui al abrevadero de los caballos, bombeé agua fresca sobre mi delantal y me lo apliqué como una compresa. Caminé en círculo, inspirando hondo y procurando calmarme. Todo lo cual únicamente me alivió en parte la urticaria y el malhumor; llegué a la conclusión de que no me quedaba más que un remedio: una aplicación balsámica de abuelito.

Lo encontré trabajando en el laboratorio; el trozo de arpillera que servía de puerta estaba recogido en un lado para dejar entrar la luz y el aire fresco.

—¿De nuevo la urticaria? —preguntó, a modo de saludo—. ¿Qué sucede esta vez?

Lo miré, sorprendida, y repliqué:

—¿Tan previsible soy?

—En general, no. Pero tu dermis sí.

—¡Ah! Bueno, no vaya a decir nada, pero estoy pensando en escaparme de casa. —Le sonreí débilmente para mostrarle que bromeaba. En gran parte.

Él asimiló la noticia con ecuanimidad.

—¿Ah, sí? ¿Y a dónde irás? ¿Y qué harás para ganar dinero? ¿Has considerado estas cosas?

—Tengo ahorrados veintisiete centavos.

—Dudo que puedas costear tu independencia con veintisiete centavos.

—Sí —suspiré—, es una suma ridícula para intentar fugarse. La tarifa de tren a Austin ya cuesta más que eso. Pero si ahorro lo suficiente, ¿vendrá conmigo, abuelo? No puedo irme sin usted, ¿sabe? —Le di un beso en la frente, y añadí—: Aunque, probablemente, tendrá que pagarse su propio billete.

—Es muy amable de tu parte invitarme, pero hoy día yo hago la mayor parte de mis viajes en la biblioteca. Un hom-

87

bre sentado en su sillón puede viajar a lo largo y ancho del mundo simplemente con un globo terráqueo y un atlas. Y yo ya encuentro todas las aventuras que deseo a estas alturas de mi vida a través del microscopio y el telescopio. Tengo más que suficiente aquí con mis especímenes y mis libros.

Reflexioné en todo aquello y me di cuenta de que también yo era una exploradora. ¿No había cruzado el ancho océano hasta Inglaterra con el señor Dickens? ¿No me había dejado llevar por la corriente del gran Misisipi con Huck? ¿No viajaba en el tiempo y en el espacio cada vez que abría un libro?

El abuelo quiso saber:

—¿Qué ha sido, si me permites la pregunta, lo que ha provocado este repentino deseo de huir de nuestro pueblo?

—No me he portado demasiado bien con mamá. Pero no ha sido del todo culpa mía. Mis hermanos me han empujado a ello.

—Los hermanos siempre hacen lo mismo —dijo él gravemente, y a continuación escuchó toda la lamentable historia y coincidió conmigo en que la vida no era justa. Después me preguntó cuántos años iba a cumplir.

—Trece.

—Trece, ¿eh? Pronto serás una señorita.

—No diga eso, por favor.

—¿Por qué no?

—Porque las chicas pueden hacer muy poco en este mundo, y, por lo que yo sé, las señoritas todavía menos.

—¡Vaya! Hay algo de verdad en lo que dices, aunque no sé por qué debería ser así. A mí me parece que cualquier chica o jovencita con un cerebro en condiciones habría de tener derecho a alcanzar cuanto se propusiera.

—Me alegra que opine eso, abuelo, pero no todo el mundo piensa igual, sobre todo por aquí.

—Hablando de viajes y de cumpleaños, tengo una cosa para ti en la biblioteca que creo que te gustará. Ven conmigo.

Lo cogí de la mano mientras salíamos del laboratorio y caminábamos hacia la casa, contenta de que una chica nunca fuera demasiado mayor para ir de la mano de su abuelo.

Después de abrir la puerta con llave, descorrió las pesadas cortinas de color verde botella para que la biblioteca quedase mejor iluminada. Entonces sacó de su armario un libro y me dijo:

—Antes de escribir *El origen de las especies*, Darwin pasó cinco años navegando por el mundo en un pequeño barco, de nombre *Beagle*. Cinco años enteros recogiendo especímenes y explorando islas remotas…

Su mirada se perdió a lo lejos, con los ojos relucientes. Las décadas parecieron borrarse de su rostro como por arte de magia, y yo vislumbré entonces al chico que había sido.

—¡Un viaje épico! ¡Imagínate! Lo que yo habría dado por estar con él, siguiendo al puma y al cóndor en la Patagonia, observando al murciélago vampiro en la Argentina, o reuniendo las orquídeas de Madagascar. Mira ahí, en la estantería.

Señaló el garrafón de grueso cristal con el espécimen que el mismísimo Darwin le había enviado años atrás.

—Él mismo recogió esa sepia, *Sepia officinalis*, cerca del cabo de Buena Esperanza. El viaje fue duro y careció de comodidades, y estuvo a punto de costarle la vida varias veces, pero cimentó su amor a la naturaleza y lo puso en camino para concebir su teoría de la evolución. Creo que encontrarás más sencillo este libro que *El origen de las especies*.

Me dio el libro encuadernado en piel, *El viaje del Beagle*.

—Feliz cumpleaños —dijo—, y buen viaje.

Ah, el placer, la curiosidad, la expectación de un nuevo libro. Le di las gracias con un abrazo y un beso en su bigotuda mejilla, me lo escondí bajo el delantal y subí corriendo a mi habitación, pues quién sabía de qué profanación sería capaz Lamar en un acceso de rabia.

Leí hasta bien entrada la noche, acompañando al señor Darwin a las islas Galápagos, a Madagascar, a las islas Canarias, a Australia. Me maravillé junto a él del ruidoso y sorprendente sonido que emitía la mariposa *Papilio feronia*, un tipo de insecto que el mundo había considerado mudo hasta entonces. Observamos juntos a los cachalotes, que saltaban casi completamente fuera del agua y cuyos chapoteos reso-

89

naban como cañonazos. Nos maravillamos ante el *Diodon* o pez erizo, que estaba cubierto de púas y se inflaba hasta convertirse en una bola incomestible cuando se sentía amenazado. (Aunque la descripción del señor Darwin de esta extraña criatura era muy vívida, yo me moría de ganas de ver a una de ellas en la vida real.) Juntos nos ocultamos para evitar a las panteras y a los piratas, y cenamos con salvajes, con personajes ilustres e incluso con caníbales, aunque sin comer —eso esperaba— carne humana.

Mis sueños, esa noche, estuvieron poblados por los crujidos de las jarcias, el balanceo de la cubierta y la violencia del viento. No estaba mal para una chica que nunca había visto el mar. Un buen viaje, en efecto.

Capítulo 9

El animal misterioso

En esta parte norte de Chile… me dieron una punta de flecha fabricada con ágata y con la misma forma exactamente que las que se usan en Tierra del Fuego.

*A*cabamos celebrando una especie de cumpleaños, aunque no fue el que quería Lamar. Ni yo, todo sea dicho. Viola hizo un ponche de frutas y yo la ayudé a preparar un pastel de pacana. Por desgracia, lo glaseé antes de que se hubiera enfriado del todo, y el glaseado se acumuló en un hueco de la parte de arriba y chorreó por los lados, dándole en conjunto un aspecto lamentable. Viola lo decoró con un puñado de velitas desiguales, escasas y deprimentes; nada que ver con el espectáculo llameante del año anterior. Mamá sonrió valerosamente y pronunció unas breves palabras, diciendo que todos debíamos poner de nuestra parte para ayudar a los refugiados, incluso los que nos habíamos quedado en casa y cuyo papel consistía en permanecer en nuestros puestos. Sus palabras nos hicieron sentir culpables hasta tal punto que sonreímos débilmente y fingimos estar satisfechos con nuestra suerte. Incluso Lamar, que nunca se había distinguido por su tacto.

La celebración fue quizá un tanto deslucida, pero yo acabé recibiendo un regalo único e inolvidable en la verdadera fecha de mi cumpleaños cuando el abuelo y yo cogimos el bote de remos y salimos a pasar el día fuera. Soltamos la barca del amarradero que quedaba bajo la limpiadora de algodón, y nos pusimos en marcha con una cesta de pícnic, el cazamariposas y mi cuaderno. Remábamos por turnos, aunque no costaba apenas, pues la corriente era muy suave. Una vez alejados del estrépito de la limpiadora, reinó sobre el agua un gran silencio. Nos deslizamos río abajo rodeados de una paz completa, hablando de la flora y la fauna que encontrábamos a nuestro paso. El agua era cristalina. Distinguíamos a las carpas plateadas y a las vivaces percas escabulléndose entre las onduladas hierbas acuáticas y los brotes de arroz salvaje. Incluso atisbé a un gran bagre de aspecto ceñudo merodeando junto a la orilla.

A medio camino de Prairie Lea, nos bajamos de la barca en un banco de grava para comernos nuestros sándwiches y tomar unas notas. La grava y las piedras estaban pulidas por la acción del agua, pero había una piedra dentada que destacaba entre las demás y atrajo mi atención. La recogí y, por su forma triangular y sus bordes biselados, comprendí que tenía en las manos una punta de flecha india auténtica.

—Mire, abuelo —grité—. Es una punta de flecha de las guerras comanches. —Cada uno de mis hermanos había encontrado una o dos de ellas a lo largo de los años, pero esta era la primera que yo descubría.

El abuelo la examinó con gravedad en la palma de la mano.

—Creo que has encontrado algo mucho más antiguo —opinó—, probablemente de los primeros tónkawa. Trabajaron como exploradores para nosotros en la batalla de Plum Creek.

—¿Usted estaba allí? —quise saber—. ¿Vio la batalla? —Plum Creek era el nombre original de Lockhart, escenario de la última gran batalla contra los comanches. Y estaba a unos veinte kilómetros. Nunca se me había pasado por la cabeza que un familiar mío pudiera haber tomado parte en aquel acontecimiento.

Él me miró ligeramente sorprendido y exclamó:

—¡Oh, sí! Yo estuve en el meollo del asunto. ¿No te lo he contado nunca?

—No. Nunca.

—Quizá será porque no fue nuestra jornada más gloriosa, aunque en general recibimos aclamaciones como héroes de la República. Tampoco fue la jornada más gloriosa de los comanches. En agosto de 1840, tras una incursión en los asentamientos de los colonos, el jefe Buffalo Hump y sus guerreros se retiraron con un rebaño de casi dos mil caballos y mulas de carga. Habían estado saqueando y quemando una extensa franja a lo largo de la costa y ahora se dirigían a la Comanchería, su territorio de caza de búfalos en el noroeste de Texas. Las mulas estaban cargadas hasta los topes de hierro, muy apreciado para forjar puntas de flecha, y con una gran cantidad de artículos de confección robados en una tienda cerca de Victoria. Pero los caballos eran el botín principal.

Yo pensé en Lockhart, con su tribunal de justicia, sus numerosos comercios y su biblioteca, e incluso con electricidad. Nuestro mayor centro civilizado.

—Pero ¿cómo es que usted estaba allí? —pregunté—. ¿Qué ocurrió?

—El capitán de los Rangers Ben McCulloch había seguido a los indios durante varios días y se dio cuenta de que tendrían que cruzar Plum Creek. Envió a algunos de sus hombres a reclutar a todos los granjeros y colonos de la zona que encontraran, a cualquier hombre sano con un caballo y un arma de fuego. Mi padre y yo estábamos arando ese día cuando uno de los soldados se presentó con su llamada urgente a las armas. Yo tenía dieciséis años, pero como todos los muchachos de esa edad que vivían en la frontera sabía montar y disparar, con eso bastaba.

—¿Usted… usted mató a algún indio?

—Supongo que sí.

Esa respuesta me dejó perpleja momentáneamente, hasta que siguió explicándose:

—Entre el humo y la polvareda y el caos, resultaba difícil estar seguro. Nosotros éramos quizá doscientos, mientras que los indios debían de tener al menos quinientos guerreros. Pero Buffalo Hump, en principio, no quería enzarzarse en una batalla con nosotros. Más tarde quedó bien claro que ellos pretendían aplazar el enfrentamiento hasta que el enorme rebaño hubiera pasado sin dificultades; no podían decidirse a abandonar a los caballos. En cuanto al botín restante, habían usado muchos metros de tela roja para adornar a los equinos y entrelazarles en las largas colas cintas coloradas. Algunos guerreros lucían sombreros de copa; otros llevaban paraguas abiertos. Ah, era todo un espectáculo. Pero entonces el capitán Caldwell dio la orden de ataque y nos lanzamos contra aquella gran masa, disparando nuestros rifles. El rebaño enloqueció de pánico y salió en estampida. Las mulas, sobrecargadas con tanto peso, se atascaron y fueron arrolladas por los dos mil caballos despavoridos que se les vinieron encima. Los comanches acabaron atrapados por los mismos animales a los que tanto valor otorgaban. Muchos indios murieron pisoteados y aplastados por los caballos; muchos otros fueron abatidos a tiros mientras trataban de darse a la fuga. Fue una derrota terrible. Y aunque Buffalo Hump sobrevivió y continuó combatiendo, la debilidad demostrada aquel día por salvar a los caballos robados representó el principio del fin de los comanches en Texas.

94

—¿A usted lo hirieron?

—No, no salí herido, ni tampoco mi padre. Sufrimos muy pocas bajas, sorprendentemente. El presidente Lamar se sintió muy satisfecho.

—Y después volvió a casa, ¿no?

—Todos volvimos a nuestras granjas, con nuestras familias, unos días más tarde, pero no sin antes repartirnos el enorme botín. Como no había forma de devolvérselo a sus auténticos propietarios, mi padre y yo regresamos con una mula cargada con un rollo de percal rojo y un barrilete de brandi. A mi madre le encantó la tela, y recuerdo que durante muchos años nos vistió a todos con camisas y pantalones confeccionados con ella, y que también la usaba para edredones y demás.

De repente caí en la cuenta de que había varios retales descoloridos de tela roja en mi edredón de invierno.

—Un momento —dije—, ¿no será la tela roja de mi edredón?

—Es probable.

Me hice el propósito de cuidar mejor aquella prenda, a la que nunca le había prestado la más mínima atención. Cielos, ¡había estado durmiendo todo ese tiempo bajo unos despojos de guerra indios, y yo sin saberlo!

—¡Ah, sí —exclamó el abuelo—, qué tiempos he vivido! Tú tal vez no seas consciente, Calpurnia, de que cuando yo nací, a treinta kilómetros de aquí, toda esta tierra, en realidad, formaba parte de México. Más adelante, precisamente cuando tenía tu edad, Texas ganó su independencia de México y se convirtió en una república independiente. Yo vi al general Santa Anna, el derrotado dictador de México, llevado por las calles cargado de cadenas. Cinco años después, combatimos con los comanches. Y al cabo de cuatro años más, pasamos a formar parte de los Estados Unidos. Pero todavía tuvimos que librar otra guerra con México para obligarlos a aceptarlo. Catorce años después, intentamos abandonar los Estados Unidos, encabezando la guerra más terrible de todas, la única que perdimos. No logramos romper la Unión. Y ahora, aquí me tienes, convertido en un viejo que ha sobrevivido a cuatro guerras y ha resistido lo suficiente como para ver la llegada de la era del automóvil.

Se puso de pie y concluyó:

—Creo que ya ha habido recuerdos de sobra por hoy. Vamos a seguir con nuestra excursión.

Recogimos los restos del almuerzo y volvimos a subir al pequeño bote. Unos minutos después, el abuelo se puso de pronto un dedo en los labios y señaló la empinada orilla del río. Una cara aguzada, cubierta de pelaje, nos atisbaba desde ahí arriba entre las sombras. Inquisitiva y alerta, no era una cara de gato ni de perro, sino de una criatura a medio camino entre uno y otro. ¿Sería una cría de oso negro? Aún había algunos *Ursus americanus* por la zona, pero, con la irrupción de la civilización en su hábitat, cada vez eran más raros. Lo observamos con atención, y el animal, fuera lo que fuese, nos observó a su vez; parecía al menos tan interesado en nosotros como nosotros en él, y tal vez más incluso. Avanzó un

95

poco, penetrando en un trecho de luz entre los árboles, y me percaté de que tenía el hocico demasiado corto para ser un oso. Era una nutria de río. Había oído hablar de ellas, pero nunca había tenido la suerte de ver una.

Y entonces la nutria me ofreció como regalo de cumpleaños todo un espectáculo: impulsándose sobre el vientre y lanzándose desde lo alto por una estrecha pendiente embarrada, casi a más velocidad de la que nuestra vista podía alcanzar para seguirla, se zambulló en el río a poco más de un metro del bote sin salpicar apenas.

Me llevé tal sorpresa que estuve a punto de soltar los remos.

—Uau, ¿ha visto eso? —susurré con voz ronca.

La nutria salió a la superficie flotando de espaldas y nos miró con evidente curiosidad, lo que nos permitió echar un buen vistazo a sus relucientes ojitos, su sedoso pelaje y sus erizados bigotes. Era una criatura encantadora en todos los aspectos. De repente, decidiendo que ya había tenido suficiente de nosotros, se zambulló y desapareció de nuestra vista; únicamente dejó un reguero de burbujitas que demostraban que no había sido un espejismo.

—*Lutra canadensis* —informó el abuelo—. Han pasado años desde la última vez que vi una de esas nutrias por esta zona, y ya creía que habían desaparecido todas. Se alimentan de moluscos de río y de peces pequeños. Anota este avistamiento en tu cuaderno, Calpurnia, porque es un día realmente señalado.

Lo anoté, obediente, y añadí (de un modo muy poco científico): ¡*Feliz nutricumpleaños!*

En cuanto Travis se enteró de lo de mi nutria de cumpleaños, no hubo forma humana de calmarlo: él también tenía que verla. No paró de darme la lata hasta que, un par de días después, salimos en el bote con una provisión de sándwiches de jamón y una botella de limonada. La botella la íbamos arrastrando de un cordel por el agua para mantenerla fresca.

Al doblar una curva, sorprendimos a una gran garza real azul pescando en las aguas poco profundas. Afirmada sobre sus largas patas zancudas, iba lanzando el afilado pico como una daga a los pececillos que pasaban. Al vernos, emitió un áspero graznido, totalmente reñido con su precioso plumaje, y se alejó aleteando, con el sinuoso cuello doblado sobre el pecho.

Cuando llegamos al banco de grava, le expliqué el relato del abuelo de la batalla contra los indios, y se quedó profundamente impresionado.

—¿Cómo es que a ti te cuenta esas cosas y, en cambio, no habla con ninguno de nosotros?

Era cierto. El abuelo hablaba tan poco con mis hermanos que yo no estaba muy segura de que fuera capaz de distinguirlos. Pero la pregunta de Travis me inquietó. Yo quería al abuelito con un amor profundo e incondicional, y sabía que él también me quería. También sabía que parte de nuestro mutuo afecto se basaba en nuestro amor a la ciencia y la naturaleza. Y si uno de mis hermanos, por la razón que fuera, quería tratar de ganarse el afecto del abuelo, ese sería el camino lógico a seguir. Ninguno de ellos mostraba la menor disposición a hacerlo, y, de hecho, más bien lo evitaban. Pero ¿y si…? La sola idea de compartir al abuelo me resultaba insoportable. Él era mío, y nada más que mío.

—¿Callie?

—¿Eh?

—¿Estás bien? —Travis me miraba fijamente; su cara, normalmente alegre, estaba crispada de inquietud.

—Eh… sí, bien.

—Te he preguntado por qué nunca nos cuenta a nosotros nada de las guerras con los indios y cosas por el estilo.

Sopesé las consecuencias de mi respuesta, suspiré y le respondí:

—Te lo contará si se lo preguntas.

—No sé… A mí me da miedo. ¿A ti no?

—Antes sí. Pero ahora ya no.

Fue un alivio cuando, enseguida, mi hermano perdió

todo su interés por el abuelo y pasó a otro tema de conversación cada vez más frecuente: Lula Gates. Estuvo un rato cotorreando sobre sus muchos encantos hasta que a mí se me acabó la paciencia y le dije que ya era hora de recoger y volver a casa.

—Pero no hemos visto a la nutria —se quejó.

—Si no quiere mostrarse, no podemos obligarla. No esperarás que me saque una nutria de la chistera. No soy maga.

Nos dirigimos a casa turnándonos a los remos y llegamos al atardecer. En el preciso momento en que amarrábamos el bote en el embalse de la limpiadora, algo se movió entre los arbustos del otro extremo de los contrafuertes. La criatura, fuera lo que fuese, nos inspeccionó atentamente, y nosotros, a nuestra vez, la inspeccionamos consternados. Ofrecía una estampa deplorable: un ojo lloroso con el párpado medio cerrado; una oreja erecta y la otra casi caída; el flanco salpicado de costras abultadas entre un deslucido pelaje de color rojizo parduzco, las costillas sobresaliéndole como en una tabla de lavar...

Travis susurró:

—¿Es la nutria? No me habías dicho que tuviera ese aspecto. Se suponía que era una monada. ¿Qué le ha pasado?

—Estoy segura de que no es la nutria.

—¿Y qué te parece que es, entonces?

—Podría ser un coyote; o quizá, un zorro.

Observamos al misterioso animal. Yo creía que debía de ser un zorro, una especie normalmente tímida y que no representaba un peligro para nosotros. Pero era muy raro ver a uno de ellos a la luz del día.

—¿Qué le ocurre? —preguntó Travis.

—Está muerto de hambre, y parece que ha estado metido en una buena pelea.

Miré a mi hermano con el rabillo del ojo y me preparé para lo inevitable, pero esta vez había encontrado la horma de su zapato: el único animal del mundo demasiado horrible para llevárselo a casa. Aun así, le dije:

—No te acerques. Seguramente tiene la rabia.

—Pero no echa espuma por la boca.

Yo hice alarde de mis conocimientos.

—Eso no quiere decir nada. En las fases iniciales, no echan espuma.

En cuanto dije esto, la criatura se esfumó entre la maleza. Travis y yo volvimos en silencio a casa, cada uno absorto en sus propios pensamientos.

Capítulo 10

Reencuentro familiar

Si alguien me pidiera consejo antes de emprender un largo viaje, mi respuesta dependería de si la persona en cuestión poseía un gusto decidido por alguna rama del conocimiento que pudiera desarrollarse por este medio… Incluso en la época de Cook, el hombre que abandonaba su hogar para embarcarse en expediciones semejantes sufría graves privaciones.

*P*apá y Harry llevaban ya dos meses enteros fuera cuando mamá, con un aspecto más alegre de lo normal, anunció durante la cena:

—Tengo una maravillosa noticia. Si todo va bien, vuestro padre y Harry llegarán a casa el viernes por la tarde.

Todos nos pusimos a hablar con excitación, y Sam Houston, que era el mayor de los presentes, nos hizo lanzar tres hurras. Sonriendo, mamá permitió aquel alboroto insólito en la mesa.

—Quiero veros a todos bañados y arreglados y con un aspecto impecable. Lamar y Sully, ocupaos de la caldera. Tendréis que traer una cantidad extra de leña. Callie, tu prima Aggie pasará una temporada con nosotros mientras el tío Gus reconstruye su hogar.

—¿Ah, sí? —Eso era una noticia interesante—. ¿Cuánto tiempo?

—Varios meses, supongo.

—¿Y dónde dormirá?

—En tu habitación, por supuesto. Ella usará tu cama y a ti te pondremos un catre en el suelo.

—Pero...

—Estoy segura de que ninguna hija mía le negaría a su prima la hospitalidad en un momento de apuro. —Mamá me lanzó una mirada penetrante—. Especialmente, a una prima que ha sufrido una pérdida tan terrible, y que ahora necesita ante todo paz y tranquilidad y cariño. No me imagino que una hija mía fuera capaz de tal cosa. ¿Verdad que no?

Pensé que la pregunta era un tanto injusta, pero a decir verdad no se me ocurría ninguna respuesta. Miré fijamente mi plato y dije con un hilo de voz:

—No, mamá.

—Bien. Ya suponía que no. —Suspiró y entonces adoptó esa expresión que con frecuencia indicaba el principio de uno de sus dolores de cabeza—. Aggie necesita nuestra compasión y comprensión. Te portarás bien con ella, ¿no es así?

Con una vocecita aún más apagada, respondí:

—Sí, mamá.

—Bien. Ya lo suponía.

Esa noche reinó una inquietud general en casa. A medianoche me despertó un ruido de pasos en el corredor. Quienquiera que estuviese ahí fuera hizo un par de excursiones por la escalera, sin acordarse del séptimo peldaño que siempre te delataba con su crujido. Ninguno de los chicos habría cometido el error de pisar ese peldaño si hubiera estado rondando, así que debía de ser mamá la que deambulaba por la casa. Algo insólito en ella, aunque supongo que estaba nerviosa con el regreso de sus dos hombres.

El viernes por la mañana observé que una mariposa de cola larga, la saltarina *Eudamus proteus*, estaba bebiendo el néctar de las Susanas de ojos negros. Me acerqué a un par de pasos antes de que se alejara revoloteando. De cuerpo azul reluciente y alas gemelas, habría sido muy bien recibida en mi colección, pero esas mariposas eran difíciles de atrapar y tendían a deshacerse al disecarlas y montarlas. De todos modos, era un día muy especial y nada iba a enfriar mi entusiasmo.

Sam Houston cortó leña y Lamar, que normalmente huía como de la peste del trabajo duro, se encargó de atizar la caldera durante todo el día. Nos bañamos por turnos. Mamá se puso su vestido de color zafiro, el favorito de papá, el que le realzaba el color de los ojos. Se la veía diez años más joven. El abuelo descorchó una botella de *bourbon* de marca para la ocasión. Ninguno de nosotros podía estarse quieto ni un minuto; no parábamos de correr a las ventanas y de asomarnos para mirar. Hasta que al fin Lamar gritó:

—¡Ya vienen! ¡Ya están aquí!

Salimos de casa en tromba a recibirlos. Harry iba montado a caballo; papá llevaba las riendas del carromato. Sentado a su lado, había un desconocido con el brazo en cabestrillo. En la trasera del carromato, ahora vacía de provisiones, iban sentados Alberto y una joven de unos diecisiete años. Se parecía un poco… a mí. Claro: debía de ser mi prima, Agatha Finch, y lógicamente, tenía los rasgos de nuestros antepasados comunes escritos en la cara. Me pregunté si yo estaba destinada a ofrecer el mismo aspecto que ella dentro de unos pocos años. Una posibilidad que se debía considerar.

El vestido estampado que lucía estaba desteñido y pasado de moda, y era ridículamente pequeño, de modo que se le marcaban las huesudas muñecas y le quedaban los paliduchos tobillos indecorosamente a la vista. ¿Por qué llevaba un vestido de mendiga? Entonces me acordé: lo había perdido todo en la tormenta. Mi madre me lo había dicho, pero yo no lo había acabado de asimilar: no lo asimilé hasta ese momento, al verla con ropas de beneficencia. «Calpurnia Virginia Tate —me reprendí a mí misma—, eres una boba. Y bastante desagradable, por añadidura.»

Y el hombre desconocido, ¿quién era? ¿Y por qué parecían todos tan desanimados, tan exhaustos y alicaídos? Se suponía que aquello era un dichoso regreso a casa, una alegre celebración. Nuestra familia estaba al completo. Los huecos de la mesa volverían a ocuparse.

Papá se bajó del carromato. Las arrugas de su cara y la rigidez de sus pasos me dejaron consternada. Abrazó a mamá, sujetándole amorosamente la mejilla con la palma de la mano mientras se susurraban unas palabras.

Harry desmontó de *King Arthur*. Estaba tan sucio y andrajoso y delgado que eché a correr hacia él y lo abracé.

—¡Harry!

—Bicho —dijo en voz baja—, me alegro de verte. Vete con cuidado, o te mancharás de barro.

—No importa —dije estrechándolo con todas mis fuerzas—. Te he echado mucho de menos. ¿Cómo ha sido todo? ¿Era horrible? ¿Es verdad lo que dicen, que se ha muerto tanta gente? ¿Esa es Aggie? Es Aggie, ¿verdad? ¿Y ese hombre que viene con vosotros?

La conversación quedó interrumpida por los demás, que se apiñaron alrededor y le dieron la bienvenida a gritos. Los perros, sobre todo *Áyax*, se pusieron frenéticos, saltando aquí y allá y dando la lata. Papá nos abrazó y besó a todos. Yo me sentí extrañamente tímida cuando me abrazó con fuerza, pero me quedé muy aliviada al comprobar que, aunque parecía cambiado, olía como siempre. El viejo olor familiar de papá.

El desconocido se bajó del carromato con dificultades. Era un hombre grueso, nada joven, de torso fornido y anchos hombros propios de un herrero. Iba desaliñado y necesitaba con urgencia un corte de pelo. Llevaba el brazo derecho inmovilizado con una venda mugrienta y tenía los dedos extrañamente crispados. Pese a su evidente fatiga, sonrió y le hizo una profunda reverencia a mamá.

Agatha también se bajó, ayudada por Alberto, junto con su equipaje, consistente en un saco y una caja de latón del tamaño de una sombrerera, aunque con una forma que yo nunca había visto. ¿Sería un instrumento musical? Tal vez fuera una concertina o una gaita. A lo mejor podríamos tocar a dúo. Pero antes de que pudiera preguntárselo, la pusieron en manos de SanJuanna, quien se la llevó rápidamente con instrucciones de mamá para que la alimentara, la bañara y la acostara.

En mi cama. Pero, bueno, no importaba.

Una vez que los hombres se lavaron, nos sentamos todos a cenar. Papá pronunció una oración más larga de lo normal. Era extraño y reconfortante a la vez oír su voz recitando las palabras familiares de la bendición. También le pidió a Dios que se apiadara de la gente de Galveston y dio gracias por haber regresado a salvo junto a su familia. Una sombra le cruzó el rostro.

—A decir verdad —dijo—, soy un hombre sumamente afortunado por seguir teniendo a mi esposa y a mis hijos sanos y salvos, cuando tantos otros han sufrido unas pérdidas tan dolorosas. —Carraspeó, esbozó una tenue sonrisa y añadió—: Amén.

Tras nuestro «amén» pronunciado a coro, empezamos a preguntar sobre Galveston; primero tímidamente, después acribillándolos a preguntas. Hasta que papá alzó la mano y dijo:

—Ya basta. El Galveston que conocíamos ha desaparecido.

Mamá añadió:

—Dejad tranquilo a vuestro padre. No vamos a hablar más de ello esta noche. Lamar, pásale las patatas.

Cualquiera habría pensado de entrada que la cena sería una ocasión festiva, pero no fue así. Papá y Harry estaban muy callados. El desconocido, que había sido presentado como doctor Pritzker, parecía sufrir algún dolor, pero se mostraba animoso y le dedicó muchos cumplidos a mamá por la casa, por sus hijos encantadores (naturalmente) y por el menú de la cena. Por alguna razón, lo habían encajado en la mesa a mi lado y ocupaba mucho más espacio de la cuenta. Aunque tuviera la complexión de un herrero, se percibía en él un halo de educación y cultura. Sabía qué tenedor usar y no miraba boquiabierto la araña de cristal como un paleto de pueblo. Pero con la mano inutilizada, manejaba torpemente el cuchillo y el tenedor, y luchaba con su bistec sin obtener buenos resultados.

Le di un suave codazo y, cuando me miró inquisitivo, susurré:

—Si quiere, le corto la carne.

Él respondió, también susurrando:

—Encantado, jovencita.

Me encontraba haciéndolo con mucho esmero cuando mamá se dio cuenta de repente y exclamó:

—¡Ay, doctor Pritzker! Cuánto lo siento. Llamaré a Viola para que se lo prepare.

—No se preocupe, señora. Tengo aquí a una ayudante muy eficiente. —Me dirigió una mirada—. Gracias, señorita...

—Calpurnia Virginia Tate.

—Encantado de conocerla, señorita Calpurnia Virginia Tate. Yo soy Jacob Pritzker, antiguo vecino de Galveston. Nos estrecharemos la mano cuando esté del todo recuperado.

La curiosidad me devoraba. Yo sabía que a mamá le parecería el colmo de la mala educación que preguntara al doctor por su mano, por lo que aguardé a que estuviera distraída con otra cosa. Entonces me incliné e inquirí en voz baja:

—Doctor Pritzker, ¿qué le pasó en la mano?

Él murmuró:

—Tuve que trepar a un árbol para ponerme a salvo de la crecida de las aguas. Y el árbol estaba ocupado por docenas de serpientes de cascabel.

—¡No! —grité.

Silencio absoluto en la mesa. Todos los ojos se volvieron hacia mí. La mayoría de los presentes, intrigados; salvo un par, que, como era de esperar, me taladraban furiosos.

Fingí una tos.

—¡Aaaj! Me he atragantado con un hueso. Sí. Pero ya está. Gracias por vuestro interés. —Carraspeé con exageración.

J.B. metió baza.

—¿Puedo verlo... ese hueso, claro?

Mamá me miró severamente y dijo: «No, cariño» con un tono gélido.

Mantuve la cabeza gacha y aguardé a que se reanudara la conversación. Por el momento, debía camuflarme bajo los modales de una hija bien educada. Pensé en las diferencias entre mi propio encuentro con una serpiente inofensiva y el desventurado tropiezo del doctor Pritzker con reptiles venenosos.

—Callie —dijo mamá—, haz el favor de no monopolizar a nuestro invitado. ¿De dónde es usted, doctor Pritzker? ¿De dónde procede su familia?

—Soy de Ohio, señora. Nacido y criado en Ohio.

—¡Ah!

Mamá era demasiado educada para decirlo; pero Lamar, no, y exclamó sin más:

—¡Un yanqui!

Todo el mundo alrededor de la mesa contuvo el aliento: no estaba claro si por los orígenes del doctor Pritzker o por los pésimos modales de Lamar. Mamá le dirigió a este una mueca mientras papá se apresuraba a disculparse.

—No importa, señores Tate. En efecto, serví en la guerra, como mozo de cuadra del Noveno de Caballería de Ohio. Pero eso fue hace treinta y cinco años, y confío en que no me echen en cara algo tan lejano. En mi defensa debo decir que he vivido los diez últimos años en Galveston y que espero pasar el resto de mis días en el gran estado de Texas.

Papá, dirigiéndose a todos los presentes, informó:

—El doctor Pritzker es licenciado por la Facultad de Veterinaria de Chicago. Lo he convencido para que establezca su nueva consulta aquí. Creo que en el condado de Caldwell hay ganado suficiente para mantenerlo ocupado.

Varios pares de ojos se iluminaron por distintos motivos.

—¡Ah! —exclamó el abuelo con satisfacción—. Un hombre situado en la intersección entre la ciencia y el comercio.

—En efecto, señor. Su hijo me ha hablado de sus intereses, y espero que mantengamos muchas conversaciones mutuamente provechosas.

Travis y yo nos miramos sonriendo. ¡Un veterinario!

Después de los puros y el brandi para los hombres, Alberto llevó en el carromato al doctor Pritzker, con todas sus pertenencias, a la casa de huéspedes de Elsie Bell, donde él se procuraría una habitación.

Travis y yo caminamos junto al carromato, ardiendo de curiosidad sobre su actividad profesional.

—¿De qué tipo de animales se cuida? —quiso saber Travis.

—De la mayor parte de ellos. Aunque mi práctica se centra principalmente en los animales de granja más útiles. Sobre todo, ganado vacuno, caballos y cerdos.

—¿Se cuida a veces de animales salvajes también?

—Verás, jovencito, la gente me trae en ocasiones una ardilla o un mapache, o un animal similar herido, pero en general prefiero no tratar a esos animales. Están asustados y sufriendo, y no entienden que tú intentas ayudarlos. Lo mejor suele ser sacrificarlos para que no sufran más.

Me di cuenta claramente de que eso no le gustaba a Travis.

—Yo tuve una vez un armadillo —dijo—. Se llamaba *Armand*. O al menos, nosotros pensamos que se llamaba *Armand*, aunque quizá era *Dilly*. ¿Ha curado alguna vez a un armadillo?

—No —contestó el doctor Pritzker sonriendo—, y tampoco he oído que nadie lo haya hecho.

Yo metí baza.

—Hay muchos motivos para no hacerlo. Personalmente, no me parecen recomendables como mascotas.

Travis le preguntó al doctor Pritzker:

—¿No le da pena cuando los animales se mueren?

—Te acabas acostumbrando, como a la mayoría de las cosas en la vida, y procuras no apegarte demasiado a ellos.

—El abuelo siempre me dice lo mismo —comenté—. ¿Podremos ir a verlo y mirar alguna vez cuando esté curando a los animales?

El doctor Pritzker se sorprendió. Tras reflexionar un momento, dijo:

—Si no le importa a vuestra madre, supongo que no hay ningún inconveniente.

—Oh, a ella no le importará en absoluto —me apresuré a decir, lanzándole una mirada a Travis, que captó la indirecta y mantuvo la boca cerrada.

Dejamos al doctor Pritzker en la casa de huéspedes y nos despedimos agitando las manos.

Travis y yo no paramos de charlar con excitación durante el camino de vuelta ¡Un veterinario! ¿No era una noticia ideal?

Lo ideal, también, habría sido dormir en mi propia cama. Pero cuando subí a la habitación, mi prima ya estaba acurrucada en mi cama, vuelta de cara a la pared, con la lámpara al mínimo. Incluso usaba mi almohada, y ya sabéis lo desconcertante que es dormir con una almohada que no conoces. A mí me habían puesto una de algodón llena de bultos y un catre de algodón, también plagado de bultos, en el suelo. A nivel de serpiente. Mientras apagaba la lámpara de un soplo, me llegó un ruidito desde el otro lado de la habitación. ¿Sería la serpiente, en su ronda nocturna? ¿O era un gemido de Agatha?

—Buenas noches —susurré.

Pero nadie respondió.

Pensé en los dos refugiados de la inundación de Galveston que la marea había traído a nuestras costas. Uno era todo un regalo. La otra… Aún era una incógnita.

Capítulo 11

La terrible experiencia de Aggie

Un viejo, cerca de Valdivia, ilustraba su lema —«La necesidad es
la madre de la invención»— explicando las muchas cosas útiles
que fabricaba con sus manzanas.

$\mathcal{A}$l despertar a la mañana siguiente, me encontré a la «incógnita» sentada en un lado de mi cama, abrazada a la almohada y mirándome. Solo mirándome. ¿Cuánto llevaba ahí
sentada?, ¿y por qué me miraba así? ¿Me habría oído hablar
en sueños? ¿Roncar? ¿Soltar ventosidades? Tenía una expresión tan extraña que me pregunté si no habría visto a la
serpiente. Pero, en fin, daba igual: Aggie era como una pa-
loma herida y había que cuidarla con delicadeza. Yo la ayu-
daría a pasar la convalecencia y la incitaría a volver poco a
poco a la vida. Daríamos largos paseos reparadores por el
campo y, por las noches, le cepillaría el pelo cien veces, tal
como recomendaban para mantenerlo sano y bello. Com-
partiríamos nuestros libros favoritos. Sería la hermana que
no había tenido.
—¡Eh, hola! —saludé.
No hubo respuesta.
—¿Cómo estás?
Nada.
La estudié. Parecía de complexión y estatura media, de
cabello castaño ni claro ni oscuro y facciones normales. No
era una belleza, pero tampoco un adefesio. En conjunto,
una chica del montón. Pero una no debería juzgar a otra

chica por las apariencias, me recordé, pues aunque yo misma no era tal vez una gran belleza, sí era, no obstante, una persona interesante, ¿no? Una compañía de trato fácil y agradable, ¿verdad? Bien, me abstendría de hacer juicios por el momento.

Había, sin embargo, una cosa inusual en ella: un brillo de temor y recelo en los ojos, como si no estuviera del todo segura de si yo mordía o no.

—Por cierto, me llamo Calpurnia Virginia Tate —me presenté—, pero puedes llamarme Callie Vee. ¿A ti te llaman Agatha o Aggie? Siento lo de tu casa y demás.

Seguía sin responder. Aquello empezaba a resultar bastante incómodo, pero no me amilané.

—Por supuesto, no hemos de hablar de ello si no quieres, Agatha.

—Es Aggie. Y no quiero.

Se le crispó toda la cara y se echó a llorar.

—¡Ay, Aggie, perdona! No tenemos que hablar de ello.

Claro que no teníamos que hablar, no hacía falta decirlo. Pero yo estaba convencida de que en algún momento hablaríamos —convencida y decidida a hacerlo—, pues se trataba de una persona de mi propia sangre que había sobrevivido al mayor desastre natural de la historia de Estados Unidos. No solo de Texas, ojo, sino del país entero. Al final, le acabaría sonsacando la historia, aunque fuese detalle a detalle para no causarle demasiado dolor. (Yo siempre tan considerada.)

Saqué del cajón de la serpiente mi mejor pañuelo de encaje y se lo tendí.

—Toma —le ofrecí—. He de prepararme para ir a la escuela. ¿Vas a venir conmigo?

—No —dijo sorbiéndose la nariz—. Ya tengo mi diploma.

—¿Y qué piensas hacer, pues?

—¿Hacer? —Parecía desconcertada—. ¿Qué quieres decir con «hacer»? Estoy esperando a que papá construya una nueva casa para poder volver.

—¿Y cuánto tardará?

—Me dijeron que unos pocos meses.

¡Ah, qué bien! Durmiendo en el suelo «unos pocos meses».

Miró al vacío y lloró un poco más.

—Pero no quiero volver allá. Después de todo lo que vi.

Eso me picó la curiosidad.

—¿Qué viste, Aggie?

De pronto sonó el gong del desayuno, y ella se encogió bruscamente.

—¿Qué es ese ruido?

—Es Viola, avisándonos para que bajemos a desayunar.

—La tía Margaret dijo que podría desayunar en mi habitación.

Tardé un segundo en caer en la cuenta de que, primero, se refería a mi madre, y, segundo, se refería a mi habitación.

De camino a la escuela, me vi rodeada por una cuota superior a la normal de hermanos, todos los cuales me interrogaron sobre nuestra prima.

—¿Es tan cursi como tú? —preguntó Lamar—. ¿O es básicamente normal?

Dejé de lado el insulto y respondí:

—Difícil de decir. Está tremendamente afectada, eso seguro, pero no resulta fácil saber si es cursi o no. A lo mejor solo está alicaída; o sea, está afectada, pero no es afectada.

—Buena respuesta, Callie —dijo Sam Houston.

—Gracias —contesté con modestia.

A estas alturas, todo el mundo en el pueblo había oído hablar de Aggie. Nuestra maestra, la señorita Harbottle, me interrogó sobre ella, y, al enterarse de que ya se había sacado el diploma, me dijo que tal vez quisiera ofrecerse como voluntaria para echar una mano en las clases de los más pequeños.

—No sé, señorita Harbottle. Por ahora parece más asustadiza que una lagartija.

—Pobre criatura. Pero quizá eso es precisamente lo que necesita para salir de su aflicción. Hablaré con tu ma-

113

dre cuando tu prima haya tenido un poco de tiempo para recuperarse.

En el recreo, mientras jugábamos a la rayuela, Lula Gates me preguntó si Aggie tocaba el piano.

—¿Por qué lo quieres saber? —dije dando media vuelta y empezando a saltar hacia atrás como si nada (como si mi pie no hubiese rozado un poquito la línea de tiza).

—He pensado que estaría bien tocar a dúo con ella.

Yo respondí, herida:

—¿No te gusta tocar conmigo?

—Siempre que te lo pido, tienes otra cosa que hacer, o vas a salir con tu abuelo a observar insectos o sapos o algo así.

Debía reconocer que era cierto. Tocar duetos parecía muy divertido en teoría, pero implicaba ponerse a practicar de verdad, cosa que yo no hacía demasiado a menudo. Pero Lula era mi mejor amiga y una pianista mucho más aventajada que yo. Como merecía una compañera mejor, accedí a invitarla un día cuando Aggie estuviera con ánimos.

114

Al llegar a casa, descubrí que Alberto había colocado en mi habitación un pequeño armario ropero. Pensé que sería para Aggie, pero ella tomó posesión de mi armario grande y todas mis cosas acabaron metidas a presión en el pequeño. Me pareció tremendamente injusto, pues mi prima apenas tenía ropa. Lo que sí tenía, en cambio, era aquella caja de forma extraña que yo no había averiguado aún de qué podía ser.

Ella se pasaba la mayor parte del tiempo en la cama con las cortinas echadas. Picoteaba adormilada las exquisiteces de la bandeja y daba toda la impresión de ser una inválida con una enfermedad crónica. Se sobresaltaba con cualquier estrépito y también con los movimientos bruscos. Las cosas más ínfimas provocaban que volviera a deshacerse en un mar de lágrimas.

Cuando le preguntaba con delicadeza qué le pasaba, decía:

—No puedo parar de llorar. Ojalá pudiera. ¿Qué me pasa? Yo antes no era así.

—No te preocupes, Aggie. Estoy segura de que te pondrás mejor. —Desde luego, hacía esta afirmación sin ninguna base, pero me parecía que era la respuesta indicada en aquellas circunstancias—. ¿Quieres que te cepille el pelo?

—No. Déjame sola.

Y la dejaba sola.

Unos días más tarde, tomé plena conciencia de la magnitud del sufrimiento de mi prima. Al pasar junto al salón, sorprendí a mi madre ocultando una carta con aire preocupado en su cesto de costura. Viola la llamó a la cocina al cabo de un momento y, dejando la carta a mi merced, mamá salió del salón.

«No lo hagas, Calpurnia —me dije—. Una carta es algo privado.» Seguí repitiéndome eso incluso mientras me acercaba de puntillas al cesto y sacaba la carta con el sigilo de un carterista. Era de la madre de Aggie, desde Galveston, y decía así:

Mi querida hermana Margaret:

115

Te envío este relato de la tormenta para que puedas comprender la terrible experiencia de la que hemos salido vivos por la gracia de Dios. Temo que Aggie haya recibido en su alma un tremendo impacto, y temo también que tal vez no se recobre nunca por completo.

¡Cuánto desearía que hubiéramos prestado atención a la advertencia que me hiciste por teléfono, Margaret! Pero los responsables de nuestra propia oficina meteorológica no previeron ningún peligro ni dieron la alarma que acaso habría salvado nuestra ciudad. A pesar de todo, esa mañana había brillado sobre la ciudad una extraña luz anaranjada que nadie había visto nunca. Incluso mientras tú y yo hablábamos por teléfono, el cielo se oscureció y se llenó de nubes bajas muy negras; la tempe-

ratura se volvió helada y empezó a llover. Una hora más tarde, eché un vistazo al patio, inundado ya con varios centímetros de agua, y contemplé una cosa extrañísima: había cientos, no, no, miles de sapos diminutos aferrándose a cualquier objeto flotante. ¿De dónde habían salido? Llamé a Gus para que viniera a ver aquel espectáculo inaudito, pero él estaba muy ocupado clavando tablones sobre los postigos del patio de delante.

Entonces arreció el viento. A la hora del almuerzo, la mayor parte de la calle estaba cubierta por una corriente de más de medio metro de agua enlodada. Todos los sapos habían desaparecido. Ahora se veían peces nadando en las acequias, y los niños del vecindario se reían encantados ante aquel espectáculo asombroso. Hacia las dos, vimos maderos flotando a la deriva, que habían sido arrastrados desde la playa. A las tres, salimos al porche y vimos horrorizados que el agua subía de nivel y cubría los escalones delanteros en cuestión de segundos, obligándonos a refugiarnos dentro. Al cabo de un momento, vimos que el doctor Pritzker cruzaba la calle chapoteando —o más bien nadando— para reunirse con nosotros, pues su casa tenía un único piso y el viento había arrancado la mayor parte del techo. Lo hicimos pasar y nos acurrucamos todos en el salón. Unos minutos después, se nos unió la familia Alexander, que vivía en la casa de al lado. El señor Alexander había atado con la cuerda del tendedero a su esposa y a sus tres hijos, y luego se la había amarrado a su vez alrededor de la cintura. Los rescatamos medio ahogados de entre las olas y los escombros que arrastraba la corriente: todo tipo de enseres domésticos; era una visión asombrosa. A las cuatro, vimos el primer caballo muerto de los muchos que habrían de morir.

Comenzó a entrar agua por debajo de la puerta principal y

tuvimos que retirarnos hacia la escalera. Al cabo de un rato, el agua nos obligó a subir a las habitaciones. A las cinco de la tarde, la isla entera estaba sumergida bajo la inmensa oleada de la tormenta. Observamos como pasaban flotando sofás, cochecitos de bebé e incluso un piano al cual se aferraban un hombre y un niño. Cantamos himnos y rezamos todos juntos para mantener el ánimo. El ululante viento hizo añicos los cristales de las ventanas, obligándonos a agazaparnos bajo los colchones para protegernos de la lluvia de esquirlas. El agua llegó a lo alto de la escalera y entonces tuvimos que decidir entre trepar al tejado y nadar en busca de otro refugio, o resistir la tormenta junto con la casa. Era una decisión angustiosa, y la vida de todos estaba en juego. En ese momento la casa entera se movió bajo nuestros pies como una criatura viva. El crujido de la madera quebrándose nos heló la sangre, y entonces el porche y toda la fachada fueron arrancados de cuajo. Gus decidió que debíamos abandonar la casa e intentar llegar al convento de las Ursulinas, un edificio de ladrillo de tres pisos que quedaba a unas pocas manzanas. Suplicó a los Alexander que vinieran con nosotros, pero el padre se negó y decidió, por el contrario, atar a su aterrorizada esposa y a sus hijos, que no paraban de gritar, a la cama de columnas de la abuela. Con otro crujido espantoso de madera resquebrajada, la casa se partió a nuestro alrededor en pedazos. Nosotros, junto con el doctor Pritzker, fuimos arrojados al agua y nos vimos metidos de lleno en las fauces de la aullante tormenta.

Había unos postigos atados flotando, sin duda una balsa improvisada, ahora vacía, y logramos subirnos parcialmente encima. Al volverme, contemplé cómo las olas se tragaban los restos de nuestra casa desintegrada. No volvimos a ver a los Alexander.

117

El agua estaba helada y las sombras nos rodeaban, pero nosotros nos aferramos a aquella balsa con todas nuestras fuerzas. El viento nos desgarraba las ropas, la lluvia nos acribillaba con gotas que parecían balas. Gus gritó que veía una luz a lo lejos, y él y el doctor Pritzker trataron de llevarnos hacia allí. A medio camino, el doctor fue arrastrado hasta un árbol en el que habían buscado refugio montones de serpientes venenosas y sufrió las heridas que todavía son evidentes.

De vez en cuando, la luna llena asomaba entre las nubes, iluminando el panorama de destrucción que nos rodeaba. Gus nos impulsó hacia la luz, que ahora ya percibíamos que era una lámpara luciendo en las ventanas superiores del convento. Unos minutos después, la luz se fue alejando y nos dimos cuenta de que estábamos atrapados en un remolino de escombros que nos arrastraba más allá de nuestro destino. Cuando nos volvió a llevar cerca de la luz, Gus, haciendo un esfuerzo supremo, impulsó nuestra balsa fuera del remolino, pero al hacerlo perdió su asidero y la corriente lo arrastró y se lo llevó de nuestro lado. ¡Ay, Margaret, no olvidaré ese momento mientras viva! Lo llamé a gritos, muerta de angustia, y, al cabo de pocos segundos, me llegó un grito suyo de respuesta desde la oscuridad. ¡Estaba vivo! Pero sus gritos se fueron apagando poco a poco, igual que la esperanza en mi corazón.

Nosotras conseguimos llegar a los muros del convento, donde las monjas y otros refugiados nos izaron y pusieron a salvo a través de las ventanas del piso más alto. Las bondadosas hermanas nos dieron ropas secas, aunque te confieso que en ese momento a mí ya me daba igual vivir que morir. Recé por Gus durante toda aquella larga y oscura noche.

A la mañana siguiente, sábado, las aguas se habían retirado y el convento se alzaba solitario en mitad de una desolación de maderos y escombros. Había un silencio estremecedor. No se oían gritos, ni lamentos ni gemidos de aflicción, como sería de esperar después de una desgracia de tal magnitud. Los supervivientes estaban demasiado aturdidos para llorar a sus muertos. Nos abrimos paso entre las montañas de ruinas hasta la Facultad de Medicina, y allí tuvimos la dicha de reunirnos con Gus, a quien la Providencia le había enviado una puerta flotante sobre la cual pudo ponerse a salvo.

Y ahora que te he expuesto el relato de esta tragedia inconmensurable, Margaret, me hago el propósito de no hablar de ello nunca más.

Tu hermana que te quiere y te querrá siempre,

Sophronia Finch

Volví a dejar la carta, sintiendo que se me revolvía el estómago. No era de extrañar que Aggie no pudiese hablar de ello. Me di cuenta de que yo había sido insensible al terrible trauma que había sufrido y decidí tratarla en adelante con más delicadeza. Y me dije a mí misma que nunca más volvería a pensar en Galveston. Pero, por supuesto, cuanto más repites que no pensarás en una cosa, más veces piensas en ella. Tanto si te gusta como si no.

Al día siguiente oí por causalidad que mis padres discutían, preocupados. Entonces llegó el doctor Walker, un individuo alto y sombrío que gozaba de un gran respeto en nuestra casa y que solía ir vestido con un fúnebre traje negro. En cuanto llegaba, los niños nos dispersábamos siempre como una colonia de hormigas cuando hurgas con un palito, pues el hombre invariablemente te metía algún instrumento de metal en las orejas o en la boca, o te aplicaba un estetoscopio helado en el pecho. (Según la leyenda familiar, cuando yo pasé unas anginas a los tres años, le pedí que me dejara su estetoscopio para escuchar el corazón de mi osito de peluche, una petición que él rechazó gélidamente. Como yo no lo recuerdo, no puedo defenderme ni en un sentido ni en otro.)

El médico, Aggie y mamá se reunieron en mi habitación y me echaron fuera, cerrándome la puerta en las narices. A falta de algo mejor que hacer, me quedé pegada al ojo de la cerradura. Me llegaron una serie de órdenes amortiguadas:

—Abra bien y diga «aaaa».

—Aaaaa.

—Ahora respire hondo por la boca.

Como no era yo la que sufría la exploración, me pareció mucho más interesante de lo normal. Cuando oí el chasquido del maletín del médico, comprendí que había que salir pitando.

Mamá y el doctor Walker bajaron al salón. Mamá se retorcía las manos nerviosamente y, en su ansiedad, no me vio merodeando por el pasillo.

—Cálmese, señora Tate —dijo el doctor—. No encuentro en ella ningún trastorno físico, salvo un ligero grado de anemia. Esta puede tratarse fácilmente hundiendo clavos de hierro en unas cuantas manzanas y dejándolos allí unos días, y consiguiendo que se coma una en cada desayuno. Aplique este método durante seis semanas, y la anemia quedará curada. Ahora bien, el principal problema aquí es un caso agudo de neurastenia, también conocida como postración nerviosa. Sus nervios han sufrido una fuerte conmoción, y la curación tardará meses, y no semanas, en producirse. Intente proporcionarle pasatiempos relajantes para calmar su mente, tales como la costura, la música suave, los libros de temas ligeros. Pero le advierto que no debe darle novelas: no, no, las novelas tienden a excitar la imaginación y alterar la mente, exactamente lo contrario del efecto que buscamos en este caso.

¿De veras? ¿Sería por eso por lo que mamá siempre trataba de arrancarme de las manos al señor Dickens y a la señorita Alcott, y de reemplazarlos con labores de punto y costura?

—No, no —prosiguió el doctor—, yo considero que una biografía seria, edificante e instructiva puede ser útil en estos casos. Cuanto más extensa, mejor. Verá como ese material de lectura es justo lo que necesita, casi como un jarabe milagroso —aseguró con una extraña tos cascada. Tardé unos instantes en identificar ese sonido reseco como la risa de un hombre dotado de un pésimo sentido del humor.

A continuación añadió:

—Le proporcionaré un tónico estimulante de té de coca para las mañanas y una dosis calmante de láudano para la hora de acostarse. Asegúrese de que no los tome a la inversa. Bien. Le deseo que pase un buen día.

Mamá acompañó al doctor Walker hasta su calesa, farfullando efusivas palabras de gratitud.

Subí corriendo a mi (a nuestra) habitación. Aggie estaba tendida en mi (en su) cama, completamente vestida. Permanecía inmóvil, con la vista fija en el techo.

—¿Me estoy muriendo? —preguntó lánguidamente.

—¡Aggie! —exclamé, consternada—. Claro que no.

—¿Qué ha dicho el médico?

—Dice que tienes anemia y que hemos de darte manzanas con hierro. Dice que has sufrido una conmoción y ha recomendado que leas biografías aburridas.

Ella se incorporó sobre un codo y me miró con un destello de curiosidad.

—¿De veras? A mí me ha parecido un charlatán.

—No, no. Es el mejor médico del pueblo.

—Lo cual no es mucho decir. Supongo que es el único médico del pueblo.

—Bueno, sí. Pero también te ha recetado unas medicinas para que te sientas mejor.

—Muy bien —dijo, y volvió a desplomarse en la cama.

Me ofrecí voluntaria para preparar las manzanas. Mamá se quedó tan contenta por mi «interés» que no me atreví a corregirla y a decirle que yo lo consideraba como una especie de experimento. Una vez a la semana insertaba varios clavos largos en siete manzanas; y todas las mañanas le sacaba los clavos a una de ellas y cortaba en cuartos la fruta, cuya pulpa estaba ahora teñida de un marrón oxidado. En interés de la ciencia, birlaba una rodajita. Era como lamer una tubería de hierro.

Aggie mejoraba lentamente. Aunque estuvo a punto de producirse un contratiempo, pues una mañana me dijo:

—Anoche tuve una pesadilla espantosa. Soñé que había una serpiente de coral en la habitación.

—No es una serpiente de coral —respondí sin poder contenerme. ¡Ay! Me puse la mano sobre la boca.

—¿Qué quieres decir? —dijo, mirándome intrigada.

—No, nada.

Los tónicos del doctor Walker habían demostrado ser bastante eficaces, pero entonces sucedió algo mucho más eficaz para la recuperación de Aggie: recibió una carta de Galveston que mejoró su estado de ánimo de la noche a la mañana. No nos explicó su contenido, pero nosotros nos figuramos que debía de ser de sus padres. Pasarían meses antes de que descubriéramos lo equivocados que estábamos.

Al día siguiente de recibir la carta, volví de la escuela y me la encontré levantada, vestida y arreglada con un peinado absurdamente recargado. Por primera vez, parecía interesada en el mundo que la rodeaba.

—Hola, Aggie —saludé, siempre tan educada—. Parece que ya te sientes mejor.

—¿Qué es esa cosa? —inquirió.

—¿Qué cosa?

—Lo que hay dentro del tocador —dijo señalando a *Sir Isaac Newton*.

—¡Ah! Esa cosa, como tú dices, es un tritón de manchas negras. Es un anfibio, como seguro que sabrás, de la familia *Salamandridae* y el género *Diemyctylus*.

—¿Por qué hablas con esa jerga?

Ese comentario me sorprendió y me ofendió.

—¿Jerga? No es ninguna jerga. Es latín. Es lo que llaman la nomenclatura binomial de Linneo, el sistema con el cual los científicos clasifican todo el mundo natural.

Ella no pareció impresionada.

—Observa —dije—. Le voy a dar una mosca. Tengo varias muertas en una lata. Las ato a un hilo, cosa nada fácil, créeme, y las balanceo por encima de él para estimularle el apetito. Si no se mueven, no muestra demasiado interés.

—Es asqueroso. Deshazte de él.

Dios mío. Una recuperación instantánea y, para colmo, una lengua mordaz.

—Es mío —dije— y lo estoy estudiando. No te atrevas a tocarlo.

—Jamás —dijo estremeciéndose.

Pobre *Sir Isaac*. ¿Qué tenía el mundo contra él? Y menos mal que Aggie creía que la serpiente no era más que un sueño.

Esa noche, después de acostarnos, ella en la cama y yo en el catre, le pregunté:

—¿Qué hay en esa caja tan extraña del armario?

—No te atrevas a tocarla.

—Muy bien, pero ¿qué hay dentro? Es un instrumento musical, ¿verdad?

—Está visto que no tienes ni idea. Y ahora silencio y a dormir.

—No me dormiré hasta que me digas qué es.

Ella suspiró.

—Es una máquina de escribir, y será mejor que no la toques. Si la tocas, se lo diré a tu madre.

—¡Cielos! —Que yo supiera, solo había una de esas máquinas ultramodernas en el pueblo, en la oficina del *Fentress Indicator*, nuestro periódico local. Metías una hoja de papel en el rodillo y escribías tu mensaje con las teclas, casi como si tocaras el piano. El resultado era una maravilla; la letra quedaba tan pulcra como en la página de un libro.

—¿Me la enseñarás algún día?

—No. Duérmete.

—¿Para qué te la has traído?

—Cierra el pico y duérmete.

Sinceramente, ahora ya no había forma de que pudiera contenerme. Al día siguiente, mientras ella se bañaba, abrí la

123

puerta del armario ropero y estudié la posición de la caja para asegurarme (¡astuta que es una!) de que volvía a dejarla exactamente en el mismo sitio. La saqué, asombrada por su peso. ¡Caramba!, pesaba una tonelada. Casi sin aliento de la expectación, abrí el cierre de la tapa. En apariencia había sobrevivido a la inundación en perfecto estado: negra, reluciente y complicada, con el rótulo UNDERWOOD en bellas letras doradas en la parte superior. Cada letra del alfabeto contaba con una tecla redonda, pero estaban todas desordenadas en un tremendo revoltijo. ¿Cómo ibas a encontrar la que te interesaba? Tenía tantas palancas y clavijas complicadas que me daba miedo tocarla. ¿Para qué se la había traído? Seguro que funcionaba, y seguro que ella sabía cómo se usaba. Nadie en su sano juicio cargaría con un trasto tan engorroso por todo el estado si no tuviera intención de usarla. Cerré con cuidado la tapa y la dejé exactamente donde la había encontrado.

A la mañana siguiente Aggie desayunó con nosotros por primera vez. J.B. la miró intrigado y preguntó con un trozo de tortita en la boca.

—¿Quién es esta señora?

—Es tu prima Agatha —le expliqué—. Y no hables con la boca llena.

—¿Qué es una prima?

—¿Te acuerdas de la tía Sophronia y del tío Gus?

—No.

—Sí, claro que sí. Hay una fotografía de ellos sobre el piano.

J.B. me miró perplejo y yo me di cuenta de que incluso la explicación más elemental de genealogía resultaba incomprensible a su tierna edad.

—No importa, J.B. Agatha va a pasar una temporada con nosotros. Un viento muy fuerte destruyó su casa y no tiene otro sitio donde vivir.

Él pareció animarse.

—¿Quieres decir como los cerditos y el lobo?

—No fue un lobo, J.B. Fue un vendaval, una tormenta. Tú sabes lo que es una tormenta, ¿no?

124

Pero todo eso no le interesaba a un niño de seis años y volvió a concentrarse en su desayuno.

Para celebrar su regreso a casa y para compensarnos por haberse perdido nuestros cumpleaños, papá, finalmente, nos llamó uno a uno a su habitación. Nos hizo un breve discurso sobre la suerte que había tenido, sobre lo afortunado que era por conservar a su familia sana y salva, y después nos interrogó acerca de nuestra conducta durante su ausencia.

—¿Has sido buena chica, Calpurnia, mientras yo estaba fuera?

—Eh… En general sí, papá.

—¿Y has hecho lo que te decía tu madre?

—Humm. Sí, papá. En general sí.

Él sopesó mis respuestas, como tratando de tomar una decisión.

—En tal caso, tengo un regalo especial para esta ocasión especial. Extiende la mano.

En lugar de una moneda de cinco centavos o incluso de diez, me puso sobre la palma una moneda sorprendentemente pesada. La miré guiñando los ojos. Relucía con una cálida luz. Era una pieza de oro de cinco dólares, con la cabeza de la Libertad en un lado, y el águila y el escudo en la otra: más dinero del que había visto en mi vida. ¡Una fortuna! ¡Y toda mía!

—No quiero que te lo gastes frívolamente —indicó.

De inmediato pensé en los libros que podría comprar y así no debería mendigarle a la señora Whipple, de la biblioteca de Lockhart. Ya no tendría que contemplar cómo se le avinagraba la cara cada vez que le pedía alguna obra que ella consideraba «una lectura inapropiada para una jovencita».

Papá añadió:

—Considéralo como una inversión para tu futuro.

Pensé también en todos los instrumentos científicos que podría adquirir; tal vez hasta un microscopio de tercera mano.

—Guárdalo por ahora; y gástatelo juiciosamente en el futuro —dijo—, tal vez en tu ajuar o en tu arcón de boda.

Mi… ¿qué? ¿Mis mantelerías nupciales? ¿Mis vesti-

125

dos? ¿Estaba de broma? Le examiné el rostro buscando algún atisbo de burla, pero no había ninguno. No podía creerlo. ¿Cómo era posible? ¿Cómo podía conocerme tan mal mi propio padre? Como si yo fuese una extraña en mi propia casa: una ciudadana de otra tribu, un miembro de otra especie.

Él me miró perplejo, esperando alguna respuesta.

Yo no encontraba las palabras. Lo único que pude tartamudear fue:

—Gracias, papá.

—De nada. Por favor, llama a Travis al salir.

Me guardé la moneda en el fondo del bolsillo de mi delantal y salí de la habitación profundamente herida. Que mi padre pudiera saber tan poco de su única hija…

Travis, Lamar y Sul Ross esperaban en fila en el pasillo. Travis me echó una mirada y susurró.

—¿Estamos en un aprieto?

—No, es una buena noticia.

—¿Y por qué tienes esa cara?

—Eso no importa. Ahora quiere verte a ti.

Me refugié en mi habitación, presa de sentimientos contradictorios: encantada con mi moneda, pero decepcionada con mi padre. ¿Acaso me habían adoptado? ¿Mis verdaderos padres —fueran quienes fuesen— me habían deslizado en el nido de los Tate, como un huevo de cuclillo, para que otros lo incubaran? ¡Ay, qué injusto era todo! Solo podía consolarme con el abuelo, y di gracias a mi buena estrella por contar con él. Ojalá hubiera sido mi padre, en lugar de ser mi abuelo, lo cual hacía que apenas pudiera opinar sobre mi vida. Sopesé la moneda, un auténtico tesoro, y luego la envolví en un trozo de papel de seda y la escondí en la caja de puros, bajo la cama.

Una semana después, mamá, aliviada y contenta al ver que Aggie ya empezaba a emerger de su concha, propuso una salida al centro, a los almacenes comerciales de Fentress. Me pidió que fuera con ellas, y yo acepté: esas visitas solían ser un entretenimiento estupendo. Juiciosamente, dejé mi moneda de oro en casa, para no tener la tentación de gastarme ni siquiera una parte. Mientras ellas toqueteaban las distintas telas de muselinas y de lino, yo examiné detenidamente el último Catálogo Sears Roebuck, colgado de una cadena del mostrador, que te aseguraba al menos media hora de diversión. Por medio de ese catálogo podías comprarte cualquier cosa del mundo: desde abrigos hasta ropa interior, desde pelucas hasta relojes, desde pianos hasta clarinetes y tubas, desde botiquines contra mordeduras de serpiente hasta pistolas y escopetas. Podías comprarte una máquina de coser Singer (así conseguimos la nuestra), o blusas y faldas y otras prendas ya confeccionadas, lo cual te ahorraba el trabajo de coser por tu cuenta. ¡Increíble! También podías comprar cortinas y alfombras; podías comprarte un tractor e incluso uno de esos automóviles que eran el último grito, y tres meses más tarde aparecían en tu puerta como por arte de magia. ¡Eso sí que era un servicio rápido! También se podían comprar cosas más prosaicas, como sacos enormes de harina, azúcar o alubias. La compañía había sido la salvación para las esposas de los pioneros, que vivían en las llanuras en miserables chozas de tepe y oteaban ansiosamente el horizonte esperando la entrega de su pedido.

127

El señor Gates, el padre de Lula, entró en la tienda y compró unos cartuchos de escopeta. Saludó a mamá tocándose el ala del sombrero y dijo:

—Señora Tate, será mejor que esté alerta y le diga a su marido que estamos perdiendo gallinas. No sé si es un mapache, un zorro o qué. La otra noche hice unos disparos y pensé que le había dado, pero seguimos perdiendo gallinas.

—Gracias, señor Gates. Se lo diré sin falta.

Hicimos nuestras compras y el empleado, con admirable eficiencia, las envolvió en papel marrón y las ató con un grueso cordel. Ya nos íbamos cuando mamá dijo:

—¡Ah, un momento! Se me olvidaba comprar tus agujas, Calpurnia.

—¿Mis... qué?

—Tus agujas del número tres.

—¿Para qué?

—Para tu labor de punto de Navidades.

—¿Mi… qué? —No me gustaba nada el giro que estaba tomando la conversación.

—Basta. Suenas como ese loro horrible. Gracias a Dios que el señor O'Flanagan se lo quedó. ¿En qué estaría pensando tu abuelo? Me refería a tu labor de punto de Navidades. Este año nos dedicaremos a tejer guantes.

Se me cayó el alma a los pies. En las Navidades anteriores, había tenido que aprender a tejer calcetines para todos mis parientes varones, que al parecer eran miles y miles. Ese penoso ejercicio me había apartado de mis estudios de naturalista durante semanas, y yo había sufrido cada minuto como un suplicio. Los resultados fueron unas prendas toscas y patéticas que, vagamente, parecían calcetines. Ninguno de los agraciados se los puso jamás, y yo no se lo reprochaba, la verdad. Pero ahora… ¿esto?

—¿Por qué tengo que tejer —dije— cuando se pueden comprar unos guantes preciosos del catálogo Sears? —En mi desesperación, volví corriendo al mostrador y lo hojeé—. Mira, incluso te puedo enseñar la página. ¿Quién va a querer mis guantes cuando se pueden conseguir unos mucho más bonitos del señor Sears? —Señalé la página frenéticamente—. Mira esto: «Disponibles en todas las tallas y en muchos estilos y colores». Y lee esto: «Satisfacción garantizada». Lo dice aquí.

Mamá apretó los labios, una señal siempre peligrosa.

—Esa no es la cuestión.

—¿Pues cuál es la cuestión? —inquirí, en un repentino arranque de irritación, olvidando la actitud juiciosa que, normalmente, me disuadía de hacer preguntas insolentes.

Al notar que el dependiente mostraba un interés excesivo en la discusión, mamá le dirigió una sonrisa forzada, me sujetó firmemente del brazo y me llevó afuera. No llegaré al extremo de decir que me sacó a la calle a rastras, pero poco faltó. Aggie nos seguía con los paquetes, y una sonrisita en los labios.

—La cuestión, hija mía, es que aprendas las labores domésticas que son del conocimiento de cualquier jovencita. Que son de obligado conocimiento para cualquier jovencita. Esa es la cuestión, y no hay más que hablar. Te pido disculpas, Agatha, por la falta de educación de mi hija.

Giró en redondo, entró otra vez en la tienda y reapareció al cabo de un minuto con un par de agujas de tejer. En el trayecto de vuelta a casa, me rezagué tras ellas como si no las conociera, echando humo y pateando con rabia los terrones del camino, que no tenían ninguna culpa. Ellas charlaban de costura y demás, fingiendo no advertir que yo iba detrás enfurruñada.

Tenía ganas de salir corriendo en cuanto llegáramos a casa, pero mamá me llevó al salón antes de que pudiera escapar.

—Siéntate —me ordenó.

Me senté.

Me dio las agujas, un patrón y una madeja de lana azul marino.

—Monta los puntos —ordenó. Monté los puntos y empecé a tejer.

129

Aggie, arrodillada en la alfombra persa, iba recortando blusas y faldas mientras hablaba de modas con mi madre. Ambas siguieron ignorándome un rato más. Lo cual me parecía perfecto. Yo me debatía con el patrón y luchaba con la lana, mascullaba y resoplaba, se me escapaban puntos, y me fui poniendo cada vez de peor humor, aunque —eso sí— en silencio. Si me hubieran dejado a mis anchas, habría tirado al suelo aquel patético revoltijo de lana y habría corrido hasta el río pegando gritos.

Cuando Viola tocó el gong de la cena, ya casi había terminado un guante diminuto. Lo mostré orgullosamente para pasar la inspección. Mamá lo miró incrédula. Aggie soltó una ronca risotada, parecida al chillido de una gaviota y sorprendentemente cruel. Miré guiñando los ojos el guante. Algo no estaba bien. Conté los dedos: uno, dos, tres, cuatro, cinco. Y seis.

Cualquiera pensaría que con eso habría bastado para apartarme del asunto de los guantes de por vida, pero, ¡ay!, desafortunadamente, no fue así. Mamá se limitó a rebajarme de categoría y me puso a tejer mitones, que venían a ser calcetines para las manos y resultaban mucho más fáciles. Puedo aseguraros que tejer guantes es endiabladamente difícil, pero que los mitones, por el contrario, están chupados.

En cuanto a Aggie, bueno, no forjamos una amistad mediante los libros. («Tengo cosas mejores que hacer que ponerme a leer.») Ni establecimos el ritual de cepillarle el pelo todas las noches. («Aparta esas manos manchadas de tritón.») Ni llegó a ser la hermana que nunca había tenido. Gracias a Dios.

Capítulo 12

La saga de *Bandido*

F. Cuvier ha observado que todos los animales que se dejan domesticar con facilidad consideran al hombre como un miembro de su propia sociedad y satisfacen así su instinto social.

*U*na tarde Travis entró en el salón cuando yo estaba en mitad de mi práctica de piano, cosa que él nunca hacía. Por lo general, mi audiencia estaba compuesta únicamente por mi madre, que actuaba más bien como vigilante de mis deberes que como amante de la música. (Aunque debo decir que sí disfrutaba con las piezas del señor Chopin siempre que mi profesora, la señorita Brown, me asignaba alguna de ellas, en especial los nocturnos, tan pensativos y soñadores. Fue un milagro que no se lo hiciera aborrecer de por vida, entre mis notas fallidas y mi estilo personal, que la profesora calificaba de «mecánico». Supongo que vosotros también tocaríais mecánicamente si tuvierais una regla de madera planeando a unos centímetros de vuestros nudillos, preparada para indicaros vuestros errores.)

Miré el reloj de la repisa de la chimenea, decidida a no tocar ni un segundo más de los treinta minutos estipulados. Travis sonrió y estuvo balanceándose con mal disimulada excitación, mientras yo destrozaba la *Danza del hada de azúcar* del señor Tchaikovski. Dudaba mucho que la causa de su excitación fuera mi virtuosismo musical, y deduje que algo debía de ocurrir. Al final, aplaudió educadamente junto con mamá y después me indicó con prisas que lo siguiera.

Cruzamos la cocina, salimos por la puerta trasera y él empezó a trotar hacia el establo.

—Date prisa —dijo—. Tienes que verlo.

—¿El qué? —quise saber, siguiéndolo yo también al trote.

—¡Vamos! Tengo una nueva mascota.

Por un lado, yo sabía que las mascotas de Travis implicaban siempre un montón de problemas; pero, por otro lado, su alegre entusiasmo era contagioso.

—¿Qué es?

—Ya lo verás. Está en la jaula de *Armand* por ahora.

—Quizá deberías explicármelo primero. Para... ya me entiendes, para prepararme.

Pero él no respondió. Lo seguí hasta el establo. Y allí, en un rincón apenas iluminado, había una cría de mapache en una jaula. Era del tamaño aproximado de un gatito de dos meses; tenía el hocico aguzado, una tupida cola a franjas grises y negras y ese antifaz negro que le daba todo el aire de un niño travieso disfrazado de ladrón en Halloween.

132

—¿No es una monada? —dijo Travis—. Creo que voy a llamarlo *Bandido*.

Bandido soltó un siseo de desagrado. Nos miraba recelosamente con unos relucientes ojillos negros que eran exactamente iguales que las cuentas de azabache que mamá se ponía en las ocasiones especiales.

—Travis, es precioso —dije sin demasiado entusiasmo—, pero no puedes quedarte un mapache. Papá se pondrá furioso. Él les dispara nada más verlos. Los mapaches asaltan el corral y destrozan el huerto; y se comen las pacanas de los árboles.

—Mira esto. —Empujó un trocito de lechuga a través de la malla de alambre, y la criatura la agarró de inmediato con sus garras, la lavó cuidadosamente en el cuenco de agua y se la comió como si fuera un humano en miniatura en un pícnic. Con razón se llamaban *Procyon lotor*, o sea «perro lavador».

—Además —proseguí—, si papá no le pega un tiro, lo

hará Viola. Ya sabes lo quisquillosa que se pone con su huerto.

Él arrulló a *Bandido* y le dio otra hoja de lechuga.

—Y se vuelven salvajes al hacerse mayores. No son buenas mascotas, lo sabes, ¿no?

—Lo he encontrado entre la maleza. Estaba solo llorando.

—¿Era cerca de la casa de Lula? Su padre dice que han perdido varias gallinas.

Travis no respondió.

—¿Has buscado a la madre? —pregunté, exasperada.

—¿Qué? Bueno… sí.

—¡Travis!

—¡Estaba muerto de hambre! ¡Y solo! ¿Qué iba a hacer? Tú tampoco lo habrías dejado allí. Míralo, Callie. Es una monada.

Bandido mordisqueó la lechuga, manipulándola hábilmente con las patitas y mirándonos todo el rato con sus atentos ojos negros. Sí, del todo adorable. Al menos, un rato.

—Además —prosiguió— no tiene por qué enterarse nadie.

—¿De veras crees que puedes mantener un secreto así? —comenté con escepticismo.

—Claro. No tiene por qué enterarse nadie.

Esa noche, durante la cena, papá le dijo a Travis:

—A ver, jovencito. Me dice Alberto que tienes un mapache en el establo. ¿Es verdad?

Mi hermano se quedó boquiabierto. Obviamente, no había tenido tiempo de preparar una buena excusa y lo habían pillado desprevenido. Alberto era el peón de la granja y recibía un salario de papá; lógicamente, lo informaba de estos tejemanejes.

—Tú ya sabes lo que pienso de los mapaches y todo eso —dijo papá—. Son alimañas.

—Sí, papá —respondió Travis, cabizbajo—. Lo siento. —Alzó la cabeza y expuso sus argumentos—. Es una cría huérfana, ¿entiendes?, y estaba muerta de hambre cuando la encontré. No podía dejarla allí. Prometo que me cuidaré de ella. La mantendré alejada del corral, lo prometo.

Papá miró a mamá. Ella soltó un hondo suspiro, pero no tenía nada que añadir. Ya estaba cansada de mantener cada vez la misma discusión con distintas variantes.

—Muy bien —aceptó papá a regañadientes—. Pero como haya algún problema, cualquier problema, le pegaré un tiro yo mismo y se lo arrojaré a los perros. ¿Entendido?

—Sí, señor. —Travis sonrió con su expresión más radiante y enternecedora, hasta el punto de arrancarle una media sonrisa a papá: tan irresistible era, el muy pillastre.

Así dio comienzo la saga de *Bandido*. Lo que lo volvía incluso más latoso que *Armand* y *Arren* juntos era su curiosidad ilimitada y sus inquietas patitas. Eran más unas manos que unas patas, porque con ellas podía abrir cualquier cosa. Travis le puso un collar de cachorro y él se lo quitó en cinco minutos. Le hizo un diminuto arnés con trozos de cuero y él se lo quitó en diez minutos. Entonces se le ocurrió la idea de colocarle la hebilla entre los omoplatos, el único sitio que no podía alcanzar. De momento. Le ató una correa e intentó sacarlo de paseo, cosa que lo enfureció tanto que saltó y tironeó, como una trucha en el anzuelo, hasta quedar exhausto. Pensó que podría engatusarlo y conseguir que lo siguiera dejando trocitos de queso, pero descubrió por el camino que el mapache se lo zampaba todo, absolutamente todo lo que pudiera considerarse vagamente comestible: mondas de patata, restos de la cocina, basura, cabezas de pescado podridas. Todo lo devoraba con entusiasmo. Después de lavarlo cuidadosamente, eso sí; su puntilloso refinamiento con las cosas repulsivas que se metía en la boca nos divertía mucho a los dos.

—Es lo que se llama un omnívoro —observé—, un animal a medio camino entre un herbívoro, que solo come plantas, y un carnívoro, que solo come carne. El abuelito dice que se trata de un mecanismo de supervivencia que les permite adaptarse a todo tipo de hábitat. Los coyotes son iguales. Pueden vivir prácticamente en cualquier parte.

Y podía escaparse prácticamente de cualquier sitio. No

había jaula capaz de mantenerlo encerrado más de un día o dos. Se apegó a Travis enseguida, y se ponía a soltar grititos ansiosamente cuando lo encerraba a la hora de acostarse.

—No soporto abandonarlo por la noche —me confesó Travis—. Se siente solo y desdichado. —Me lanzó una mirada de soslayo.

—Debes de estar de broma —le contesté—. No puedes meterlo en casa.

—Pero…

—Ni hablar. Investigaré un poco para ver cómo podemos calmarlo. Pero has de prometerme —prometérmelo en serio— que no pensarás siquiera en llevártelo adentro.

—De acuerdo. Pero no soporto verlo triste, te lo aseguro.

«Investigar un poco» sonaba más imponente que la verdad desnuda, que era que me fui a hablar con el abuelo, la fuente de todos los conocimientos cuando se trataba del reino animal.

Él me escuchó muy serio y me explicó:

—Las crías son atractivas, es verdad. De jóvenes, son criaturas gregarias y pueden domesticarse si se capturan lo bastante temprano. Pero los adultos raramente se convierten en mascotas aceptables. Además, al llegar a la edad adulta su temperamento cambia: ya no necesitan la compañía humana y son capaces, de hecho, de morder la mano que les da de comer.

—O sea que se vuelven malos con el tiempo.

—En efecto. En cuanto a tu pregunta sobre cómo mantener al animal contento en una jaula, te sugiero que busques ideas en la *Guía de los mamíferos de Texas*.

Bajé el volumen de la estantería y leí que las crías de mapache son criaturas sociables que se sienten afligidas al verse separadas de su familia y que nunca son tan felices como cuando duermen amontonadas con toda la camada. Y sí, el libro confirmaba lo que había dicho el abuelo sobre los adultos.

Pero cuando le conté a Travis que *Bandido* se volvería contra él un día, mi hermano rechazó la idea desdeñosamente.

135

—Mira qué carita tan dulce —respondió.

Ambos miramos al mapache que, justo en ese momento, como si supiera que estábamos hablando de su futuro, se sentó sobre sus cuartos traseros, ladeó la cabeza y extendió las garras como suplicando.

—¡Oooh! —exclamamos los dos a la vez.

Acabamos dándole uno de los viejos peluches de J.B. para que durmiera con él: un osito de su mismo tamaño más o menos, y *Bandido* lo adoptó de inmediato, achuchándolo y acariciándolo, explorando su pelaje de felpa por si tenía piojos o garrapatas. El hecho de contar con un «compañero de camada» lo tranquilizó y mejoró su comportamiento. Engordó y se volvió juguetón. Él y los gatos del establo se estudiaban con cautela y, cuando se habituaron a estar juntos, *Bandido* se ponía en fila con ellos durante los dos ordeños diarios de nuestra vaca *Flossie*, para recibir en la boca un chorro de cálida leche directamente de la ubre.

136

Tras un par de semanas, el animal dejó incluso de resistirse y se sometió a la correa. Entonces él y Travis empezaron a dar paseos juntos. *Áyax*, que sabía reconocer a una alimaña cuando la veía, se lanzó sobre el mapache durante uno de esos paseos. Este, para salvarse, se apresuró a trepar por el objeto que tenía más a mano, que resultó ser el propio Travis: subió a toda velocidad hasta lo alto de la cabeza y, una vez encaramado allí, se puso a gruñir y a sisear, clavándole las garras en el cuero cabelludo. Habría resultado divertido de no ser por los gritos de dolor de mi hermano. Corrí en su ayuda y me llevé a rastras al perro. Cuando lo regañé, el pobre animal me miró totalmente confuso. ¿Cómo no iba a estarlo? Lo habían incitado toda su vida a perseguir a las alimañas; de hecho, los mapaches eran una de sus especialidades.

Bandido se volvió aun más adorable, si cabía. Y nos mantuvo atareados en la búsqueda de un sistema para asegurar su jaula. Al fin dimos con la combinación perfecta de pestillos y palancas, todo muy bien sellado con malla de alambre, y admiramos nuestra jaula a prueba de fugas.

—Te equivocaste con el nombre —le dije a Travis.

—¿Qué quieres decir? *Bandido* es perfecto.

—Deberías haberlo llamado *Houdini*.

Dos días más tarde, *Bandido/Houdini* se fugó de la jaula «a prueba de fugas». Travis vino corriendo a suplicarme que lo ayudara.

—Hemos de encontrarlo. Antes de que lo atrapen los perros o le pegue un tiro un granjero —dijo, conteniendo las lágrimas. Lo buscamos por todas partes, incluso nos metimos entre los matorrales del monte bajo, pero yo estaba segura de que si había llegado tan lejos, no volveríamos a verlo.

Mi hermano estaba completamente desolado. Lamar se burlaba de su pena y lo llamaba «niño de teta» cuando sabía que nuestros padres no podían oírle. Lo cual me vino muy bien, porque así tampoco oyeron el grito que soltó cuando le di una patada en la espinilla.

A la mañana siguiente, cuando Travis fue a dar de comer a *Bunny*, encontró a *Bandido* sentado encima de su jaula esperando el desayuno. Yo no presencié el conmovedor reencuentro, pero me enteré de la historia con todo lujo de detalles. La alegría volvió a iluminar la cara de mi hermano… al menos hasta la siguiente desaparición del mapache. Aquello se convirtió en una rutina: desaparecía un tiempo y luego volvía, tan contento, al parecer, de ver a Travis y de aceptar su comida, como de escabullirse una vez más. Pasaron las semanas, y sus ausencias se fueron prolongando, como el abuelo había predicho.

Por desgracia, no se prolongaron lo suficiente. Un domingo, al volver de la iglesia, mis padres subieron a descansar antes de la cena. Travis estaba cuidando a *Bunny* en el establo cuando oyó un gran alboroto en el corral. Y allí encontró agazapado a *Bandido*, sujetando entre las garras a una gallina ensangrentada a la que había retorcido el cuello. Travis corrió despavorido, consciente de que el mapache acababa de dictar su sentencia de muerte.

Aggie había salido a pasar la tarde fuera y yo estaba leyendo arriba, en mi antigua y cómoda cama, y no en aquel catre lleno de bultos, para variar. Mi hermano irrumpió en

137

la habitación sin llamar, cosa que nunca hacía, con los ojos desorbitados y el terror pintado en la cara. Durante un momento espantoso, pensé que alguien de nuestra familia había muerto.

—Es *Bandido* —jadeó—. Ha matado a una gallina. Tienes que ayudarme.

—¿Ayudarte, a qué? —Me levanté de un salto, preguntándome qué diablos podía hacerse ya.

Fuimos corriendo al corral, cuyas histéricas habitantes revoloteaban alrededor de *Bandido* en un tumulto de terror y confusión. Él tenía las garras y el hocico manchados de sangre, y una expresión enloquecida en los ojos. Me di cuenta de que era casi un mapache adulto, un animal imposible de controlar. Una pluma le asomaba cómicamente por un lado de la boca. Ahora ya eran dos, en lugar de una, las gallinas muertas.

—¿Qué vamos a hacer? —gritó mi hermano.

—Entra ahí y detenlo como sea. —Aceleré hacia el establo y cogí un recio saco de lona. Cuando regresé, Travis había acorralado al mapache en un rincón, lejos de las gallinas, y estaba tratando de engatusarlo con voz temblorosa. *Bandido* ya no parecía una mascota; parecía un animal salvaje.

—Si tú te calmas, él también se calmará —le aconsejé.

Travis logró dominarse y le habló en voz baja con tono tranquilizador. Yo cogí un huevo recién puesto de uno de los nidos y lo rompí en el suelo. *Bandido*, muy ocupado intentando recoger con sus garras la yema espachurrada, no notó que me situaba detrás de él. Le arrojé el saco encima y él se puso a chillar y a revolverse, enfurecido. Mantuve el saco cerrado, pero sabía que no podría retener al mapache allí dentro mucho tiempo. Era como sujetar a un tigre por la cola.

Le susurré a mi hermano, que se había quedado paralizado y ponía unos ojos como platos:

—Ve a buscar una cuerda o un alambre de embalar. ¡Deprisa!

Mi tono acuciante consiguió espabilarlo, y enseguida se puso en movimiento. Al cabo de unos momentos, volvió del establo con un pedazo de cordel. Atamos la boca del saco y luego nos detuvimos para recuperar el aliento. Travis tenía manchas de sangre en las manos, y yo estaba toda pegajosa de yema de huevo. El saco se removía en el suelo entre bufidos y gruñidos.

Nos miramos el uno al otro, y nos dimos cuenta simultáneamente de que nuestros problemas, lejos de haber terminado, más bien se multiplicaban. ¿En qué tremendo atolladero nos había metido aquella criatura?

Angustiado, mi hermano me susurró:

—Lo matarán si se enteran.

Dudé durante una fracción de segundo. Podía actuar como una adulta responsable: o sea, acudir a mi padre y romperle a Travis el corazón. O bien decantarme por mi hermano y afrontar el desastre con él.

Finalmente, dije:

—Primero hemos de sacar a *Bandido* de aquí. Ayúdame.

Entre los dos alzamos el saco, que no paraba de agitarse, y lo llevamos al establo. Escondimos al mapache cerca de su antigua jaula y recobramos fuerzas. Cargar con un animal de quince kilos es más duro de lo que podríais creer.

Cogí una pala.

—Hemos de enterrar las pruebas —determiné.

Volvimos al corral, donde las gallinas, ya más tranquilas, se dedicaban a inspeccionar los cadáveres de sus compañeras. Primero pensé en enterrarlas allí mismo, pero estábamos a plena vista del porche trasero. Era mejor sacarlas de allí y enterrarlas más tarde. Mientras echaba tierra con la pala sobre la sangre, le ordené a Travis que llevara a las gallinas muertas al establo.

Él farfulló:

—No… no creo que pueda.

—Por el amor de Dios, no es momento de sentir náuseas. —Le pasé la pala, sujeté a las dos gallinas por las patas y así, con los cuellos bamboleando, las llevé al establo.

La siguiente tarea prioritaria era adecentarnos un poco nosotros. Fuimos al abrevadero y nos limpiamos el uno al otro con mi pañuelo humedecido. Como no teníamos espejo, yo le limpié la sangre de la mejilla (sin decirle lo que era) y

139

él me restregó los restos de huevo de la barbilla. Nos examinamos mutuamente, y, aunque estábamos algo desaliñados, nos pareció que podríamos pasar una inspección superficial.

—¿Y ahora qué? —preguntó Travis.

—Tenemos que llevarlo lo más lejos posible. Tan lejos que no pueda volver nunca más.

—Podríamos ponerlo en la carretilla y llevarlo por la carretera hasta Prairie Lea.

Aunque no fuera el mejor plan del mundo, me alivió comprobar que al menos ahora pensaba con rapidez.

—Tal vez —opiné—, pero seguramente nos encontraríamos a alguien conocido, y podría llegar a oídos de nuestros padres. Yo creo que tendremos que caminar río abajo por alguno de los senderos de los ciervos. —Por suerte para nosotros, las tardes de los domingos eran relativamente tranquilas, un tiempo durante el cual apenas nos vigilaban. Me figuré que podríamos ausentarnos unas horas sin llamar la atención.

—Quédate aquí —dije—. Les diré que vamos a dar un paseo por el campo.

Corrí al porche trasero, me detuve un instante para alisarme la ropa y entré en la cocina, donde Viola estaba preparando la cena. En cuanto me puso los ojos encima, dijo:

—¿Qué ocurre? ¿Qué ha pasado?

Su expresión era de auténtica inquietud; por lo tanto deduje que yo no tenía un aspecto tan normal como creía. La preocupación de la cocinera, sumada a la tensión que me agitaba, estuvo a punto de resultar demasiado. Qué fácil habría sido deshacerse en lágrimas allí mismo. Pero ni Travis ni yo podíamos permitirnos ese lujo. Para bien o para mal, la felicidad de mi hermano dependía de mí.

Me dominé y dije:

—¿Querrás decirle a mamá que Travis y yo nos vamos a dar un paseo por el campo? No iremos muy lejos y volveremos a la hora de cenar. —Salí corriendo de la cocina antes de que ella pudiera preguntarme más cosas y de que yo me derrumbara.

Travis le susurraba palabras tranquilizadoras a *Bandido*,

que emitía protestas de vez en cuando. Di gracias de que el saco fuera de una lona tan recia, aunque no sabía si resistiría mucho tiempo, dada la astucia y la habilidad del mapache con las garras. Seguramente, ya estaba tramando en ese momento algún modo de escapar.

—Venga, hemos de darnos prisa. Tomaremos el sendero de la ensenada. —Ninguno de los dos tenía reloj, pero yo calculé por la posición del sol que disponíamos de unas cuatro horas, cinco como máximo.

Cogí a las dos gallinas muertas, Travis levantó el saco, del que salían siseos y gruñidos, y nos pusimos en marcha, a ratos trotando y a ratos caminando entre la maleza. En la ensenada, arrojé los cadáveres en las aguas poco profundas, donde los animales salvajes se ocuparían de ellos gustosamente.

Seguimos adelante, turnándonos en transportar nuestra agitada y enfurecida carga. Si creéis que es fácil llevar un saco con un mapache que no deja de gruñir y removerse, os equivocáis de medio a medio. Unas veces lo llevábamos entre ambos y otras veces se echaba uno el saco a la espalda como un Papa Noel cargado con un regalo que se resistía a ser entregado. Teníamos que detenernos a menudo para descansar. No llevábamos encima ni una migaja de comida, y solo teníamos para beber el agua del río. En un momento dado, Travis propuso que abriéramos el saco y le diéramos también un poco de agua a *Bandido*, pero se retractó enseguida al ver mi expresión.

Avanzamos con esfuerzo. Las ramas nos daban en la cara, las espinas nos arañaban las piernas, y las abejas y las mosquitas de río contribuían a atormentarnos, pero afortunadamente no vimos a nadie, ni nadie nos vio a nosotros. Al fin, cuando ya no pudimos más, nos derrumbamos en el suelo. Yo calculaba que estábamos a medio camino de Prairie Lea.

Travis jadeó:

—Gracias, Callie. Creo que te debo una.

—Te equivocas. Me debes un millón. Ahora abre el saco.

Percibí cómo le cambiaba la cara al darse cuenta de que llegaba el momento de la despedida.

Apenas había aflojado la cuerda cuando *Bandido* asomó su aguzado hocico con impaciencia y se abrió paso a empujones, decidido a recobrar su libertad. Corrió unos metros, husmeó el aire y el terreno; se dio media vuelta y nos husmeó a nosotros. Acercándose a Travis, le lanzó una mirada expectante, del tipo «dónde está mi cena».

—Anda, *Bandido*, vete —ordené, y di una patada en el suelo. Él no me hizo caso—. Travis, hemos de irnos. Dale la espalda, no lo mires. Vamos, sígueme. Ahora. —Eché a andar por el sendero.

—Adiós, *Bandido* —dijo mi hermano. Percibí el dolor y la angustia en su voz—. Pórtate bien. Ten una buena vida y pórtate bien. —Enjugándose las lágrimas, me siguió.

Y *Bandido* lo siguió a él.

—Quieto ahí —grité agitando los brazos para ahuyentarlo. El animal apenas me miró.

—Travis —imploré, cada vez más desesperada—, tienes que lograr que se vaya.

142 *Bandido* se alzó sobre los cuartos traseros y le apoyó las garras en las rodillas. Las lágrimas le rodaban a Travis por la cara y caían sobre el pelaje del mapache. Mi hermano se agachó para cogerlo en brazos; yo le grité:

—Ni se te ocurra, porque será su muerte. Si vuelve a casa, le pegarán un tiro. Sabes muy bien que lo harán.

Desolado, dijo:

—Vete, *Bandido*. —Y luego, con más fuerza—: ¡Lárgate!

Lo apartó de las rodillas y entonces, lo juro, el mapache lo miró desconcertado.

—Grítale —exigí—. Ahuyéntalo.

Él levantó la voz y agitó los brazos.

—¡Lárgate, *Bandido*!

—Más fuerte. Más.

Travis le chilló, *Bandido* pareció dudar; amagó con embestirlo, y el mapache retrocedió.

Entonces mi hermano hizo algo que debió de ser —estoy convencida— lo más difícil que había hecho en su corta vida: cogió un puñado de piedras y se las arrojó una tras otra, llorando y gritando sin parar.

—Vete, estúpido mapache. Ya no te puedo querer.

La primera piedra le pasó silbando por encima de la cabeza; *Bandido* se giró y miró hacia atrás. La segunda piedra cayó en el suelo frente a sus garras, y él retrocedió. La tercera piedra le dio en el flanco con un golpe sordo. No era una piedra grande, sino un guijarro, y seguramente no le hizo daño, pero yo no habría sabido decir quién de los dos estaba más consternado, si Travis o él. El pelaje de la nuca se le erizó. Gruñó como un perro a su antiguo amo. A continuación dio media vuelta y desapareció entre los arbustos.

Llorando, Travis giró sobre los talones y corrió por el sendero hacia casa. Yo lo seguí sintiéndome impotente, llena de piedad y de admiración, y dirigí una silenciosa oración a los dioses de los mapaches para que ninguno de nosotros volviera a ver nunca más a *Bandido*.

Si el trayecto de ida había sido penoso, el de vuelta fue atroz. Iba arañada, quemada por el sol, hambrienta, agotada y cargada no ya con un mapache sino con un hermano desconsolado.

Cuando nos detuvimos a descansar, lo abracé y le dije:

—Has sido muy valiente. Lo has salvado, ¿sabes?

Él se limitó a asentir y siguió llorando. Para cuando llegamos a casa, había logrado agotar todas sus lágrimas y borrar el dolor de su cara, cosa que me alivió. Nos adecentamos lo mejor que pudimos antes de entrar, pero aun así nos recibieron en la mesa con miradas inquisitivas. Lamar me habló en un tono calculado para que solo lo oyera yo, pero no mi madre:

—Parece como si te hubieran arrastrado por un trecho de cactus y te hubieran azotado con un látigo de púas. ¡Ja!

Yo estaba demasiado molida para buscar una réplica ingeniosa. Travis y yo conseguimos aguantar el tipo durante la cena, lo cual hizo que me sintiera orgullosa de ambos. Pero se nos había olvidado una cosa. ¿Cómo íbamos a explicar la pérdida de dos gallinas de un corral de catorce? Si hubiese tenido la cabeza más clara, habría abierto un orificio en un rincón de la cerca para explicar su desaparición.

Viola notó que faltaban las dos gallinas al día siguiente, al recoger los huevos para el desayuno. Debió de adivinar que nosotros teníamos algo que ver, pero no nos dijo nada. Seguramente, se figuró que ya habíamos pagado un alto precio por nuestros tejemanejes, fueran cuales fuesen.

Una semana más tarde, la desolación de Travis, una herida todavía a medio cicatrizar, volvió a abrirse cuando encontramos lo que supusimos que era la antigua guarida de *Bandido*: un agujero en la orilla del río en el que había estado viviendo antes de que nosotros lo encontráramos. La apestosa madriguera estaba sembrada de huesos de pollo y tripas de pescado; incluso había un pedazo mugriento de tela, que resultó ser un pedazo de una camisa de hombre, sin duda birlado del tendedero de alguna ama de casa.

Travis palideció.

—Esto queda demasiado cerca de casa —comentó—. Si llega hasta aquí, podría encontrar el camino de vuelta.

Ese descubrimiento le costó varias noches de insomnio, pero —gracias al cielo— no volvimos a ver al mapache. Consolé a mi hermanito lo mejor que pude hasta que yo misma hube de afrontar otro trauma relacionado con los animales.

Capítulo 13

El doctor Pritzker en acción

Muchos de los remedios utilizados por las gentes del país son absurdamente extraños, pero demasiado repugnantes para ser contados.

*E*l doctor Pritzker estaba ejerciendo ya oficialmente su oficio, con el sobrino de Viola, Samuel, como ayudante. Había alquilado una oficina en la calle Mayor que compartía el corral y el establo con el herrero: un arreglo que aumentaría la cantidad de trabajo para ambos. Nuestra primera oportunidad de ver en acción al veterinario se produjo muy pronto. El caballo de tiro, *King Arthur*, cojeaba y cada vez estaba peor. Nuestra familia poseía seis caballos de tiro y cuatro de montar, además de *Sunshine*, el viejo y agresivo poni Shetland, aunque la mayoría de nosotros ya éramos demasiado mayores o demasiado espabilados para montar en él, dada su inclinación a darte un mordisco en la pierna y a aferrar su bocado tan tozudamente como una tortuga mordedora.

El doctor Pritzker y Samuel llegaron en un carro tirado por una yegua baya. El ayudante descargó una bolsa de lona tintineante y la llevó al establo. Travis y yo los seguimos. Nos intrigaba saber cómo se las arreglaba un veterinario con un solo brazo.

—¿Qué tal va su mano, doctor Pritzker? —pregunté.

—Ha recuperado un poco de fuerza, Calpurnia. Gracias por tu interés. Tengo una bola de goma y, todas las mañanas y todas las noches, la aprieto diez minutos tanto como puedo. El ejercicio mejora los músculos, ¿lo ves? —Alzó la mano contraída como una garra e intentó mover los rígidos dedos.

—Ya veo —dije, dudosa. Parecía más o menos como siempre.

Fuimos con ellos hacia las frescas profundidades del establo, donde se encontraba *King Arthur*, un enorme Clydesdale tordo, con mechones de pelo sobre los cascos y de personalidad apacible que parecía reñida con su físico imponente. Si querías, podías ponerle media docena de niños en el lomo. Y a diferencia de *Sunshine*, él no pestañeaba siquiera, y mucho menos trataba de darte un mordisco.

Arthur se sostenía sobre tres patas; la delantera izquierda la flexionaba sobre el suelo. Tenía la cabeza gacha y los ojos vidriosos. Era la estampa misma de un equino enfermo.

Samuel y el doctor Pritzker se pusieron sendos delantales de cuero y entraron en la cuadra. El ayudante ató una cuerda al ronzal de *Arthur* y le acarició las guedejas del copete y la larga testuz.

—¿Qué es lo que tiene, doctor Pritzker? —preguntó Travis.

—¿Has visto cómo se sostiene? No quiere apoyarse en esa pezuña, lo cual significa que tiene un absceso o una laminitis. Esperemos que sea un absceso.

—¿Por qué? —preguntó Travis.

—Porque la laminitis es un infierno… porque es difícil de tratar, a diferencia de un absceso, que se soluciona fácilmente.

—¿Cómo?

—Ya lo verás. Átalo en corto, Samuel.

El hombre pasó la cuerda por una anilla de la pared y luego levantó delicadamente la pata del caballo, sosteniendo la pezuña entre las manos. El doctor Pritzker sacó un utensilio de forma extraña, que parecía un instrumento de tortura medieval. Habituada a las enseñanzas del abuelo, esperaba que me dijera cómo se llamaba y para qué servía. Pero

146

él no explicó nada y se dedicó a presionar con el artilugio varias partes de la pezuña de *Arthur*.

Yo pregunté con impaciencia:

—¿Qué es esta cosa?

Él levantó la vista, más bien sorprendido. ¿Por qué? ¿Se suponía que debía quedarme ahí en plan decorativo? ¿Por qué no aprovechar la ocasión para aprender algo nuevo? El abuelo me decía siempre que la vida estaba llena de ocasiones para aprender y que uno debía tratar de captar todo lo que pudiera de un experto en un campo concreto, daba igual cual fuese.

—Se llama «probador de pezuña». Comprimes con él las diversas partes del casco y te indica dónde duele.

Dio unos golpecitos. *Arthur* se estremeció, relinchó y tiró de la cuerda con la cabeza.

—Es un absceso, me parece. —Sacó un cuchillo largo y curvado de su bolsa—. No sé si deberíais ver esto, niños.

—¿Por qué no? —protesté.

—No es una visión idónea para las personas de constitución delicada.

¿Yo, delicada? Menudo chiste.

—Yo parezco delicada. Pero no lo soy. De veras.

—No sé si vuestra madre lo autorizaría

—A ella no le importa —mentí. No sabía a qué podía referirse, pero estaba completamente segura de que cualquier cosa que mi madre no autorizara debía de ser interesante.

—Sospecho que sí le importará. Será mejor que os apartéis.

Dimos un pasito atrás.

—Un poco más.

Retrocedimos otro pasito. Como parecía que estaba a punto de ordenarnos que nos apartáramos aún más, le dije:

—Hemos de poder verlo, ¿entiende?

—No digáis que no os he advertido —replicó con seca ironía.

Apenas me había dado tiempo de pensar: «¿Advertirnos… de qué?», cuando él insertó la punta del cuchillo en la base del casco y la retorció. Un gran chorro de un fluido ne-

147

gro y apestoso salió disparado de la pezuña, cruzó toda la cuadra y fue a salpicar en la pared del fondo. No nos dio a nosotros por unos centímetros.

—¡Ahí va! —Nunca había visto nada parecido. Era pasmoso... asqueroso... asombroso. Me volví hacia Travis—. ¿Has visto?

Él no respondió. Jadeaba entrecortadamente y había adquirido un curioso tono verduzco.

—¿Qué es ese líquido? —le pregunté al doctor Pritzker.

—Es el pus y la sangre de la infección. Ahora que le ha salido todo, empezará a sentirse mejor.

—¿Y todo eso lo tenía dentro de la pezuña? ¿Por qué huele tan mal?

—Es el olor que dejan los gérmenes cuando destruyen los tejidos del cuerpo. Eso es lo que produce el pus.

Suerte que el chorro no nos había dado. Ya me imaginaba la reacción de mamá si me presentaba cubierta de pus de caballo. De pus negro, por si fuera poco. No volvería a dejarme salir de casa —peor aún, de mi habitación— nunca más. Nunca en toda mi vida. (Aunque, en realidad, tampoco estaría tan mal, siempre que pudiera leer todos los libros que quisiera, y no solo las biografías aburridas de Aggie.)

Samuel fue a pedirle a Viola un cubo de agua caliente y las sales Epsom. Travis se apoyó en la puerta del establo.

—¿Te encuentras bien? —pregunté.

Él tragó saliva.

—Sí. Bien.

—¿Seguro? No tienes muy buena pinta.

—Estoy bien.

Me volví hacia el doctor Pritzker y observé cómo exploraba a *Arthur* con la mano buena, examinándole los dientes, la cruz, los espolones y los corvejones.

—Es un caballo magnífico, por lo demás —concluyó—. Debería servir todavía muchos años para arar.

Lejos de mostrar rencor, *Arthur* ya tenía mejor aspecto, y daba la impresión de que acogía con agrado aquella mano experta que iba recorriéndole el cuerpo. Samuel volvió con el cubo, y entre los dos lo colocaron bajo la pezuña infectada.

El caballo hundió la pata en el cubo con un suspiro que parecía de alivio. Le eché un vistazo a Travis y me percaté de que ya le volvía el color.

—El calor favorecerá que salga el resto de la infección —anunció el doctor—. Y después le pondremos una venda para mantener limpia la herida.

—¿Sabe una cosa? —le dije—. El abuelo opina que los caballos tienen los días contados. También opina que pronto todos usaremos automóviles para arar. Yo no acabo de verlo claro. Pero él suele acertar en esta clase de cosas.

—Creo que tiene razón. Ya se están usando tractores a vapor en algunas zonas del país, aunque a mí personalmente me dolerá ver desaparecer a estos viejos camaradas.

Le ofreció a *Arthur* un puñado de grano con la palma abierta y le dio unos golpecitos afectuosos en el cuello.

—Bien, ahora le vamos a poner la venda. —Sacó de la bolsa un recuadro de gamuza mientras Samuel alzaba la pata del cubo y la secaba con un trapo de algodón. Entre los dos, colocaron la gamuza alrededor del casco y usaron un delgado cordón de cuero de vaca para sujetar el vendaje en su sitio. Yo observaba atentamente.

—¿Para qué hace esto? —inquirí.

—Es importante mantener bien limpia la pezuña hasta que cicatrice. No nos interesa que entren otros gérmenes donde no deben. Mañana vendremos a echarle un vistazo.

Por la tarde, Travis y yo dimos una vuelta por el establo y nos detuvimos frente a la cuadra del paciente. Consternada, observé cómo *Arthur* estaba tirando del cordón que le envolvía el casco y había conseguido quitarse la venda a medias.

—¡Ay, *Arthur* —exclamé—, eres un caballo malo! ¿Por qué haces esto?

Arthur no respondió, pero Travis planteó:

—¿Voy a buscar al doctor Pritzker?

—Podríamos mandar a avisarlo, o bien… —Una larga pausa mientras pensaba aceleradamente.

—¿O qué?

—Lo podría arreglar yo.

—¿En serio? —Travis parecía impresionado—. ¿Sabes cómo se hace?

Ahora ya no podía echarme atrás, de manera que entré en la cuadra.

—He visto cómo lo hacían. No es más que un vendaje. Puedo hacerlo, me parece. Pero habrás de ayudarme.

Arthur medía dieciocho palmos de alzada y pesaba unos mil kilos, pero yo prefería vérmelas con él que con *Sunshine*, el poni Shetland, que era más bajo, pero tenía peor genio. Mejor un gigante manso que un enano con malas pulgas, a mi modo de ver. *Arthur* me acarició con el hocico amistosamente, sin duda recordando las muchas manzanas que le había llevado a lo largo de los años. Bien. Me interesaba que recordara aquellas manzanas, cada una de ellas.

Le até en corto el cabestro y luego traté de levantarle la pata. Ni se movió. Me apoyé en su enorme hombro y tiré. Nada. Inspiré hondo y dejé caer todo mi peso sobre su flanco. Todavía nada. Cerré el puño, le di un golpe. No hizo ni caso. Igual que si hubiera sido un mosquito.

—Travis —dije resollando—, tráeme algo afilado.

—¿Como qué?

—No sé. Algo afilado. Un alfiler de sombrero servirá.

—¿Un alfiler de sombrero? ¿En el establo?

—Algo, cualquier cosa. Y date prisa, por el amor de Dios.

Él se fue corriendo al cuarto de los arreos y volvió al cabo de un momento con un destornillador.

—¿Servirá esto?

Lo cogí con un gruñido.

—¿Qué piensas hacer?

Yo me preguntaba si, a pesar del carácter apacible de *Arthur*, no me estaría jugando el tipo. Vamos, si no me haría papilla a coces y yo no acabaría pasando el resto de mi vida en el Hogar para Niños Lisiados de Austin.

—Bueno, chico —musité—, allá vamos. Perdóname, *Arthur*.

Eché el brazo atrás, dándome impulso, y pinché el musculoso hombro del animal con un golpe enérgico: lo suficiente para sobresaltarlo, pero no para rasgarle la piel. Travis dio un grito. *Arthur* soltó un bufido, se apartó sorprendido y... alzó la pata. Arrojé el destornillador, apoyé todo mi peso contra él y tiré de la venda, centrándola y atando de nuevo el cordón. Era una tarea complicada, y había que hacerla deprisa. Me costó unos segundos, pero a mí me pareció una hora y rompí a sudar.

—¡Uf! —exclamé, y me aparté de él. *Arthur* apoyó la pezuña sobre la paja del suelo. La venda no se movió.

—Eh, Callie, te ha quedado muy bien. A lo mejor podrías ser veterinaria.

Yo no le prestaba mucha atención. Todavía estaba jadeando, contenta por haberle practicado mi primera cura a un caballo y por haber salido con todos los miembros intactos.

Al día siguiente era sábado. Travis y yo esperamos hasta que el doctor Pritzker y Samuel vinieron a echarle un vistazo a su paciente. Samuel sacó a *Arthur* de la cuadra para ver cómo andaba. El vendaje estaba intacto y él caminaba con una leve cojera. El doctor le cogió la pata y frunció el entrecejo.

¡Ay, ay!

—Estos nudos no son míos —murmuró. Yo retrocedí lentamente.

Seguro que en casa me necesitaban. ¿Ya me había hecho la cama? ¿Le había dado de comer al tritón?

—¿Habrá sido Alberto? —prosiguió el doctor Pritzker—. Este vendaje está muy bien.

Me detuve en seco. Travis intervino con orgullo.

—Fuimos nosotros. Se le cayó y volvimos a ponérselo.

—¿Habéis sido vosotros?

Ambos asentimos.

—Vaya, muchachito, estoy impresionado. Lo has atado con toda pulcritud. Quizá te conviertas en veterinario algún día.

¿Qué? No daba crédito a mis oídos. El «muchachito» seguía allí, sonriendo. Le di un codazo.

—¡Ay! —Se volvió hacia mí, quejoso—. Yo también ayudé, ¿vale? —Al ver mi expresión, añadió—: Bueno, un

151

poquito. —Enseguida confesó—: En realidad, fue Callie quien lo hizo. A ella se le dan bien estas cosas.

El doctor Pritzker nos miró escépticamente, como si estuviéramos contándole un cuento.

—O sea —siguió Travis—, que quizá podríamos ser veterinarios los dos, ¿no?

—Humm —masculló el doctor Pritzker.

Yo no esperaba dudas, sino elogios, y lo incité a continuar.

—¿No podría ser veterinaria yo también?

A mí nunca se me había ocurrido la idea, pero ahora que la había formulado en voz alta, me gustó cómo sonaba.

—Pues… —dijo él—. Nunca he oído nada semejante. Es un trabajo sucio y duro, excesivo para una dama. Yo me he pasado la mitad de mi vida forcejeando en el barro con un novillo y la otra mitad recibiendo coces de una mula. No me acabo de imaginar a una dama haciendo esas cosas. ¿Tú sí, Samuel?

—No, señor, difícilmente. —Ambos disfrutaron de una laaaarga y sonora carcajada ante semejante chiste. Habría sido capaz de darle un puñetazo a cada uno.

El doctor Pritzker prosiguió:

—Pero en el caso de Travis, sí. Podría ir a la Facultad de Veterinaria si quisiera. ¿Nunca lo has pensado, jovencito? Es una buena profesión para quien ama a los animales. Pero habrás de esforzarte mucho durante dos años. Y la matrícula cuesta una cantidad considerable de dinero.

¿Y yo qué? ¿Por qué me ignoraba a mí y se dirigía a un chico que era incapaz de mirar los intestinos de una lombriz? Me giré en redondo y regresé a casa airada; ya estaba subiendo por la escalera cuando mamá me llamó desde el salón.

—Hora de practicar el piano.

Porras. Debería haber ido al laboratorio del abuelo, pero ahora ya era demasiado tarde. La media hora de práctica diaria era sagrada. Pateé el suelo, exasperada, y mamá gritó:

—Será mejor que dejes de protestar y vengas ahora mismo.

Entré en el salón, tomé nota de la hora en el reloj de la repisa de la chimenea y me senté para practicar los treinta minutos obligados —ni uno más— con un humor más negro que el pus de caballo. Ataqué la obertura de *Guillermo Tell,* del señor Gioacchino Rossini con una ferocidad inusitada, que, casualmente, era lo que requería esa pieza musical.

—Dios mío —dijo mamá—, hoy tocas con mucho brío. ¿Por qué no tocas así más a menudo? Es un progreso indudable. La señorita Brown se pondrá muy contenta.

¡Ah, sí, la señorita Brown, nuestra anciana profesora de piano! La de la regla amenazadora y la lengua afilada: tan afilada como para abrir un forúnculo (No hacía falta veterinario, ¡bastaba con llamar a la señorita Brown!) Era importante mantener contenta a la vieja bruja, pues aunque la había convencido para no tener que tocar en el recital anual, seguía condenada a las clases semanales hasta que cumpliera dieciocho años. Una eternidad.

Al terminar, ya se hizo la hora de cambiarme y ponerme un delantal limpio para la cena. Durante las comidas, se esperaba que todo el mundo, salvo el abuelo, charlara educadamente y contribuyera a cultivar lo que mamá llamaba «el arte de la conversación». Incluso J.B., que solo tenía seis años, debía hacer su aportación. Esa noche, su aportación fue:

—Hoy he aprendido cómo se deletrea «pan». ENE A PE: así se deletrea «pan». ¿Lo sabías, mamá?

—Eh, bien, cariño, quizá mañana trabajemos un poco más esa lección. Y tú, Travis, ¿qué dices?

Él soltó sin más ni más:

—Ayer, yo y Callie fuimos a ver cómo abría el doctor Pritzker el absceso de *King Arthur;* y salió un montón de pus. Era como una fuente. Deberías haberlo visto.

—¿Cómo? —exclamó mamá.

Le di una patada a Travis por debajo de la mesa.

—Sí —continuó—, y el doctor Pritzker ha dicho que yo podría ser veterinario. ¿Tú crees que podría, papá? Dice que son dos años enteros de estudio, y que hay que esforzarse mucho, y que cuesta un montón de dinero.

153

Papá estudió a su hijo con aire pensativo antes de responder.

—Es cierto que la población de Texas está creciendo, y la demanda de carne de buey también. A mí me parece que la necesidad de veterinarios habrá de aumentar igualmente. Así tendrás una buena fuente de ingresos para mantenerte tú y mantener a tu futura familia. —Sonrió—. Hijo, me parece que es una magnífica profesión a la que dedicarse. Y no te preocupes por los gastos. Estoy seguro de que nos las arreglaremos para costearlos.

La cara de Travis se iluminó de placer; entonces me miró y dijo:

—Callie le cambió el vendaje a *King Arthur*, y el señor Pritzker ha dicho que lo había hecho muy bien. Ella también podría ser una buena veterinaria.

Todo el mundo se quedó callado. Comprendí de repente que el momento y el escenario eran míos. Inspiré hondo y propuse:

154

—A lo mejor Travis y yo podríamos ir a estudiar juntos.

Mamá y papá se quedaron de piedra. Incluso el abuelo despertó de su ensueño habitual durante las comidas y me miró con interés. Papá le echó un vistazo a mamá, carraspeó y dijo:

—A ver, Calpurnia, quizá podamos, eh, enviarte a la universidad un año. Debería ser el tiempo suficiente para que te sacaras tu certificado de enseñanza, me parece a mí.

No podía creer lo que estaba oyendo. Un año, pero dos, no.

—Y quién sabe —continuó, mirando a mamá como para que le echara una mano—, quizá, eh, eh, conozcas entretanto a algún joven y contraigas matrimonio.

Un año. No dos. Uno. Lo cual significaba que a mí me darían la mitad de la educación que iban a darle a Travis. La sensación de injusticia me abrumó. Entonces me vino a la cabeza la pregunta que —nada más ocurrírseme— comprendí que había querido plantear durante toda mi vida.

—¿Y eso qué tiene de justo?

Mis padres me miraron como si me hubiera brotado de repente otra cabeza.

—En efecto —murmuró el abuelo—, una excelente pregunta.

—¿Crees que no soy lo bastante lista? ¿Es eso?

Mamá parecía incómoda y dijo:

—No es eso, Calpurnia. Es que…

—Que… ¿qué? —le solté.

Ella me lanzó una mirada para avisarme de que estaba bordeando peligrosamente el límite de la conducta intolerable.

—Este no es el momento ni el lugar para mantener esa discusión. Digamos que siempre hemos tenido otros planes para ti y dejémoslo ahí. Sully, pásale por favor la salsa a tu padre.

Una niebla rojiza descendió sobre mi visión. Me salieron ronchas de furia en el cuello. Acabábamos de entrar en un nuevo siglo. Y yo me había visto siempre a mí misma como un ejemplo de la moderna chica americana. ¡Menudo chiste! Tenía la garganta agarrotada, pero hablé a borbotones.

—¿Y mis planes, los planes que yo he hecho para mí? ¿Qué hay de eso?

Lamar dijo con una risita:

—¿Para qué habrías de ir a la universidad? Tú solo eres una chica. Apenas cuentas.

Papá frunció el entrecejo y le reconvino:

—Lamar, no hables a tu hermana con ese tono.

Incluso en medio de mi rabia, capté con claridad lo que mi padre había dicho y lo que se había callado. No le había dicho a Lamar que estaba equivocado: solo que no fuera grosero.

Traté de hallar una réplica adecuada para Lamar y un argumento convincente para mis padres, pero, aunque era una gran humillación, rompí a llorar. Todo el mundo me miró boquiabierto. Sentía con tal intensidad sus miradas que no pude resistirlo ni un segundo más. Me levanté bruscamente de la mesa, subí corriendo la escalera y me derrumbé en mi miserable catre. Nadie vino a consolarme; únicamente me tenía a mí misma para consolarme. Me sequé mis estúpidas lágrimas y me di cuenta de que, por primera vez en la historia, uno de los vástagos de los Tate había abandonado la mesa sin permiso. Había alcanzado así una victoria diminuta. No era suficiente. No era suficiente.

Una hora más tarde, Aggie subió a acostarse. Yo estaba de un humor explosivo, oscilando entre los ataques de rabia y los accesos de pena.

—Chica —dijo—, has metido la pata a base de bien.

—¡Ay, cállate la boca! —exploté—. ¿A ti quién te ha preguntado? —Dicho lo cual, me di la vuelta hacia la pared.

Ella se quedó tan consternada que enmudeció. Yo también estaba consternada, la verdad. Jamás le había dicho estas palabras a alguien mayor que yo, ni siquiera a Lamar.

A mí me parecía que todo se reducía a una única pregunta que me seguía resonando en la cabeza: ¿Es que no soy tan lista como mis hermanos? La respuesta era que no. No, no lo era.

Era más lista que ellos.

Y si debía abrirme mi propio camino en el mundo, lo haría. Encontraría mi camino.

156

Capítulo 14

Problemas de dinero

El capitán Fitz Roy tomó como rehenes a un grupo de nativos por la pérdida de un bote que había sido robado… y a algunos de esos nativos, así como a un niño que había comprado por un botón de nácar, se los llevó con él a Inglaterra…

*E*ra sábado, un frío, lluvioso y deprimente sábado, y a mí me habían ordenado que me sentara sobre un cojín en el salón y tejiera otros mitones. Iba mejorando, sí, pero ¿acaso me importaba? No, me tenía sin cuidado.

Mamá y Aggie trabajaban en sus bordados. J.B. jugaba en un rincón con sus piezas de madera, riéndose por lo bajini y contándose a sí mismo algún cuento disparatado que solamente él entendía. Un fuego de troncos de pacana crepitaba y chisporroteaba en la chimenea alegremente, en abierto contraste con el tiempo gris y con mi humor igualmente sombrío.

Llamaron al timbre: un indulto momentáneo para mis labores. Me levanté de un salto, gritando: «Ya voy yo». Era mi maestra, la señorita Harbottle, que venía a hablar con Aggie y con mamá. Cogí su pelliza empapada y su paraguas chorreante y los dejé en el perchero del vestíbulo. Con sus vulgares ropas negras y su desaliñado sombrero, exhibía toda la elegancia de un cuervo mojado.

—¿Todo bien, Calpurnia?

—Muy bien, gracias, señorita Harbottle —dije haciéndole una pequeña reverencia que pareció complacerla—. ¿Y usted?

Intercambiamos los cumplidos de rigor. Para tratarse de una alumna como yo, que con frecuencia era acusada en clase de ser descarada (y que se pasaba por ello mucho tiempo en el «rincón de la vergüenza»), la verdad es que me sentía extrañamente tímida ante mi maestra fuera de la escuela. La escuela era su entorno natural, y yo siempre experimentaba una especie de incomodidad al tropezármela en el «mundo exterior». Era un poco como encontrarse una serpiente en el tocador o un armadillo en la habitación de Travis.

La acompañé al salón. Mamá y Aggie se levantaron, le estrecharon la mano y le preguntaron educadamente por su salud. Mamá se volvió y me dijo:

—Callie, pídele por favor a Viola que traiga té y un refrigerio.

Me escabullí a la cocina con repentina alegría. Un refrigerio para una visita tan importante incluiría sin duda la tarta de chocolate de Viola, una creación sublime que superaba a todas las demás y que nosotros solo probábamos en ocasiones especiales. Supuse que podría agenciarme un pedazo si me quedaba por allí para pasar las tazas (y el pastel), y me comportaba como una chica modélica.

Interrumpí a Viola, que estaba —cómo no— pelando patatas.

—Mamá pide que sirvas té. Ah, y tarta de chocolate para cuatro. —No incluí a J.B. Eso ya sería pasarse, y, además, probablemente podría conformarlo y mantenerlo callado con un trocito (uno) de mi porción.

Viola interrumpió su tarea y me miró entornando los ojos.

—¿La porcelana fina?

—Sí. Es la señorita Harbottle.

La cocinera se puso un delantal limpio y bajó la bandeja del té. La dejé trajinando y volví a mi cojín en el salón.

La conversación se desenvolvía por temas diversos que no me interesaban gran cosa: quién estaba enfermo y quién estaba sano, quién se había casado y quién se había muerto. Una charla… inconexa. Sí, esa era una buena palabra, una de las que acababa de aprender. Tenía que enseñársela a Travis.

Viola apareció con la bandeja del té. Me levanté de un salto para ayudarla y contar las porciones de tarta. Cuando ella se retiró, mamá sirvió el té y fue pasando los platos y las tazas. Ya íbamos a ponernos a zampar cuando la señorita Harbottle abordó el tema que la había traído a casa.

Mirando primero a mamá, dijo:

—Me gustaría saber si Agatha estaría dispuesta a ser ayudante en la escuela. Como ya tiene su diploma, resultaría de gran ayuda para enseñar a leer a los más pequeños.

Tomé mi primer bocado de la tarta prodigiosa. ¡Ah, qué maravilla! Mastiqué lentamente, decidida a exprimir cada molécula de placer. Estaba tan extasiada, tan concentrada en mi tarta, que al principio no noté que sucedía algo.

Pero ¿qué era?

El murmullo de la conversación se había detenido. Reinaba el silencio. Un silencio que se fue prolongando. Eché un vistazo a mamá, que miraba a Aggie con una expresión alentadora: el tipo de expresión que le dirige una madre a su niño para que se coma los guisantes. Aggie, por su parte, masticaba su pastel pensativamente. ¿Qué era lo que me había perdido? El silencio se prolongó un poco más. Incluso J.B. levantó la vista de sus piezas de madera.

—Aggie —dijo mamá—, ¿no has oído lo que te ha dicho la señorita Harbottle?

—Sí, lo he oído —replicó mi prima—. Estaba esperando para saber cuál sería el sueldo.

—¿El sueldo? —repitió mi madre, como si la palabra le resultara apenas conocida—. ¿El sueldo?

A mí siempre me habían enseñado que hablar en público de dinero era una espantosa inconveniencia para una dama. La cosa se estaba poniendo interesante.

La señorita Harbottle pareció primero consternada y después ofendida. Entonces contestó:

—Bien, eso no lo sé. Nosotros esperábamos encontrar una voluntaria. Pero supongo que podría consultar a los miembros del consejo escolar y pedirles que le pagaran un salario de, digamos, veinte centavos la hora.

Hice un cálculo mental rápido: seis horas al día, multiplicadas por cinco días a la semana, multiplicadas por veinte centavos la hora, daban... seis dólares redondos. Una magnífica suma. Miré a Aggie con una admiración repentina. Supongo que a ninguna de nosotras se nos había ocurrido que ella esperaba cobrar por su trabajo, pero ahora que lo pensaba... ¿por qué no? Al fin y al cabo, estábamos en un nuevo siglo, y el trabajo de una chica tenía que contar sin duda igual que el de un chico. Yo misma, durante la última cosecha de algodón, me había hecho la enfurruñada hasta que papá me dio una moneda de cinco centavos por vigilar a los niños de color mientras sus padres trabajaban en el campo: cinco centavos por un solo día. Y me había quedado contentísima.

Aggie hizo entonces una cosa que nos dejó a todas completamente pasmadas. Dejó el tenedor, se limpió los labios delicadamente con la servilleta y pronunció tres palabras que yo jamás le había oído decir a una niña, ni a una joven ni a una dama.

—No es suficiente.

¡Dios mío! Nos quedamos boquiabiertas por su audacia. ¡Ya no se trataba de mencionar el dinero, sino de pedir más! Qué fascinante. La atmósfera podía cortarse con un cuchillo. Mamá se puso roja como un tomate; la señorita Harbottle farfulló y tosió, como si del pasmo se le hubiera ido una miga por el otro lado. Corrí a la cocina y le llevé un vaso de agua, que se bebió con alivio, a ratos abanicándose y a ratos dándose golpecitos en el pecho.

Aggie dio un sorbo de té, más fresca que una lechuga.

—Tendrán que ser treinta centavos la hora.

—Ni hablar —dijo enojada la señorita Harbottle.

—Yo ya tengo mi diploma, ¿sabe? Creo que eso debería valer otros diez centavos la hora.

Mamá se quejó:

—Agatha, me dejas estupefacta. ¿De dónde sale esta actitud mercenaria? ¿A qué viene esta charla sobre salarios? Para nuestra familia sería todo un honor que te ofrecieras voluntaria. ¿Es que no te atendemos adecuadamente?

—Por supuesto que sí, tía Margaret, y me siento inmensamente agradecida. Pero yo he de poner de mi parte para ayudar a reconstruir nuestra casa en Galveston. Quiero enviar dinero a mis padres, ¿entiendes?

—¡Ah! —exclamó mi madre—. Claro. Claro.

—¡Ah! —exclamó la señorita Harbottle—. Ya veo. Un fin encomiable, querida. En ese caso, veré qué puedo hacer.

Y así, tan sencillamente, la tormentosa atmósfera del salón se volvió apacible de nuevo.

Una semana después, Aggie pasó a ser la nueva empleada del distrito escolar del condado de Caldwell con el espléndido salario de treinta centavos la hora. Nueve dólares a la semana. Su estado de ánimo —al menos en casa— mejoró aún más.

En la escuela, en cambio, la cosa cambiaba. Ella fingía que no éramos parientes y no me devolvía la sonrisa cuando nos cruzábamos. Incluso habíamos de llamarla señorita Finch hasta que llegábamos a casa. Resultó ser una maestra arisca, severa y firme (nada sorprendente esto último), y sus alumnos aprendieron enseguida a comportarse. Enseñaba el alfabeto a los niños más pequeños y guiaba sus primeros pasos vacilantes por los tediosos vocabularios, llenos de relatos apasionantes como: «El oso. La casa. La casa es blanca. El oso está en la casa blanca». Más bien poca cosa como historia, pero, en fin, de algún modo había que empezar.

Al ver que Aggie recibía su paga semanal, yo empecé a pensar que ahorrar dinero podía ser una buena idea, aunque no tuviera en mente ningún objetivo concreto. A lo mejor un día reuniría lo suficiente para sacar unos billetes de tren a Austin para mí y para el abuelo. A lo mejor un día me podría comprar mi propio microscopio. Aparte de eso, no tenía ningún plan en especial. Haciendo un esfuerzo de voluntad enorme, me permití gastar un centavo a la semana en caramelos; luego comerciaba con mis hermanos para conseguir un surtido variado y atractivo. Tras recibir la paga todos los viernes por la tarde, me entregaba unos momentos al agradable ritual de contar mis monedas de uno y cinco centavos, y de admirar mi pieza de oro, antes de guardarlas de nuevo en su envoltorio de papel de seda y de colocar otra vez la caja debajo de la cama. Ya tenía la cantidad nada despreciable de cinco dólares y cuarenta y dos centavos.

Ese viernes en concreto, le di las gracias a papá por mi moneda de cinco centavos y subí corriendo a mi habitación. Abrí la caja de puros. En cuanto toqué el envoltorio, me di cuenta de que pasaba algo raro. Lo deshice con incredulidad.

No estaba.

El mundo se bamboleó bajo mis pies. Mi maravillosa moneda de cinco dólares, exhibiendo la cabeza radiante de la Libertad, con su peso tranquilizador y sus promesas de futuro, había desaparecido. Aturdida, hurgué en el contenido de la caja —las monedas pequeñas, los tesoros menores, los recortes de papel—, sabiendo ya mientras lo hacía que no iba a encontrarla.

162   No estaba.

Bueno, había desaparecido. Debía dominarme y aceptarlo. Debía aplicar mi inteligencia superior a la tarea de recuperarla. Examiné la caja. Una de las esquinas estaba carcomida, como si hubiera sido mordisqueada, pero el orificio era demasiado pequeño para pasar por él la moneda. ¿Quién o qué había andado por debajo de mi cama? Los ratones, sin duda. La serpiente, probablemente. ¿Se habría sentido atraída como una urraca por la reluciente superficie de la moneda y se la había llevado a su escondrijo detrás del zócalo? No, eso me pareció descabellado. *Sir Isaac Newton* había estado también debajo de la cama; me lo había encontrado allí una vez rebozado de polvo. Pero ahora eché un vistazo y estaba flotando inmóvil en su plato, con la malla de alambre sujeta con una piedra.

Pasé a los sospechosos humanos. ¿Uno de mis hermanos? Mi padre lo mataría si se enteraba. Ninguno se atrevería, aunque Lamar no dejaba de ser una posibilidad. ¿Y San-Juanna, nuestra criada de toda la vida? Una mujer tan digna de confianza como la que más, le había oído decir una vez a mi madre. ¿Y Viola, que llevaba con nosotros desde antes de que naciera Harry? Inconcebible. Solo quedaba... Aggie.

La candidata más obvia, claro. Codiciosa, ávida de dinero, tenía los medios, el motivo y la oportunidad. Y no era una hermana, un pariente de «primer grado». Nuestros lazos de sangre, más tenues, quizá le habían permitido robarme sin remordimientos de conciencia. Reflexionando como Sherlock Holmes, sentí que todas las piezas encajaban. Tenía que ser ella.

Y justo entonces, entró «ella» y me lanzó —a mí, la persona agraviada, la parte perjudicada— una mirada gélida.

—¿Qué haces? —dijo despreocupadamente, sin el menor rastro de culpa. ¡Ah, tenía hielo en las venas! Se sentó en la silla del tocador, se quitó el sombrero y se alisó el pelo.

Fue entonces cuando me lancé sobre ella y la tiré de la silla. Aggie dio un grito y cayó en una postura de lo más indecorosa, con la falda tan alzada que se le veían las enaguas.

—¿Te has vuelto loca? —gritó.

Me planté frente a ella, jadeante, con las manos crispadas de rabia. Y aunque mi prima me llevaba cuatro años y medía treinta centímetros más que yo, percibí en sus ojos de ladrona un destello de temor. Se levantó torpemente, con las ropas y el pelo hechos un desbarajuste.

—Devuélvemelo —dije con voz ahogada.

—¿Qué te pasa? ¿Has perdido el juicio?

Me acerqué; ella retrocedió hacia el rincón.

—Devuélvemelo.

—¿De qué estás hablando?

—De mi dinero. Devuélvemelo.

—No te acerques más. —Alzó las dos manos para mantenerme a raya—. No tengo ni idea de qué me hablas.

Su expresión era tan absolutamente incrédula que surgió en mi interior un atisbo de duda. También se me ocurrió que ella, si quería, seguramente podía ganarme en una pelea. Me detuve y dije con toda la calma que pude:

—Mi moneda. La pieza de oro de cinco dólares que me has quitado.

—Yo no te he quitado nada. Estás loca.

163

Y esta vez la creí. Me apartó de un empujón y bajó corriendo, dejando que yo me desinflara poco a poco como un triste globo. Ahora sí que estaba metida en un buen aprieto.

En efecto: al cabo de un minuto se alzó la voz de mamá desde el pie de la escalera, con el tono más enojado que le había oído en mi vida.

—¡Calpurnia! Baja ahora mismo.

Sabía que la desaparición de mi dinero no era nada comparada con el problema que me había creado al atacar a mi prima. ¡Ay! Bajé los peldaños arrastrando los pies, mientras intentaba urdir alguna excusa, pero sabía que no tenía ninguna.

Entré en el salón y me situé en el punto de la alfombra turca reservado tradicionalmente a los candidatos a una buena reprimenda. Había estado allí muchas otras veces, cabizbaja; por ello, ya me resultaba conocido el intrincado dibujo.

164

—¿Y bien? —dijo mi madre—. ¿Es cierto? ¿Es verdad que has atacado a Aggie y la has tirado al suelo? Dime que no ha sucedido tal cosa.

Parecía una extraña manera de plantearlo. ¿Era una invitación a mentir? La atisbé un momento y aparté enseguida la mirada. Nunca la había visto tan furiosa.

—Perdona, mamá —susurré, muy modosita.

—¿Cómo? ¡Habla más alto!

—Perdona, mamá —dije levantando un poco la voz.

—Es con Aggie con quien debes disculparte, no conmigo.

—Perdona, Aggie. —Rasqué con la punta del zapato el único punto borrado del dibujo de la alfombra: el punto que mis hermanos y yo habíamos ido desgastando con los años.

Mamá chilló:

—¡Mírala a los ojos para disculparte!

—Perdona, Aggie, de verdad —dije, esta vez con sinceridad—. Yo… Creía que me habías robado mi moneda de oro.

—¡Pufff! —resopló Aggie con desdén.

Presentar mis excusas no tuvo el efecto deseado de calmar a mamá. Su voz se volvió aún más sonora y más aguda:

—¿La moneda de oro que te dio tu padre? ¿La has perdido? ¿Cómo has podido ser tan descuidada?

—No la he perdido. Alguien me la ha robado.

—¡Tonterías! Nadie bajo este techo haría algo semejante. Tu padre te da una pieza de oro de diez dólares, ¿y tú qué haces? La pierdes a causa de tu propia negligencia.

Parpadeé, confusa.

—Quieres decir una pieza de cinco dólares, ¿no?

Ella me miró con idéntica perplejidad.

—Diez dólares, no cinco. ¿Esto es otra muestra de tu ingratitud, criatura desventurada?

Unas ronchas incipientes comenzaron a picarme en el cuello.

—Yo… yo no…

Ella me espetó:

—Los diez dólares que te dio tu padre. Y ahora los has perdido. Fuera de mi vista. Ve a tu habitación. No, espera. Ve afuera. Que Aggie tenga un poco de tranquilidad. Vas a quedarte fuera de tu habitación hasta la hora de acostarse, ¿entendido?

—Pero…

—¿Entendido?

—Sí, mamá. Y lo siento mucho, Aggie, de verdad. Espero que me perdones.

Ella solo dijo:

—Eh… Bueno.

Salí por la puerta principal al porche; me rasqué un par de veces las ronchas y enseguida rompí a llorar de rabia y confusión. ¿Qué diablos sucedía? ¿De qué estaba hablando mamá? Sam Houston y Travis aparecieron por el otro extremo del sendero. En vez de dejar que presenciaran mi humillación, me metí corriendo entre los matorrales y me dirigí al río.

Al llegar a la ensenada, me senté en la orilla y lloré por lo injusto que era todo. Y por mi propia estupidez. Había violado las normas del abuelo de observación, análisis y juicio. Me había apresurado a sacar una conclusión sin verdadero fundamento, y mira a dónde me había llevado: a me-

165

terme en un lío de marca mayor, probablemente para el resto de mi vida. Y no me había acercado ni siquiera un paso a la resolución del robo. Metí mi pañuelo en el agua fría y me refresqué la cara. (Aunque me estuviera aplicando un sinfín de algas y paramecios microscópicos, me daba igual.) A medida que se me iba enfriando la piel, también se aplacaba mi furia. ¿Podría ser que hubiera extraviado la moneda? No me parecía posible. Solo de pensar a dónde habría ido a parar me daba dolor de cabeza. En lugar de eso, apliqué mi tan cacareado intelecto a la cuestión de si eran cinco o eran diez dólares. O bien mi madre estaba equivocada, o bien decía la verdad. No podía ir a preguntárselo a ella ni a mi padre; debía averiguarlo yo. A ver, los mayores recibían como paga semanal una moneda de diez centavos; y los pequeños y yo, una de cinco centavos. Papá, según el mismo razonamiento, debía de haber dado diez dólares a los mayores y cinco a los pequeños. Pero esto no lo sabía con certeza. ¿Cuál de los mayores me lo diría? Quizá Harry lo supiera, aunque yo no lo recordaba en la fila del pasillo aquel día. Recurrir a Lamar, con sus exasperantes aires de superioridad (para los que no encontraba la menor justificación) sería lo último que haría. Así pues, me quedaba Sam Houston; él parecía un buen candidato. En general nos llevábamos bastante bien, salvo cuando caía bajo la influencia de Lamar. Tendría que ser Sam.

Oí que Viola tocaba la campana del porche trasero, anunciando la cena. Me sequé la cara y las manos y regresé a casa con mi plan preparado.

La cena fue muy tensa. Mamá estaba callada; papá me miraba consternado; Harry me observaba como si yo fuese un espécimen nunca visto, Aggie tenía una expresión estudiadamente insondable. Mis demás hermanos, que, obviamente, se habían enterado de la noticia, me miraban de reojo mientras engullían la sopa. Yo no dije una palabra y me mantuve cabizbaja casi todo el rato, atisbando a hurtadillas de vez en cuando como una tortuga encerrada en su caparazón. Travis me transmitió silenciosamente su solidaridad arqueando las cejas. Solo el abuelo y mi hermano pequeño parecían ajenos al ambiente borrascoso del comedor. J.B. llenó el insólito vacío en la conversación cotorreando sobre sus soldados confederados de juguete, explicando cómo habían matado a los malvados yanquis, y cómo disparaba él su pistola de corcho, y cómo había aprendido a deletrear perro: PE E RE O.

Mamá, en su aturdimiento, murmuró:

—Muy bien, cariño.

SanJuanna retiró el plato principal y sirvió cuencos de dulce de cereza con nata fresca. Me puso un cuenco delante, y eso hizo que mamá despertara de su letargo y diera una orden tajante:

—Calpurnia se queda sin postre. Hoy, y durante las próximas dos... no, que sean tres semanas.

Todo el mundo alrededor de la mesa contuvo el aliento ante ese castigo inaudito; y aunque fuera severo en grado sumo, yo no estaba en condiciones de protestar.

Travis murmuró: «Puedes tomar un poco del mío, Callie»; ante lo cual mi madre añadió de inmediato una norma suplementaria: «¡Y nadie puede compartirlo con ella!».

167

Permanecí con las manos en el regazo mientras Lamar se relamía ostentosamente los labios y decía:

—Cielos, es el mejor dulce de cereza que he probado.

Típico de él.

Cuando subíamos a acostarnos, me tropecé en el rellano con Travis y Sam Houston. Perfecto. Un hermano mayor y uno pequeño.

—Sam —dije en voz baja—, cuando papá vino de Galveston y nos dio dinero a todos, ¿cuánto te dio a ti?

—Diez dólares de oro. ¿Por qué?

—Solo quería saberlo. —Luego me volví hacia Travis—. Y a ti te dio cinco, ¿no?

Mi hermano pequeño me miró perplejo y pronunció unas palabras que me rompieron el corazón:

—No. Me dio diez, pero pidió que no hablásemos de ello. Nos dio diez a cada uno.

—Diez a cada uno —repetí débilmente. Es decir, diez para los mayores y diez para los pequeños. Pero para mí, no.

Me abrí paso entre ambos y corrí a mi habitación, donde me arrojé en mi catre y di rienda suelta a un mar de lágrimas amargas. Lloré por mi perdida fortuna y por la injusticia de ser acusada de ello. Lloré por mi futuro. Lloré por mis perspectivas, que iban reduciéndose en lugar de expandirse a medida que transcurrían los años, cercadas por todos lados por las deprimentes expectativas de los demás.

Aggie entró a acostarse. Ignorándome, encendió la lámpara y se puso el camisón. Se cepilló y trenzó el pelo, todavía sin prestarme atención.

Finalmente dijo:

—¡Ay, deja de llorar! —Sacó un pañuelo del cajón de la serpiente y me lo pasó, diciendo—: Toma. Ya no estoy furiosa contigo. Y ahora prepárate para acostarte, que voy a apagar la luz.

Pero yo no podía parar. Y no podía contarle que ya había olvidado nuestra pelea. No podía decirle que lloraba por haber descubierto una dura realidad: que yo era una mera ciudadana a medias en mi propia casa.

Capítulo 15

Acción de Gracias

Para mí siempre ha sido un misterio saber con qué puede subsistir el albatros que vive lejos de la costa. Supongo que, tal como el cóndor, es capaz de ayunar largo tiempo y que un buen festín con los restos putrefactos de una ballena le dura mucho.

*L*as semanas pasaban monótonamente, y ya se iba acercando el Día de Acción de Gracias, aunque yo no veía muchos motivos para dar gracias por mi parte. Ese año me tocaba a mí cuidarme de la crianza de los pavos. Siempre criábamos tres: uno para la familia, uno para los criados y uno para los pobres del otro extremo del pueblo. Travis los había criado el año anterior y, como es natural, se había encariñado con los que tenía a su cargo, hasta el punto de ponerles nombre: *Reggie, Tom el Pavo* y *Lavinia*. Una idea desastrosa, a decir verdad, teniendo en cuenta su destino final; por eso convencí a Travis para que no me acompañase en mis visitas al corral de los pavos. Por una vez, no me resultó difícil. Mi hermano ya había aprendido por las malas que uno no podía permitirse el lujo de encariñarse con unas criaturas destinadas a la mesa del comedor.

Yo también les había puesto nombre a mis pavos, pero los había llamado *Pequeño, Mediano* y *Grande*, lo cual era más bien un sistema de clasificación sin ninguna implicación personal (aunque quizá habría sido más adecuado llamarlos *Bobo, Rebobo* y *Requetebobo*). Les daba comida y agua dos veces al día, pero sin apegarme y guardando las distancias.

Pregunta para el cuaderno: ¿para qué sirven las barbas del pavo macho?, ¿para embellecerlo (¡puaj!), para abrigarse o para qué? Yo había observado que los lagartos anolis verdes, *Anolis carolinensis*, que vivían entre las azucenas del sendero de delante, inflaban y desinflaban su papada rosada para atraer a las hembras y repeler a los machos. Pero el apéndice de los pavos me parecía tan sumamente feo que estaba convencida de que ni siquiera un pavo hembra podía encontrarlo atractivo.

Dos días antes de la festividad, me obligaron a hacer tartas de manzana bajo estricta supervisión. Aggie se ofreció a preparar lo que ella llamaba pomposamente su «especialidad»: un pastel de melocotón macerado en brandi y espolvoreado con compota de moras. El día antes de la comilona, nos sacaron a ambas de la cocina para que Viola y SanJuanna pudieran trabajar a sus anchas. La cantidad de comida que preparaban era enorme, e incluso mamá ayudaba, bien arremangada y con el pelo envuelto en un pañuelo. Para fortalecerse, tomaba polvos contra el dolor de cabeza y tónico de Lydia Pinkham. Parecía cansada, pero contenta.

Papá, preocupado por su delicada constitución, la prevenía:

—Vete con cuidado. No vayas a agotarte, querida.

Y llegó el Día de Acción de Gracias. Tomamos un desayuno ligero para prepararnos para la gran comida que nos aguardaba más tarde. Con lo cual a la hora del almuerzo yo estaba muerta de hambre. La cocina, sin embargo, llena de aromas apetitosos, de nubes de vapor y de una cacofonía de cazos y cacerolas, era territorio prohibido.

De todos modos, me arriesgué y asomé la cabeza por la puerta. Viola, enloquecida, hacía malabarismos con ollas y fuentes como un prestidigitador consumado; cada uno de sus movimientos era una maravilla de destreza y eficiencia, y, aunque yo no aspiraba a poseer sus dotes, no podía por menos que admirarlas. Su labio inferior, distendido por el pellizco de rapé que consumía sin poder evitarlo en ocasiones tan extenuantes como esta, le daba un aspecto intimidante y agresivo.

170

—Viola —dije con mi voz más sumisa—, ¿podría...?

—¡Fuera!

—Es que...

—¡Fuera!

Qué refunfuñona. Aunque tampoco podía culparla. Me consolé con un almendrado revenido que había guardado en mi habitación para este tipo de emergencias: un escaso consuelo teniendo en cuenta los deliciosos olores que flotaban por toda la casa.

A las dos, nos pusimos en fila para darnos un baño. Y a las tres, mamá subió a ponerse su vestido de noche de color zafiro y su centelleante gargantilla de azabache. El doctor Pritzker, nuestro invitado de honor, llegó a las cuatro, mientras Aggie y yo poníamos la mesa con la mejor vajilla de cristal y porcelana (una idea arriesgada cuando andaban cerca los pequeños).

Mientras esperábamos la cena, el doctor Pritzker, el abuelo y papá entablaron una animada conversación acerca de la expansión de la fiebre por garrapatas en la zona de Río Grande, así como de la pierna negra y la fiebre aftosa, enfermedades bovinas que estaban causando estragos en la economía de Texas. Yo merodeaba cerca de ellos para escuchar y me sentí orgullosa por la amplitud de conocimientos de microbiología del abuelo y por la deferencia con que lo trataba el doctor Pritzker. Analizaron los méritos del tratamiento consistente en sumergir al ganado en una solución de arsénico, tabaco y sulfuro.

—Se ha hablado de usar la electricidad para combatir las garrapatas —comentó el doctor Pritzker—. Un alumno de la Facultad de Agricultura y Mecánica conectó una corriente eléctrica en las cubas de inmersión y efectuó una descarga en el agua mientras el ganado las atravesaba.

El abuelo, un hombre de criterio avanzado, reaccionó con gran entusiasmo.

—Curiosa idea. ¿Y cuáles fueron los resultados?

—Lamentablemente, las vacas cayeron muertas en el acto. Las garrapatas, por su parte, salieron vivas a nado, en busca de otras reses nuevas.

—Fascinante —dijo el abuelo—. Me imagino que sería conveniente ajustar la dosis de electricidad.

Mamá, al escuchar aquella historia apasionante, se estremeció, se volvió hacia Aggie con una sonrisa forzada y le preguntó por las últimas noticias de sus padres. Mamá hacía todo lo posible por estar a la altura de los grandes salones de Austin, y la fiebre por garrapatas no era el tipo de charla refinada que se mantenía en tales lugares.

Reflexioné sobre las maravillas de la electricidad, deseosa de que estuviera presente en nuestras vidas. La idea misma de deshacerse de las velas y las lámparas de petróleo, y de pulsar un interruptor para encender la luz, parecía casi increíble. Y yo sabía, aunque fuera triste decirlo, que aquello nunca sucedería en nuestro pequeño rincón del mundo.

Al dar las cinco, la hora mágica, Viola tocó el gong al pie de la escalera, y todos ocupamos nuestros asientos. Yo abrigaba la esperanza de sentarme al lado del doctor Pritzker, pero no: él estaba entre Travis y Aggie. ¿Fui la única en advertir que esta fruncía el entrecejo ligeramente al verlo a su lado?

Papá bendijo la mesa e incluyó unas gracias especiales por el hecho de que nuestros parientes hubieran sobrevivido a la tragedia de la inundación. Eché una mirada por encima de mis manos unidas y observé que el doctor Pritzker, aunque parecía prestar una educada atención, no había inclinado la cabeza. Qué raro. Aggie, por su parte, parecía amargada por algún motivo desconocido. A continuación nos lanzamos sobre la copiosa comida, en una coreografía de tenedores y codos maniobrando discretamente, y nos pusimos a zampar como unos granjeros que llevaran semanas sin comer. El doctor Pritzker elogió abundantemente a mamá por el banquete, y ella irradiaba satisfacción por los cumplidos. Había comida para un ejército entero.

Empezamos con sopa de tortuga, seguida de un aperitivo de tostadas con champiñones a la crema. Luego apareció entre aplausos el pavo que yo había criado, ahora asado y con una crujiente capa dorada, y aderezado con mermelada de grosella. Supuse que era *Grande* (también conocido como

Requetebobo), pero no estaba segura. Papá se puso de pie en la cabecera de la mesa, afiló el cuchillo con el afilador de acero y comenzó a trinchar el pavo. Había también un par de patos, cazados con la ayuda de *Áyax*. Pero aunque tenían un aroma suculento, preferí pasar. Una vez había estado a punto de romperme un diente con un perdigón.

Tomamos patatas asadas, boniatos, guisantes, habas de Lima, buñuelos de maíz, calabaza glaseada y espinacas con crema. Todos repetimos una vez, y algunos dos veces, y cuando ya creíamos que no podíamos comer otro bocado, llegó la hora del postre. Todo el mundo prorrumpió en exclamaciones ante el pastel de Aggie, como si realmente fuera algo especial. Nadie hizo tantos aspavientos con mis tartas, pero ¿acaso me importaba? No, para nada.

Travis interrogó al doctor Pritzker con tal avidez sobre los cuidados y la alimentación de los conejos que mamá, finalmente, tuvo que rescatar al veterinario de un tema tan absorbente.

Fue Aggie la que acabó recibiendo la codiciada espoleta, el hueso del pavo con el que tradicionalmente se pide un deseo, pero yo sospecho que mamá, con la ayuda de papá, había maniobrado astutamente para que fuera así. Aggie podría haberla extraído con el doctor Pritzker, pero se giró hacia el otro lado y lo hizo con Harry. Ella sacó el extremo más largo y, pensando su deseo, se quedó abstraída tanto tiempo que todo el mundo se impacientó.

—¡Ah! —exclamó, saliendo de su ensimismamiento y mirando las caras expectantes que la rodeaban—. Ah, deseo que todo vaya bien para mis padres, con nuestra nueva casa y con nuestros queridos amigos de Galveston. —Todos aplaudimos educadamente, aunque había algo en aquella declaración que a mí me resultó, no sé, demasiado trillado. Pero, en fin, ¿quién podía cuestionar un deseo tan desinteresado? Aggie había sufrido mucho y había mejorado un montón.

Después de la cena, los adultos se retiraron al salón a tomar una copa de vino espumoso, aunque a mí no me cabía en la cabeza cómo podían dar ni un trago.

173

A nosotros nos animaron enérgicamente a salir a jugar. Algunos de los chicos iniciaron sin mucho entusiasmo un partido de fútbol, pero estaban demasiado repletos para hacer otra cosa que tambalearse de aquí para allá a cámara lenta. Otros dos se fueron directamente arriba para echarse en la cama; yo pensé con ganas en mi catre, pero supuse que, una vez tumbada, haría falta un juego de poleas para ponerme de pie.

La ingrata tarea de limpiar recaía en SanJuanna, que había traído a dos de sus hijas mayores para echar una mano: tan grande era el desorden que habíamos dejado. A Viola, que se había superado en la cocina, mamá le dio un dólar de plata extra por sus esfuerzos.

Juiciosamente, yo me llevé a Travis a dar un breve paseo para ayudar a hacer la digestión. Era una de mis horas favoritas del día: la luz se volvía de color violeta en medio del profundo silencio otoñal, solo interrumpido por los gritos lejanos de algún que otro ganso rezagado en la migración hacia el sur. Estábamos demasiado llenos para mantener una conversación, pero caminamos un rato e hicimos una pequeña apuesta (cinco gominolas) a ver quién divisaba la primera estrella.

Travis identificó una tenue lucecita en el oeste y canturreó:

—Estrella brillante, estrella distante, primera estrella que veo esta tarde…

—Eso no es una estrella —dije—. Es el planeta Júpiter, así que no cuenta.

—¿Qué? —soltó, indignado.

—¿Ves que la luz se mantiene fija, que no parpadea? Eso quiere decir que es un planeta. Me lo explicó el abuelo. Se llama como el rey de los dioses romanos.

—Te lo estás inventando para no tener que pagarme.

—Travis —dije mientras revisaba frenéticamente mi memoria—, ¿yo te he mentido alguna vez?

—No… no. Al menos que yo sepa.

—Pues eso. Aunque es la primera luz que aparece en el cielo, técnicamente no es una estrella. Estoy dispuesta a considerarlo un empate; por lo tanto, no nos debemos ninguna gominola.

El más conformado de mis hermanos dio su conformidad, como de costumbre.

Fuimos hasta la limpiadora de algodón. A los trabajadores les habían dado el día libre, y la ausencia del estrépito habitual de la maquinaria le daba al lugar un aire inquietante. Nos sentamos en el embalse, por encima de las turbinas que alimentaban la limpiadora. Entonces detecté una serpiente mocasín, gruesa como mi brazo, enroscada en uno de los aliviaderos secos del embalse. También ella estaba disfrutando del silencio.

Travis se estremeció de miedo cuando se la señalé. El señor O'Flanagan toleraba la presencia de las serpientes porque mantenían a raya a las ratas, que eran un problema constante, ya que se colaban por todas partes y roían las correas de cuero de la maquinaria. Al ayudante de dirección se le había ocurrido en una ocasión traer a la limpiadora una camada de gatitos medio crecidos; pero el ruido ensordecedor había resultado al parecer excesivo para sus sensibles organismos y todos, uno a uno, se habían ido largando a otra parte. Después había traído a *Áyax*, que se pasó una hora entusiasta pero improductiva husmeando afanosamente los rincones: era demasiado grande para seguirles el rastro a las ratas hasta sus madrigueras. Me pregunté si *Polly*, liberado de la cadena que lo ataba a su percha, serviría para esa tarea. No sabía si era capaz de comerse a un roedor o no, pero estaba segura de que cualquier rata que viera aquellas garras se escabulliría de allí en un periquete.

Travis y yo permanecimos sentados en un silencio amigable, interrumpido únicamente por algún discreto eructo que de vez en cuando se nos escapaba (cosa perfectamente comprensible, dadas las circunstancias). Unos murciélagos revoloteaban a lo largo del río, maravillándonos con sus acrobacias. O eran unos gandules que estaban almacenando a toda prisa insectos para su inminente migración hacia el sur, o bien habían decidido quedarse a pasar el invierno, en cuyo caso la tradición local decía que no nevaría.

175

Sin más ni más, Travis dijo soñadoramente:

—¿Tú qué quieres ser cuando seas mayor?

Ninguna persona me había hecho esa pregunta en toda mi vida. Una pregunta tan trascendente, planteada con semejante inocencia por alguien a quien yo quería y que, a su vez, me quería. Y que no sabía aún lo suficiente como para abstenerse de plantearla. Se me encogió el corazón. Todo un abanico de opciones se abría ante sus ojos, pero no ante los míos.

—Creo —prosiguió él— que a mí quizá me gustaría ser veterinario.

—¿De veras? —Recordé cómo le había impresionado la visión de las tripas de mi lombriz—. ¿Sabes que tendrás que ver sangre y tripas y cosas así? Lo sabes, ¿no?

Él reflexionó un momento y dijo lentamente:

—Sí, supongo. ¿Cómo es que estas cosas no te afectan?

A decir verdad, sí me afectaban a veces, pero yo jamás lo reconocería abiertamente, y mucho menos ante un hermano menor. Le dije una mentirijilla.

—Es porque soy una científica.

—Pero ¿cómo lo soportas? ¿Podrías enseñarme?

—Oh, no estoy segura…

Me miró cariacontecido; poco después pronunció la frase infalible para ganarse mi ayuda:

—Pero si tú eres más lista que los ratones colorados, Callie Vee. ¿No te puedes inventar algún sistema?

—Eh… Pensaré en el asunto. Y quizá hable con el abuelo. Si yo no lo consigo, quizá a él se le ocurra algo.

Seguimos digiriendo en silencio. Pero entonces, para nuestra sorpresa, un pequeño cuadrúpedo apareció en la orilla del río, un poco más abajo del embalse.

—¡Mira! —gritó Travis, ahogando un grito.

Era el animal misterioso, todavía vivo contra todo pronóstico; y parecía estar mejor que la otra vez. Su ojo hinchado y lloroso se había curado, pero todavía estaba tremendamente flaco y cubierto de costras oscuras. Pese a la creciente oscuridad, observé que no tenía la complexión delicada, elegante y esbelta de un zorro; su pecho era más recio, sus patas más achaparradas, lo cual le daba un aspecto más perruno que zorruno. Cuanto más lo observaba, más me parecía un perro joven.

La patética criatura meneó un poco la cola, confirmándome que no pertenecía a los vulpinos, sino a lo caninos.

—Es un perro —afirmé—. Me parece.

—No puede ser. ¿Estás segura? ¿De qué raza?

—Es lo que llaman un mestizo. —Era, desde luego, un modo muy suave de decirlo, porque más bien parecía como si hubieran cogido partes de varias razas, las hubieran metido en un saco y agitado bien, y hubieran sacado por fin… aquello.

—¿Crees que el doctor Pritzker…?

—No. Has de afrontar la realidad, Travis. No puedes salvar a cada criatura viviente, aunque ya sé que te gustaría.

El perro nos dedicó otro meneo de cola, y esta vez habría jurado que percibí un destello de añoranza en su lúgubre mirada. Era evidente que había sido en algún momento un animal doméstico; no era un perro salvaje. Un perro salvaje se habría escabullido entre la maleza cuando nosotros habíamos aparecido; no se habría dejado ver, ni mucho menos nos habría mirado meneando la cola con aire lastimero. Sentí un gran enojo. ¿Quién era el amo cruel y despiadado que lo había traicionado, quitándoselo de encima y abandonándolo a su suerte, para que se las arreglara por su propia cuenta?

La respuesta me vino como un relámpago de lucidez. No entendía cómo había sido tan idiota para no darme cuenta antes.

—¡Ya sé lo que es! —susurré roncamente. Parecía obvio y, al mismo tiempo, casi un milagro.

—¡Chist! Lo vas a asustar.

—Ahora lo entiendo. Es uno de los cachorros de *Maisie*. ¿No lo ves, Travis? Se parece mucho a lo que saldría si cruzaras a un terrier con un coyote.

Travis me miró boquiabierto.

—No, no puede ser. El señor Holloway los ahogó.

—Ya, pero nosotros no vimos el saco, ¿recuerdas? Este

177

debió de salir de algún modo, o quizá huyó corriendo antes de que ahogara a los demás. Seguramente, ha estado viviendo de las tripas de pescado del muelle y de la basura del vertedero. —Me vino a la cabeza una idea menos feliz—. Y de gallinas robadas. —¡Ay, eso podía ser un problema!—. Pero no hay duda —añadí con excitación— es un *perroyote*: mitad perro, mitad coyote.

—Caray. —Travis alzó la voz y canturreó—: Ven aquí, perrito.

Medio sobresaltada, la criatura retrocedió entre los matorrales y desapareció.

Le hablé a mi hermano severamente:

—Ni se te ocurra ponerle nombre; ni tampoco llevarlo al veterinario o traerlo a casa. Después de *Bandido*, dijimos una cosa: se acabaron los animales salvajes.

—Pero él no es salvaje, en realidad; es solo salvaje a medias. La otra mitad es mansa.

—A papá le dará un ataque. Le pegará un tiro, tú sabes que lo hará. Y no intentes tocarlo. Lo más probable es que transmita enfermedades peores que *Armand*. ¿Me lo prometes?

—De acuerdo —dijo débilmente.

—¿Prometido?

—Prometido.

Permanecimos callados durante casi todo el camino de vuelta, cada uno perdido en sus pensamientos. Le señalé un par de estrellas auténticas, así como el planeta Saturno, en un intento de apartar nuestras mentes del *perroyote*. Pero no funcionó demasiado, la verdad.

Capítulo 16

El perro más roñoso del mundo

El perro pastor viene a la casa todos los días a buscar un poco de carne y, en cuanto la recibe, se escabulle como avergonzado de sí mismo. En estas situaciones, los perros domésticos son muy despóticos, y el más pequeño de ellos sería capaz de atacarlo y perseguirlo.

A la mañana siguiente me desperté antes del amanecer y bajé de puntillas a la cocina. Estaba ocupada en la despensa, arrancando trocitos de carne de los restos del pavo y envolviéndolos en papel encerado, cuando Travis entró sigilosamente, dándome un susto de muerte.

—¿Qué haces aquí? —susurré.

—No, ¿qué haces tú aquí?

—Sospecho que lo mismo que tú. Deprisa, no tenemos demasiado tiempo. Viola aparecerá en cualquier momento. —Eché un vistazo por la ventana trasera, y, en efecto, vi que Viola salía de sus dependencias y caminaba en la penumbra hacia el corral. Su jornada empezaba antes que la de los demás: había que recoger los huevos, encender la estufa y preparar cantidades enormes de comida.

—Ya viene —murmuré. Salimos por la puerta delantera y la cerramos sin hacer ruido. Cruzamos corriendo el sendero y, una vez que hubimos doblado la curva de la carretera y ya no podían vernos, seguimos adelante caminando. El aire era fresco, y a ninguno de los dos se nos había ocurrido ponernos un abrigo. Observábamos el vapor de nuestro aliento, una señal inequívoca y bienvenida de que se acercaba un tiempo más frío. Los olores del otoño impregnaban la atmósfera. *Matilda*, el sabueso de los vecinos, soltó su aullido como todos los días al amanecer: una especie de grito estrangulado que se oía por todo el pueblo. En vez de silbato de vapor o de reloj comunitario, Fentress contaba con docenas de gallos y con *Matilda* para anunciar la salida del sol.

La limpiadora todavía estaba a oscuras cuando la bordeamos, y bajamos por la orilla al embalse mirando bien dónde pisábamos para no tropezarnos con la serpiente mocasín. No había ningún perro a la vista.

—¡Oh, no! —exclamó Travis—. ¿Qué vamos a hacer?

Se me ocurrió una idea horrible: quizá el perro había muerto aquella noche.

Como leyéndome el pensamiento, mi hermano dijo:

—¿Crees… que se ha muerto?

Tal vez llegábamos un día tarde, lo cual me pareció terrible. Tal vez, dada su desesperación, había atacado a la serpiente mocasín y recibido una picadura mortal. Tal vez su hinchado cuerpo estaba enredado en la maraña de ramas medio sumergidas que había corriente abajo, a la altura del puente. Tal vez…

—¡Mira! ¡Ahí está!

Seguí la indicación del dedo de Travis y, sí, una carita de color marrón asomó entre las enredaderas y matorrales que había como a seis metros, en el otro extremo de un contrafuerte del embalse, observándonos con… ¿esperanza?

Sentí una oleada de gratitud por el hecho de que nos hubiera sido concedida —a nosotros y al perro— otra oportunidad.

—Pase lo que pase —advertí—, no lo toques.

—No, ni hablar. —Mi hermano desenvolvió los restos de pavo y dijo con ternura—: Perrito, perrito, aquí hay desayuno para ti.

El perro babeó y se relamió, pero no se atrevió a acercarse.

—Tíraselo —sugerí.

Hizo ademán de lanzarle el paquete sin levantar el brazo, pero el perro, recordando sin duda las piedras y botellas que debían de haberle arrojado, retrocedió y soltó un gañido. Y enseguida dio media vuelta y se alejó tambaleante.

—¡Ay, no! —gritó Travis—. Vuelve perrito. Es comida.

—No importa. Tíraselo ahí, ya lo encontrará.

—¿Cómo lo sabes?

—Es un perro, o una especie de perro, vaya, y vive de su olfato. Olerá la carne y volverá en cuanto nos marchemos.

Travis se lo lanzó con tanta puntería que la mayor parte de los trozos de carne cayeron cerca del punto por el que había desaparecido. Aguardamos un minuto, sentados en silencio, mientras el sol iluminaba el horizonte, pero el perro no regresó.

Entramos en casa por la puerta principal justo cuando Viola estaba tocando el gong en el vestíbulo anunciando el desayuno. La seguimos a la cocina para lavarnos las manos.

—¿Estáis dando de comer a algún animal? —nos dijo.

—No —respondí, antes de que mi hermano pudiera abrir la boca. Cosa que hizo de todos modos, por supuesto.

—¿Cómo lo sabes? —preguntó.

181

—Porque pensaba sacar otra cena de ese pavo, pero ahora ya solo sirve para hacer sopa.

—Bueno —dije—. Una sopa está bien.

—¡Bah! —masculló con exasperación, y sacudió un trapo hacia nosotros—. Largo, tengo trabajo.

En el camino de vuelta desde la escuela, nos acercamos a la limpiadora por el otro lado del embalse para ver si divisábamos al perro. No hubo suerte. Consternados, encontramos los restos de pavo donde los habíamos dejado, cubiertos de un ejército de hormigas. Ahí se acababa la historia.

Pero no se había acabado. Yo no lograba quitarme de la cabeza a la pobre criatura. Se había adueñado de mi conciencia por su expresión rastrera y sus tristes ojos castaños, que en cierto modo representaban a todos los perros explotados y maltratados por el hombre, la especie «evolucionada y avanzada», el ser supuestamente superior.

Tres días después, al atardecer, volví furtivamente a la

limpiadora, me senté con sigilo en el embalse y escruté la maleza. Al cabo de unos minutos, mi paciencia se vio recompensada por el ruido de algún animal que se aproximaba. ¡El perro seguía vivo! Aún no era demasiado tarde. Casi sin atreverme a respirar, escuché cómo crujían las ramas hasta que surgió entre la maleza… Travis. Nos miramos el uno al otro.

—¿Lo has visto? —quise saber.

—No. Pero el pavo ha desaparecido. Es buena señal ¿no?

—Quizá. O quizá se lo ha comido un zorro, o un coyote. O se lo han llevado las hormigas.

Travis frunció el entrecejo y replicó:

—Las hormigas no podrían haberse llevado toda esa carne.

—Pueden cargar incluso cincuenta veces su propio peso, lo cual las convierte en uno de los animales más fuertes de la Tierra. Sería lógico que fueran más respetadas solo por eso, pero no es así.

—¿Qué podemos hacer?

Suspiré y añadí:

—Creo que hemos de volver a casa.

—Anoche soñé con ese perro.

—Yo también. Pero se me han agotado las ideas.

Ya nos dábamos media vuelta cuando capté de reojo un ligero movimiento en la ensenada. Al girarme, me percaté de cómo desaparecía la punta de un hocico por un agujero de la orilla, parcialmente oculto por un vetusto árbol de pacana partido por un rayo. Precisamente, donde se encontraba la madriguera de *Bandido*.

—Travis —siseé—, mira allí. Me parece que está en la guarida de *Bandido*, debajo del árbol muerto.

—¿De veras? —La cara se le iluminó de golpe.

—Quizá nunca fue la guarida de *Bandido*. A lo mejor siempre ha sido la guarida del *perroyote*. Quédate aquí y no hagas ruido. Voy a buscar algo de comida. No muevas ni un músculo.

Él asintió. Su rostro era la viva estampa de la felicidad. Corrí a la limpiadora, donde el señor O'Flanagan ya se disponía a cerrar y estaba acariciando a *Polly* bajo la barbilla (o acariciándole donde habría estado la barbilla si los loros tuvieran barbilla).

—Señor O'Flanagan, ¿puedo coger algunas de sus galletitas?

—Claro, cielo. Todas las que quieras.

Le di las gracias, recogí el contenido del cuenco en mi delantal y salí corriendo. Él gritó a mi espalda:

—Por Dios, criatura, ¿es que no te dan de comer en casa?

Se me ocurrió por primera vez que el hombre debía de considerarme una niña de lo más peculiar.

Aminoré la marcha al acercarme a la orilla y caminé con sigilo. No hacía falta hacer el ruido de un elefante en estampida. Bastante habíamos asustado ya al pobre animalito.

Le enseñé las galletas a Travis. Él las miró escéptico.

—¿Tú crees que se comerá esto?

—Estoy segura de que a estas alturas se comerá lo que sea. —Estudié el terreno—. Agárrate del árbol y yo me agarraré de ti.

183

Descendí un trecho por la pendiente de la orilla, aferrándome a la mano de Travis; apunté con cuidado y lancé una galletita, que aterrizó cerca del agujero. Repetí el proceso, lanzando cada galleta un poco más lejos; formé un reguero que, esperaba, lo obligaría a salir de su escondrijo. Travis me ayudó a subir otra vez, y los dos nos sentamos a esperar.

Emergió del agujero un hocico rasguñado que husmeó de un modo tan furioso que casi le pude leer el pensamiento al animal: «¿Eso es comestible? ¿Será una trampa? E incluso si lo es, ¿no vale la pena correr el riesgo por un bocado?».

Poco después sacó medio cuerpo sin dejar de husmear. Travis y yo lo mirábamos petrificados. Se lanzó débilmente sobre la galletita, la engulló y se retiró de inmediato a su guarida. Esperamos con paciencia mientras el animal decidía si la galletita había valido la pena o no. Era evidente que sí, porque emergió al cabo de un minuto, y esta vez salió del todo del agujero. Así fue como pudimos ver de cerca por primera vez a la pobre criatura: una imagen al mismo tiempo repulsiva y desgarradora. Las costras y cicatrices redondas que tenía en el pelaje parecían de perdigones. ¿Era él el ladrón de gallinas, el que había obligado al señor Gates a comprar más cartuchos? El animal nos miró receloso; yo deduje que estaba inquieto, aunque ya no le aterrorizaba totalmente nuestra presencia. Se acercó renqueante a la siguiente galleta y también la engulló; y luego la siguiente, y la siguiente, siempre sin dejar de mirarnos. Al terminar, buscó por si había más entre la maleza, pero ya no quedaba ninguna.

Lentamente, nos levantamos para marcharnos procurando no hacer movimientos bruscos. El perro nos observaba, pero no salió huyendo hacia su guarida. Travis le habló con el tono cantarín que se utiliza con una mascota, o con los niños muy pequeños, o muy tontos: «Perrito bueno, perrito, perrito bueno».

Esta vez fue recompensado con un meneo de cola completo; primero a un lado, luego al otro, como un perro de verdad.

La primera persona que dedujo que Travis estaba dando de comer a un nuevo animal fue Viola, claro, la persona que controlaba la despensa. Nosotros sabíamos que el animal no podría subsistir mucho tiempo con galletitas. Si queríamos que recuperase la salud, tendríamos que birlar un poco de carne. Pero eso no era nada fácil, porque Viola se pasaba la mayor parte del tiempo en la cocina, y teníamos que burlar su vigilancia para llegar a la despensa. Ella siempre sabía con exactitud cuánta carne, leche y pan, y cuántos huevos, tenía a su disposición en cada momento, pues debía calcular al menos con una comida de antelación el menú para tres adultos, siete niños en edad de crecimiento y una prima trasplantada, además de ella misma y dos criados.

Travis y yo analizamos el problema.

—Yo creo que lo más fácil —dije— es pedirle otro medio sándwich para tu fiambrera. Y cuando vuelvas de la escuela, puedes hacer una parada en la limpiadora y darle de comer. Como tú te llevas el almuerzo a la escuela, no se le ocurrirá que estás dándole comida a un perro.

—Caramba, Callie, qué lista eres. Y qué pícara.

—Vaya, muchas gracias.

La abordamos en uno de sus raros momentos de descanso entre comidas, mientras se tomaba una taza de café sentada a la mesa de la cocina.

Antes de que yo pudiera abrir la boca, nos miró con los ojos entornados y dijo:

—¿Qué queréis? ¿A qué clase de criatura estáis alimentando ahora?

—¿Qué? —dije, atónita por su clarividencia.

—¿Cómo lo has adivinado? —exclamó Travis, antes de que a mí se me ocurriese un modo de negarlo.

—Cada vez que te veo a ti —dijo señalándome— y a ti —señaló a mi hermano— en esta cocina, y sobre todo a los dos juntos, sé que andáis tramando algo. Tengo contada hasta la última migaja en esta casa; no os creáis que podéis hacerme una jugarreta, ¿me habéis oído?

Los dos la miramos consternados. Quizá yo no era tan lista ni tan astuta, a fin de cuentas. O quizá sí lo era. Pensé frenéticamente en los recursos que tenía para presionarla.

—Está bien —admití—, nos has pillado. Es para un gato muerto de hambre de la limpiadora.

Travis me miró boquiabierto y yo recé para que no descubriera el pastel.

La cara de Viola se ablandó tal como yo esperaba.

—Un gato, ¿eh? —Echó un vistazo a *Idabelle*, su querida compañera, ahora dormida en la cesta.

—Un gato espantosamente flaco.

Miré también a *Idabelle*.

—¿Y por qué no persigue a las ratas que hay en la limpiadora? —cuestionó—. Tu padre siempre se anda quejando de las ratas.

—Está demasiado débil para cazar. Si no le damos de comer pronto, se morirá de hambre.

—Sí —afirmó Travis—, se morirá de hambre, ¿sabes?, por falta de comida suficiente. Para un gato. Necesita comer.

¡Uf! Qué mentiroso tan torpe. Lo interrumpí para que no pudiera añadir algo todavía más estúpido.

185

—Y si alguien, humm, quien sea, hiciera preguntas, lo cierto es que Travis es un chico en edad de crecimiento; y tú ya sabes el hambre que tienen los chicos a esa edad. Un sándwich extra en el almuerzo serviría para resolver el problema, ¿entiendes?

La cocinera le echó otro vistazo a su amiga felina.

—De acuerdo. A partir de mañana. Quizá unas sardinas, quizá rosbif, ya veremos. Y ahora, largo.

Nos apresuramos a largarnos antes de estropearlo todo.

Al día siguiente Travis encontró en su almuerzo un paquete adicional de papel encerado. Suerte que era rosbif y no unas apestosas sardinas; de lo contrario, nadie habría querido sentarse con él durante el almuerzo, ni siquiera Lula.

En el trayecto de vuelta a casa, nos detuvimos en la limpiadora y descendimos por la orilla. Mi hermano susurró: «Eh, perrito, perrito bueno», y para nuestra gran satisfacción, el perro asomó la cabeza. Cuando le lancé la comida, se escondió un momento, pero enseguida reapareció. Renqueando, se acercó al sándwich y se lo zampó.

Así empezó la nueva rutina de Travis. Se lo permití, aunque con una estricta condición: que ayudara a la criatura solamente hasta que pudiera aguantarse derecha, pero que por lo demás la dejara en paz. A veces se tropezaba con papá, que entraba o salía de la limpiadora, pero Travis fingía estar explorando o jugando por la orilla; papá lo saludaba de lejos y seguía con sus asuntos. Mi hermano se pasaba la mayor parte del tiempo espiando al perro. En ocasiones el animal no estaba, cosa que le hacía temer que hubiera enfermado o se hubiera muerto. Pero siempre aparecía al día siguiente. Y poco a poco, ganó pesó y comenzó a reconocer la llamada de Travis: «Eh, perrito, perrito bueno».

A partir de entonces, como yo tenía muchas otras cosas que hacer, dejé de prestar atención a ese asunto. Francamente, dado el historial de Travis, reconozco que debería haber sido más prudente.

Capítulo 17

Los males de *Idabelle* y de otras criaturas

Los gauchos no se ponen de acuerdo sobre si el jaguar es bueno para comer, pero son unánimes al afirmar que el gato es excelente.

$\mathcal{M}$e encontré a Viola removiendo una olla de guisado de ciervo mientras miraba ceñuda a *Idabelle*, la gata de interior, que estaba acurrucada en su cesta junto a la estufa.

—Échale un vistazo a esa gata —me pidió la cocinera—. ¿Ves algo raro?

—¿Qué quieres decir?

—Siempre tiene hambre, pero yo la veo cada vez más flaca. Me parece que está enferma.

Viola adoraba a *Idabelle*, que se alimentaba de ratones y se las arreglaba, por lo general, para atrapar una cantidad más que sobrada para mantenerse gorda y contenta.

—Me preocupa esta gata —añadió Viola—. Se pasa el rato lloriqueando. —Y en ese preciso momento, *Idabelle* se levantó, se estiró y deambuló alrededor de mis tobillos soltando unos aullidos lastimeros.

La cogí en brazos para consolarla; me pareció más ligera de lo normal. ¡Ay, no! Otro animal enfermo, no.

—Sí, está más delgada —dije palpándole las costillas a través del pelaje, que parecía haber perdido lustre.

Viola me miró inquieta.

—¿Tú crees que ese veterinario podría hacer algo?

Vaya, eso sí que era una idea novedosa. Los veterinarios se ocupaban de los grandes animales y del ganado que producía beneficios. Yo nunca había oído que un perro o un gato enfermos recibieran atención profesional. A nadie en todo el condado se le habría pasado por la cabeza gastar unos centavos en una mascota. El animal se recuperaba por sí solo o se moría, y asunto concluido.

—Se lo preguntaré —repliqué—. A lo mejor sí.

—Dile que no tengo dinero, pero que puedo cocinar para él. Dile que soy la mejor cocinera del pueblo. Tu madre responderá por mí. Y también Samuel.

Saqué del establo la conejera que había albergado en su día a *Armand/Dilly*. No veía por ninguna parte a Travis. ¿Se habría ido sin mí a la guarida del perro?

Apacible y confiada, *Idabelle* no tenía la menor idea de lo que le aguardaba, y pude meterla en la conejera y cerrar el pestillo antes de que reaccionara. Husmeó delicadamente el suelo de la jaula, sin duda captando algún rastro de su anterior habitante; después se agazapó y nos miró con hostilidad. Cuando recogí la conejera, soltó un largo aullido.

188   Y siguió aullando todo el camino hasta la oficina del doctor Pritzker, que quedaba a diez minutos. La conejera y la gata juntas pesaban lo suyo, por lo que estaba sudando cuando llegué a la puerta y me encontré una nota clavada que decía: «He ido a la granja McCarthy. Vuelvo a mediodía».

Podía aguardar una hora entera o hacer la caminata de vuelta con mi pesada carga. Tanteé el pomo de la puerta; no esperaba que se abriera, pero se abrió. La oficina estaba limpia y se hallaba amueblada sencillamente a base de un escritorio cubierto de papeles, dos sillas de respaldo recto, un archivador y una vitrina de cristal llena de tarros con rótulos de nombres intrigantes: *Nux vomica*, Vitriolo azul, Cicuta, Tartrato de antimonio. Había una mesa de exploración de madera y un mostrador de zinc donde el doctor debía de medir y mezclar sus pociones, elixires y purgantes. Y también había un estante lleno de gruesos volúmenes encuadernados en cuero.

Deposité la jaula en el suelo y me senté a esperar. Los aullidos de *Idabelle* se habían aplacado y ahora solo daba algún que otro maullido de impotencia. Yo no tenía nada que hacer, aparte de decirle palabras tranquilizadoras y esperar una hora mano sobre mano. Me mantuve así mis buenos cinco minutos, mirando todo el rato los libros con ganas. Pero la dura madera de la silla pudo conmigo y tuve que levantarme para desentumecer los cuartos traseros. Y entonces, en fin, los gruesos y tentadores volúmenes me susurraron: «Ven y echa un vistazo, Calpurnia. Solo un vistazo. Nada más. En serio». Me acerqué, pues, y examiné los títulos: *Enfermedades del ganado, Guía completa de la oveja doméstica, Conceptos básicos sobre el ganado porcino, Manual avanzado de la cría de equinos.* Pero no había nada sobre perros ni gatos, y mucho menos sobre *perroyotes.* Quizá el doctor Pritzker no sabía nada de felinos ni de caninos.

Al cabo de una hora había aprendido que las ovejas a veces tenían dos crías, e incluso tres, y que, frecuentemente, estas se enredaban en el canal del parto, y el veterinario había de deshacer aquel barullo de tres cabezas y doce patas revueltos y amontonados. Lo cual debía efectuarse con sumo cuidado para no matar a la oveja. Me hallaba absorta en el análisis de los partos de nalgas cuando se abrió la puerta y sonó la campanilla. Di un respingo de medio metro, y estuve a punto de tirar al suelo el precioso volumen.

El doctor Pritzker, cubierto de polvo y estiércol, dijo divertido:

—Ah, Calpurnia, ¿has aprendido algo útil?

—¡Ay, perdón, doctor Pritzker! Yo…

—No tienes por qué disculparte. Tu abuelo me ha dicho que posees una auténtica sed de conocimiento. —Entonces reparó en la conejera—. Pero ¿qué es lo que tenemos aquí? Parece una nueva raza de conejo que desconozco.

—Es *Idabelle*, nuestra gata de interior. Está perdiendo peso y llora mucho. ¿Querrá echarle un vistazo? Puedo pagarle. —Y me apresuré a añadir—. Pero si es más de cuarenta y dos centavos, tendré que abonárselo a plazos.

—Por eso no te preocupes. El problema es que he enviado a Samuel a almorzar. Tendremos que esperar a que regrese.

189

—No veo por qué. Yo puedo ayudar. Es solo una gata.
Él titubeó.

—¿Y qué dirán tus padres?

—No pasa nada, de veras. Yo me cuido siempre de nuestros animales —dije con rotundidad, exagerando la verdad
(aunque solo un poco).

—Muy bien. Pero no me culpes a mí si te llevas un
arañazo.

—Ella jamás me arañaría —aseveré, muy convencida.
Aunque al mirar a la gata, normalmente tranquila y cariñosa, acurrucada en la jaula con un destello de feroz desesperación en los ojos, sentí una punzada de vacilación.

—¿Qué síntomas presenta? ¿Ojos llorosos? ¿Moqueo
nasal? ¿Vómitos? ¿Diarrea?

—Ninguno de ellos, pero está perdiendo peso, y llora
mucho.

—Bien —dijo—. Ponla sobre la mesa y le echaremos un
vistazo.

190

Ahora que había llegado el momento de la exploración,
Idabelle decidió que no quería ser desalojada de la conejera;
se aferró a ella como una lapa, agarrándose firmemente con
las garras a la malla de alambre. Desengancharle las cuatro
patas y mantenérselas desenganchadas simultáneamente
resultó ser por sí misma una operación muy complicada.

La coloqué en el borde de la mesa y la sujeté por el cogote. El doctor Pritzker empezó examinándole la cabeza. Le
miró las dos orejas, cosa que a *Idabelle* no le gustó demasiado. Yo temía por la mano sana del doctor, pero la gata me
hizo sentir orgullosa, porque no siseó, ni mordió ni arañó.
Luego el veterinario le examinó cada ojo, tirando hacia abajo
del párpado inferior.

—¿Qué está buscando? —pregunté—. Tiene que expli-
carme lo que va haciendo.

—Muy bien. Primero hay que mirarle las orejas por si
tiene llagas o alguna sustancia negra, que es un signo de áca-
ros del oído. Después hay que mirar los párpados, para ver si
están pálidos o no. Fíjate: tiene un tono rosado en la conjun-
tiva, que es esta membrana de aquí. Si estuviera pálida, ello

indicaría una hemorragia interna o anemia. Y las pupilas son las dos del mismo tamaño, así que está todo bien.

—¿Y si fuesen diferentes? ¿Qué significaría?

—Sería un signo de que había recibido un golpe en la cabeza o algún daño en el cerebro. Además, el tercer párpado, la membrana nictitante, está retraída. Si fuera visible ahora, estando la gata totalmente despierta, sería un signo de mala salud. Normalmente, solo se ve cuando un gato está soñoliento. Ahora la boca. Échale la cabeza hacia atrás y sujétala así.

Hice lo que me decía mientras él le levantaba el labio a *Idabelle* por cada lado. Eso aún le gustó menos.

—Mira —dijo el doctor—, tiene las encías rosadas y sanas. Sin abscesos ni dientes rotos. Por ahora, no hay motivo para que no coma. Ahora le examinaremos las glándulas del cuello.

Pasó la mano buena por debajo de la mandíbula de la gata.

—Aquí no hay nada. Si tuviera las glándulas inflamadas, sería un signo de infección.

A continuación le palpó el vientre y declaró que estaba libre de tumores. Le recorrió con la mano cada miembro y también la cola, y dictaminó que no sufría ninguna fractura.

—Sujeta la cola —ordenó, y miró de cerca el trasero de la gata—. No hay diarrea. Ni parásitos visibles. Ahora abre ese cajón y pásame el estetoscopio. Es el instrumento con el tubo negro.

—Ya sé lo que es —dije, algo ofendida—. Cuando estamos resfriados, el doctor Walker viene a casa y nos escucha con ese aparato los pulmones. Pero eso ocurre cuando no funciona el aceite de hígado de bacalao. —Me estremecí al pensar en el remedio favorito de mamá.

Saqué el instrumento del cajón y se lo pasé. Olía a goma.

El doctor Pritzker no conseguía colocárselo en los oídos y yo me apresuré a ayudarlo. Dándome las gracias con una sonrisa, le aplicó a *Idabelle* el estetoscopio en el pecho y escuchó con mucha atención. Al cabo de un momento, intentó quitarse los auriculares de los oídos y yo volví a ayudarlo.

—El corazón y los pulmones suenan con toda normalidad. Ahí no tiene nada —dijo devolviéndome el estetoscopio—. Ya puedes guardarlo en su sitio.

Iba a meterlo en el cajón, pero titubeé. Con frecuencia había pegado el oído al cálido pelaje de la gata y le había escuchado el rápido golpeteo del corazón, aunque sonaba débil y lejano, casi inaudible. Ahora tenía la ocasión de escucharlo de verdad con un instrumento de verdad.

—¿Puedo probar yo, por favor? —solicité—. Por favor.

El doctor encontró cómica la idea, al parecer, pero dijo:

—Muy bien. Has de situar la campana justo aquí. —Señaló un punto detrás de la pierna izquierda. Parecía un sitio raro para escuchar el corazón, pero el experto era él, ¿no?

Me coloqué los auriculares y apreté la campana sobre el pelaje de la gata, sin demasiadas expectativas. Sorprendentemente, me llenó los oídos un gran estruendo. Era casi demasiado fuerte para soportarlo, y tan rápido que parecía un redoble de timbal. El valeroso corazón de *Idabelle* latía a lo loco, y hube de escuchar un buen rato antes de descifrar el sonido. Lo que parecía de entrada un tamborileo continuo estaba compuesto en realidad por dos sonidos diferentes (que más tarde descubrí que eran el «lub» y el «dub», los sonidos producidos por el cierre de las válvulas del corazón). También se oía un viento sonoro y sibilante, y caí en la cuenta de que era el aire que circulaba por los pulmones.

—¡Uau, es asombroso!

Él sonrió.

—¿Sabes lo que le pasa a esta gata? —me dijo.

—¿Qué? —inquirí con agitación.

—Absolutamente nada. Está perfecta. Y ahora le haremos la última prueba. —Fue al cuarto trasero y volvió con una pequeña lata de sardinas—. Tendrás que abrirla tú; yo no puedo.

Abrí la lata con la llavecita. El hedor del pescado en aceite, demasiado parecido al del aceite de hígado de bacalao, inundó de repente la oficina.

—Prueba con esto —indicó.

Coloqué la lata delante de *Idabelle*. Ella husmeó una vez, agarró una sardina y se la tragó en un abrir y cerrar de ojos; luego se lanzó sobre las demás, y dio buena cuenta de ellas a gran velocidad. Terminó lamiendo la lata hasta limpiarla y miró alrededor, buscando más. Su vientre abultaba cómicamente.

—¿Lo ves? —concluyó el doctor Pritzker—. Tiene hambre, nada más.

—¿De veras? —dije, incrédula—. ¿Es solo eso?

—No le pasa nada. ¿Con qué frecuencia le dais de comer?

Tuve que pararme a pensar.

—No lo sé, en realidad. La tenemos dentro para que cace ratones, pero no sé si Viola le da más comida o no.

—Pues parece que la población de ratones ha disminuido en tu casa por algún motivo. No tendréis trampas colocadas por las habitaciones, ¿no?

—Creo que no.

—¿Ni veneno?

—No, señor.

—¿Y la gata no compite con otros gatos?

—No, los otros son gatos de exterior.

—Pues tendréis que complementar su alimentación hasta que vuelvan los ratones. Dadle unas sardinas cada día, pero no tantas como para que deje de cazar.

Le di las gracias efusivamente y volví a meter a la gata en la jaula, ansiosa por llegar a casa y darle la buena noticia a Viola. *Idabelle* se puso otra vez a soltar aullidos, e incluso a un volumen más alto. Aunque me costó enormemente decirlo, lo dije de todos modos, alzando la voz para que se me oyera superando el guirigay.

—¿Me enviará por favor la factura, doctor Pritzker?

Él pareció divertido y señaló la masa de papeles que tenía encima del escritorio.

—Quizá lo haga si consigo ponerme al día con mi contabilidad. O se me ocurre otra cosa: tú puedes hacerme a cambio algunos recados, enviarme un mensaje o dos. A veces no puedo mandar a Samuel sin quedarme atascado, lo cual es un gran inconveniente. ¿Trato hecho?

—¡Trato hecho! Ah, ¿y también cura usted perros? No he visto ningún libro sobre perros en su estante.

—Curé en su día a algunos perros pastores y perros de caza. Los principios curativos son esencialmente los mismos. ¿Tienes algún perro enfermo?

—No… no. Pero quizá lo tenga. Algún día.

Me miró con extrañeza, pero yo pensé que no tenía sentido explicar nada más. Aun suponiendo que pudiera llevarle el *perroyote*, sabía que el doctor Pritzker recomendaría el tratamiento habitual para una criatura en tal estado, o sea, una piadosa y rápida bala en la cabeza. Y aunque no fuera así, la factura por arreglar un estropicio andante como aquel seguramente ascendería a la suma astronómica de veinte dólares.

Lancé una última mirada codiciosa a sus libros y di media vuelta para marcharme.

—Siempre dejo la puerta abierta durante las horas de trabajo. Puedes venir a leer cuando lo desees.

194

—¡Anda, gracias! —Parecía que este era mi día de suerte.

—Aunque, pensándolo bien, hay partes de este material que no son adecuadas para jovencitas, por lo que será mejor que pidas permiso a tu madre.

¡Vaya! Quizá no había tenido tanta suerte, después de todo.

Llevé a *Idabelle* de vuelta a casa con una sensación de alivio, preguntándome a dónde habrían ido a parar los ratones. Y entonces se me ocurrió de golpe la respuesta. ¿Cómo había sido tan idiota para no darme cuenta antes? Pobre *Idabelle*. Se estaba quedando sin comida por culpa de la serpiente.

Llevé la jaula a la cocina. Viola se levantó de un salto, con los ojos llenos de lágrimas.

—¿Qué le pasa? ¿Se está muriendo?

Nunca había visto a Viola tan acongojada. Los altibajos de nuestros asuntos familiares se sucedían a su alrededor, pero ella mantenía, por lo general, un estado de perfecto equilibrio (aunque fuese con ese runrún gruñón que aplicaba a todos y a todo por igual, salvo a *Idabelle*). Nunca hasta entonces la había visto derramar una lágrima. Aunque tuviera montones de sobrinos, incluido Samuel, no tenía hijos, y supongo que eso convertía a *Idabelle* en la niña de sus ojos.

—Está muy bien —informé—. Tiene hambre porque no hay ratones suficientes en la casa.

—¿Hambre? ¿Nada más? ¡Alabado sea Dios!

—El doctor Pritzker me ha dicho que deberías darle sardinas cada día hasta que gane peso y vuelva a haber ratones.

Ella se secó los ojos con el delantal.

—Voy a ponerle una lata ahora mismo.

—No, no. Acaba de comerse una entera. Espera hasta mañana o reventará, te lo aseguro.

—¡Alabado sea Dios! —susurró Viola, y estrechó a la gata contra su huesudo pecho—. Mi niña ya está en casa —canturreó.

Idabelle se restregó contra su delantal y se puso a ronronear a todo trapo.

—¿Y qué pasa con los ratones? —dijo Viola.

Yo contesté sin pensar:

—Es la serp... ¡Uf!

—¿La serpuf? ¿Y eso qué es?

—No, nada. Es, eh, la fluctuación natural de la población.

—Nunca había pasado nada parecido.

—He de irme —dije, y las dejé solas para que disfrutaran de su feliz reencuentro.

Pregunta para el cuaderno: sin duda es agradable que *Felis domesticus* ronronee, pero ¿y los leones y los tigres?, ¿también ronronean? ¿Y cómo podrías llegar a averiguarlo?

Esa noche la «serpuf» reapareció del modo más desagradable: *Sir Isaac Newton* había vuelto a escaparse de su plato, pero esta vez tuvo la mala suerte de tropezarse con la serpiente, un enemigo ancestral. Cuando entré en mi habitación, descubrí que estaba librándose en el suelo una batalla épica entre el tritón y la serpiente, y advertí que el tritón la estaba perdiendo a gran velocidad, pues ya tenía en ese momento medio cuerpo entre las fauces de la serpiente. A ver, a mí una pelea justa no me molesta, pero ¿eso? Puesto que los

195

tritones son más bien retraídos y tienen un cuerpo blando, aquella era una lucha muy desigual y consiguió sacarme de mis casillas.

Intervine dando un salto, agarré los cuartos traseros de *Sir Isaac Newton* y tiré con fuerza. La serpiente tiró por su lado. Yo le grité: «¡Dame mi tritón, maldita serpiente!». Ella se negó y siguió tirando, de manera que yo hice lo único que se me ocurrió: apreté el puño y le di un golpe en el hocico. La serpiente se enroscó, escupió a su víctima y salió pitando hacia la grieta del zócalo. *Sir Isaac* se desplazó aturdido mientras yo le limpiaba con el pañuelo las babas del reptil. Le dirigí unas palabras de ánimo y lo acaricié por debajo de la barbilla. Él se sacudió y, tras unos momentos, no dio la impresión de haber sufrido ningún desperfecto; así pues, volví a dejarlo en su plato y aseguré la tapa. Menos mal que Aggie se había ido a comprar refrescos. De haber estado en la habitación, la habría espichado del susto. Seguro.

Mi vida estaba llena de escenas dramáticas, ya lo veis.

Capítulo 18

Tripas de saltamontes

Observamos hacia el sur una nube deshilachada de color rojo parduzco oscuro. Al principio pensamos que era el humo de un gran incendio en las llanuras; pero pronto descubrimos que era una nube de langostas... Nos dieron alcance a un ritmo de entre quince y veinticinco kilómetros por hora. El grueso de la plaga inundaba el aire... «y el ruido de sus alas era como el estruendo de muchos carros de caballos corriendo a la batalla»; o más bien, debo añadir, como un fuerte viento que sopla a través de los aparejos de un navío.

Y hablando de dramas, me puse a pensar seriamente en el «problema» de los mareos de Travis cuando veía tripas y sangre, y en el modo de resolverlo. Abordé al abuelo en la biblioteca y le planteé la cuestión.

—Entonces, si lo he entendido bien —dijo—, tú quieres ayudar a... humm, ¿Travis? ¿Cuál has dicho que es?

—Acuérdese, abuelo. Es el que crió a los pavos el año pasado y que se llevó un disgusto cuando hubo que matarlos.

—¡Ah, sí! Toda aquella farsa, ya lo recuerdo.

—Exacto.

Travis se había puesto tan histérico ante la idea de que fuéramos a comernos sus mascotas que, la noche antes de que fueran sacrificadas, el abuelo y yo alteramos su apariencia a base de pintura y tijeras para convencerlo de que los habíamos intercambiado por los pavos de unos vecinos. A los animales no les había hecho ninguna gracia la transformación, y yo todavía tenía como recuerdo una pequeña cicatriz en el codo izquierdo. (¡Las cosas que llegamos a hacer por los hermanos a los que queremos! ¡Ni en un millón de años habría hecho nada parecido por Lamar!).

—¿Y tú quieres ayudarlo a superar esa, digamos, aprensión? ¿Lo he entendido bien?

—Sí, señor.

—¿Puedo preguntar por qué exactamente?

—Él quiere ser veterinario, o sea que debe ser capaz de trabajar con tripas y sangre y cosas así. Pero no es tan duro como yo. Le entraron náuseas cuando le enseñé mi lombriz diseccionada.

—¿Ah, sí?

—Sí, pero a mí no me afectó. Yo tengo un estómago de hierro, ¿sabe?

—Ya lo creo que lo tienes.

Casi me ruboricé ante ese elogio.

El abuelo reflexionó un momento y dijo:

—Un problema interesante. Sugiero que lo expongamos a una serie de ejemplos de disección cada vez más vívidos y complejos. De este modo, podemos habituar su sistema nervioso poco a poco a imágenes más descarnadas, evitando causarle una conmoción demasiado grande. Al mismo tiempo, eso te ofrecerá a ti la oportunidad de aprender más anatomía. Iremos avanzando en sentido ascendente, de los invertebrados a los vertebrados, y quizá terminemos con algún mamífero. Dejo en tus manos su instrucción a partir de ahí. Mañana trabajaremos con el saltamontes americano, *Schistocerca americana*.

Al día siguiente atrapé con mi red un gran saltamontes amarillo, se lo llevé al laboratorio al abuelo y lo sacrificamos de la forma más humana posible en un tarro con veneno.

Al comenzar, me indicó:

—Estamos diseccionando a un insecto situado en lo alto de la escala invertebrada. Observa. Describe. Anota. Analiza.

Obedecí, observando los dos grandes ojos compuestos,

los tres minúsculos ojos simples (casi invisibles, de tan pequeños), los dos pares de alas, los tres pares de patas. Los ojos grandes le daban al insecto un amplio campo visual que hacía muy difícil que se le acercaran sigilosamente; sin el largo mango del cazamariposas, jamás lo habría podido cazar.

Siguiendo las instrucciones del abuelo, diseccioné y fijé con agujas las diversas partes del saltamontes. No tenía pulmones, sino espiráculos: una serie de orificios diminutos a lo largo del abdomen que funcionaban como fuelles, aspirando aire directamente hacia el interior del cuerpo. También tenía un sistema circulatorio abierto por el cual fluía la sangre libremente a través de las cavidades del cuerpo, en lugar de un sistema cerrado en el que la sangre circula por vasos sanguíneos (como sucede, por ejemplo, en el hombre). Hice varios dibujos y tomé notas cuidadosamente.

Al terminar, cubrí la bandeja de disección con una estameña y me la llevé para enseñársela a Travis. Lo encontré en la porqueriza, rascando a *Petunia* entre las orejas con un palito.

—Mira —dije sacando el paño y mostrándole las relucientes partes amarillas distribuidas sobre la cera negra—. Es el saltamontes que hemos diseccionado hoy.

—¡Ah!

—Travis, has de mirarlo. El abuelo dice que te servirá para acostumbrarte.

—¡Ah!

A ver, reconozco que para un principiante la visión de un saltamontes desmantelado puede resultar un tanto desconcertante, pero el niño necesitaba adquirir un poco de aguante. ¿Y cómo lo iba a conseguir sin mi ayuda?

—Deja de rascar a esa cerda y echa un vistazo.

Se detuvo de mala gana, echó una mirada rápida y tragó saliva con dificultad.

—Lo puedes tocar —sugerí con tono alentador mientras hurgaba en las dos musculosas patas traseras—. No muerde, ¿sabes?

199

Él inspiró hondo por la nariz y palideció.

—¿Ves cómo este par de patas está especialmente adaptado para dar saltos? Y mira estos grandes ojos: son uno de los motivos de que cueste tanto atraparlos. Toma, sujeta la bandeja.

—No, está bien. Ya lo veo desde aquí.

—Sujeta. La. Bandeja. —Se la endilgué a la fuerza.

Él la cogió, pero apartó la mirada. Las manos le temblaban.

—¿Quieres ser veterinario, sí o no?

Tragó saliva.

—Sí. Al menos… eso creo.

—Entonces tienes que aguantar el tipo y mirar este insecto. Hablo en serio.

—No creo que pueda, Callie.

—Sí, sí que puedes, porque yo voy a quedarme aquí, a tu lado. ¿Vale?

No hubo respuesta.

—¿Vale?

—Supongo.

—Mira, aquí están el maxilar y las mandíbulas para triturar la comida.

—¡Ajá!

—Y esto son las antenas y esto otro, los ganglios cerebrales. Son una especie de cerebro primitivo.

—Ya.

—Y mira el dibujo de las venas de esta ala. Cada especie de saltamontes tiene una distribución propia y única, ¿lo sabías?

—No.

Travis seguía apartando la mirada y yo le recordaba cada vez que debía concentrarse en la bandeja. El temblor de las manos se le aplacó, pero sus mejillas no recuperaron el color. Debimos pasarnos así unos buenos cinco minutos. Al fin, le dije:

—Ya está bien por hoy.

—¡Vale, gracias! —Me soltó la bandeja en las manos y echó a correr hacia el establo, sin duda para abrazar a *Bunny* y pegar la mejilla en el mullido pelaje blanco: su ritual típico para consolarse.

Miré a *Petunia* y dije:

—No sé si será capaz si ya tiene problemas con un saltamontes. —La cerda gruñó amigablemente, aunque yo no sabía muy bien si estaba de acuerdo conmigo o no.

Y hablando de Travis y de dilemas, mi hermano me confesó otro problema en el camino de la escuela a casa. Yo le pregunté:

—¿El perro se ha largado por fin o sigues dándole de comer?

—¿Te refieres a *Costras*?

¡Ay, ay!

—Travis, dijimos que no le pondrías nombre, ¿cierto?

—Sí, pero pensé que no tenía nada de malo ponérselo. Y todo el mundo necesita un nombre. Ven, vamos a verlo. Tiene muy buen aspecto, cada vez mejor.

Me llevó junto a la orilla y susurró:

—*Costras*, ven aquí, perrito, perrito bueno.

De entre la maleza no salió la piltrafa que yo recordaba, sino una criatura que parecía en conjunto… un perro. Tenía los ojos relucientes, el hocico húmedo y una expresión alegre. Aún cojeaba, pero menos que antes. Sí, debía reconocerlo, se parecía al típico *Canis familiaris* de tamaño pequeño tirando a mediano y pelaje rojizo parduzco. Se acercó sumiso a mi hermano, con las orejas gachas y meneando la cola, pero se detuvo al verme a mí.

—No pasa nada, *Costras* —dijo él—. Te hemos traído tu almuerzo.

Depositó el sándwich en el suelo y *Costras*, decidiendo que yo no era un peligro, se acercó y lo engulló rápidamente. Lo estudié con atención. De cerca, parecía más un coyote que un perro: hocico largo y estrecho y cola tupida como los coyotes. Al terminarse la comida, se relamió las fauces y nos miró con expectación.

—Esto es todo por hoy, chico. Mañana te traeré más.

201

—Travis me miró—: Observa esto, Callie—. Y volviéndose otra vez hacia el *perroyote* dijo—: *Costras*, siéntate.

Costras se sentó.

Me quedé boquiabierta. Mi hermano hizo todavía algo más: le dio unas palmaditas y fue recompensado con un lametón en la mano.

—No deberías tocarlo —le advertí—. ¿Quién sabe qué clase de enfermedades tendrá?

—¡Bah! —exclamó, despreocupado—. Si tuviera alguna enfermedad, ya la habría pillado hace tiempo. Me deja que lo acaricie y que le quite las garrapatas, y le encanta que lo cepille.

Para eso servían los consejos de una hermana responsable.

—¿Quieres acariciarlo? No te hará daño. —Travis me sonrió con aquella sonrisa de radiante felicidad con la que dejaba indefensos a casi todos.

Extendí la mano hacia *Costras*. Él la husmeó detenidamente y me premió al fin con un pequeño lametón. Procuré no pensar en los gérmenes y le di una palmadita en la cabeza.

—¿Lo ves? —dijo Travis—. Es de lo más dócil que hay.

Miré a mi hermanito y decidí que, por doloroso que fuera, debía hacerle entrar en razón.

—Escucha, mamá dice que ya tenemos demasiados perros; papá solo quiere uno de raza para cazar. Y después de *Armand*, *Arren* y *Bandido*, tu reputación con mascotas salvajes está por los suelos.

—Pero él no es un animal salvaje. Es solo medio salvaje.

—Lo sé, y una cosa es que quieras seguir dándole de comer. Pero no puedes llevártelo a casa. No lo aceptarán jamás, ni en un millón de años.

Él soltó un suspiro estremecido que le salió de lo más hondo.

—Así pues, déjalo aquí —aconsejé—. Tiene una guarida donde vivir y te tiene a ti para alimentarse. Lo puedes venir a ver todos los días. Sería tu mascota secreta.

Travis rascó al perro detrás de las orejas y al fin dijo:

—De acuerdo, supongo.

—Y asegúrate de alimentarlo lo suficiente para que no vaya a robar gallinas. Es lo último que os hace falta a los dos. Vamos, he de volver a casa a practicar el piano.

A regañadientes, se despidió de *Costras* con un abrazo y, desde lo alto de la orilla, le dijo adiós con la mano. A mí me preocupaba aquel chico. Y también su *perroyote*.

Capítulo 19

Navegando por los mundos interiores
y exteriores

Mientras navegábamos… una noche muy oscura, el mar nos ofreció un espectáculo de maravillosa y extraordinaria belleza. Soplaba una brisa fresca, y cada parte de la superficie que, durante el día parece espuma, relucía ahora con una luz pálida. El barco abría ante su proa dos oleadas de fósforo líquido y dejaba por la popa una larga estela lechosa. Hasta donde alcanzaba la vista, la cresta de cada ola brillaba con intensidad, y el cielo por encima del horizonte, debido al resplandor reflejado de esas llamas lívidas, no estaba tan oscuro como en lo alto de la bóveda celeste.

*E*n los huecos libres entre mis deberes, mis estudios de naturalista con el abuelo, mis mitones de punto y mis prácticas de piano, iba a la oficina del doctor Pritzker siempre que podía. Él me daba a veces una moneda de cinco e incluso de diez centavos por mi ayuda.

Ese día en concreto, llegué a su oficina con una fragante cesta que contenía pollo frito y un crujiente de manzana todavía caliente. El doctor Pritzker estaba sacando los tarros de los estantes con su mano sana y vertiendo ingredientes en un mortero, mientras que Samuel se encargaba de triturarlos.

—Caramba, qué bien huele esa cesta —dijo el doctor alzando la vista—. Espero que traigas algo para mí.

—Sí, señor —contesté—. Es de parte de Viola, en pago por *Idabelle*. Y también hay un paquetito para ti, Samuel.

Viola dice que pases a verla ante de ir a casa: tiene un mensaje para tu madre.

Samuel, que no sabía leer ni escribir, vertió el polvo triturado en un tarro limpio, mientras el doctor Pritzker manipulaba en su escritorio con torpeza una etiqueta de papel. La mano derecha, agarrotada y contraída, no parecía haberle mejorado. Escribió laboriosamente con la izquierda y examinó el resultado.

—Maldita sea. Ha quedado rematadamente mal.

El rótulo tenía, en efecto, un aspecto deplorable: como si lo hubiera escrito J.B.

—Doctor —insinué—, yo podría escribírselo si quiere.

Él, tras un instante, respondió:

—Claro que podrías. Sería de gran ayuda. No sé cómo no se me ha ocurrido antes.

Me pasó un lápiz y una etiqueta nueva. Para no arriesgarme, decidí escribir con letras mayúsculas, y no en cursiva. Lo hice lenta y cuidadosamente: «PREPARAR UN EMPLASTO CON DOS CUCHARILLAS DE TÉ COLMADAS EN UN CUARTO DE LITRO DE AGUA TIBIA, Y APLICARLO EN LA OREJA DESGARRADA TRES VECES AL DÍA».

—Mucho mejor —reconoció.

—¿Quiere que vaya a entregarlo?

—Te lo agradecería, desde luego, porque hay que llevarlo a la granja McCarthy y nosotros hemos de visitar a una vaquilla en la dirección opuesta.

Eché a andar hacia el este mientras el doctor Pritzker y Samuel se dirigían hacia el oeste con su calesa. La granja McCarthy quedaba a veinte minutos bien buenos, y caminé con calma, buscando especímenes en la zanja de drenaje y tomando nota de la flora y la fauna que veía por el camino.

La señora McCarthy, un ama de casa flaca y requemada por el sol, me abrió la puerta de la granja y me señaló el establo, donde su marido estaba cuidando a una vaquilla que tenía una fea herida en la oreja.

Sorprendentemente, cuando le entregué la medicina, el señor McCarthy sacó de las profundidades de su holgado mono una moneda de cinco centavos y me la tendió.

—Tenga, señorita —dijo.

—¡Oh, no, señor McCarthy, no puedo aceptarlo!

—Claro que puede. Vaya a comprarse un refresco a la tienda.

Le di las gracias tartamudeando y me escabullí a toda prisa, agarrando bien mis cinco centavos. Mis hermanos se sacaban con frecuencia unas monedas haciendo trabajillos aquí y allá, mientras que yo el único dinero que había ganado en mi vida había sido cuidando a los niños de color durante la semana en la que sus madres estaban recogiendo el algodón. Al llegar a la tienda de Fentress, tomé una decisión: un refresco sonaba muy bien, desde luego, pero la idea de añadir la moneda a mi caja de puros, donde atesoraba dos dólares con sesenta y siete centavos, sonaba mejor. Y la idea de no hablarles a mis hermanos de aquella fuente de ingresos potencial… sonaba incluso mejor.

Tras unas cuantas tardes con el doctor Pritzker, observé que continuamente prescribía media docena de sus preparados.

—Doctor Pritzker —le dije—, ya que estoy en ello, ¿no quiere que le escriba un buen montón de etiquetas? Se las puedo hacer de árnica, de granos de mostaza, de esencia de trementina… Veo que las usa mucho. Si hago unas cuantas ahora, ya las tendrá preparadas para cuando yo no esté aquí.

Él me miró sonriendo y se volvió hacia Samuel.

—Caramba, tenemos a un auténtico cerebro entre nosotros.

Aquello, la verdad, hizo que me inflase como un globo. Puse un cuidado extra en mi trabajo y, cuando ya me iba, el doctor me dio un cuarto de dólar entero.

Más tarde reflexioné en su situación y en la mía. Pensé en el montón de facturas y correspondencia que le rebosaba del escritorio. Pensé también en mi caligrafía, que no era nada del otro mundo. Y se me ocurrió un plan.

Interrumpiendo a Aggie en sus remiendos, le dije:

—Ya que no usas tu máquina de escribir, ¿por qué no me enseñas a usarla a mí?

Ella alzó la vista, sobresaltada, y quiso saber:

—¿Para qué? A ti no te hace falta escribir a máquina.

Una niña con menos coraje quizá se habría desanimado ante esa respuesta, pero yo estaba hecha de otra pasta. Y sabía lo que movía a Aggie por encima de todo.

—Te pagaré —ofrecí.

Ella reflexionó.

—¿Me pagarás por enseñarte?

—Sí.

—¿Por qué?

—Para ganar dinero.

Mostró una expresión taimada.

—¡Ah, ya lo entiendo! Quieres trabajar para ese sucio y viejo judío, ¿no? Aunque tiene buenos modales para ser judío, no como otros que he conocido. Eso debo reconocérselo.

—¿El doctor Pritzker? —Aquello me desconcertó y ofendió—. Sí, claro, a veces está sucio. Tú también lo estarías si trabajaras en establos y pocilgas, pero él siempre se lava después. Lleva su propia pastilla de jabón en la bolsa. Lo he visto muchas veces. Y tampoco es tan viejo.

Ella soltó una ronca risotada que me puso los pelos de punta.

—No sabes nada de nada.

—¡Eso no es verdad! Sé muchas cosas.

—Sí, claro. Sabes todo tipo de cosas sobre asuntos que a nadie le importan un pimiento. Tritones e insectos. ¿A quién le interesan esos bichos?

La rabia y la incredulidad me encendieron.

—¿Cómo puedes decir eso? Todas esas cosas son importantes. Lo dice el abuelo.

—Otro viejo lunático —afirmó Aggie—. Lo que no me cabe en la cabeza es por qué le haces caso a alguien así.

Habría sido capaz de darle un puñetazo en aquel momento, y de buena gana habría afrontado la infinita catarata de consecuencias maternas. Pero en ese caso nunca conseguiría lo que quería de ella. Y era algo importante. Recurrí a toda las reservas de autodominio que tenía y me obligué a calmarme.

—Si me enseñas —planteé—, podré ganar algo de dinero.

—Vaya, que quieres gastar dinero para ganar dinero.

Cuando lo dijo así, en voz alta, tuve que reconocer que tampoco sonaba tan inteligente.

—¿Y cuánto me pagarías?

Eso ya lo había pensado por anticipado.

—Un dólar. En metálico.

—No es mucho. Tendrán que ser dos.

Llevé a cabo uno de esos rápidos cálculos mentales por los que tengo merecida fama. ¿Con qué podía amenazarla? ¿Con la serpiente, tal vez? Sería perfecto, pero ella correría a decírselo a mamá y mamá enviaría a Alberto para atraparla y matarla. No parecía justo implicar a una inocente serpiente en un asunto puramente comercial. Quizá podía intentar apelar a la compasión de Aggie, pero no daba la impresión de que ella la conociera siquiera. Ya que no se me ocurría nada más sobre la marcha, debería recurrir a la verdad desnuda.

Tragué saliva y dije:

—Un dólar es mucho para mí, Aggie. Quizá no sea gran cosa para ti. Pero para mí es un montón.

Ella me examinó con aire astuto; deduje que estaba haciendo sus propios cálculos.

—Un dólar cincuenta.

—Vale —acepté, y cerramos el trato. Era más de lo que yo quería pagar y menos de lo que ella pretendía ganar—. ¿Cuándo empezamos?

—En cuanto me des el dinero. ¡Ah! Has de comprarte tu propia cinta. No quiero que me gastes la mía.

A pesar de que me costó horrores, saqué dos dólares de mi caja de puros, le di a Aggie un dólar cincuenta y encargué la cinta para la máquina de escribir por cincuenta centavos a través del catálogo Sears. Y aunque el señor Sears era famoso por la celeridad de sus entregas, comprendí que hasta que me llegase el envío me esperaba una de esas irritantes lecciones de paciencia.

A falta de algo mejor, me concentré en las clases de la es-

209

cuela. Entonces estábamos estudiando a los grandes exploradores: Cristóbal Colón, Fernando de Magallanes, el capitán Cook, hombres valerosos que se hicieron a la vela en Europa y se dirigieron a regiones del mundo desconocidas en aquella época, cuando mucha gente todavía creía que la tierra era plana y que había dragones acechando y esperando para tragarse los barcos que se desplomaban por los bordes. La señorita Harbottle nos dijo que recorrían en barco grandes distancias orientándose «por las estrellas», pero cuando le pedí que lo explicara con más detalle, ella eludió la pregunta y yo saqué la impresión de que no sabía gran cosa.

Naturalmente, acudí al abuelo.

—¡Ah! —exclamó él sacando el globo terráqueo del estante y poniéndolo sobre su escritorio—. Observa estas líneas que discurren paralelamente al ecuador. Se llaman líneas de «latitud». Y estas que van de polo a polo son las líneas de «longitud». Dichas líneas imaginarias dividen la Tierra de un modo especialmente útil. Tomadas juntas, sirven para especificar cualquier posición sobre el planeta.

—Pero ¿cómo puedes deducir la latitud y la longitud por las estrellas?

—Te lo enseñaré esta noche. Pero antes habrás de construir un astrolabio marinero. Reúne los siguientes materiales: un pedazo de cartón grande, un transportador, un trozo de cordel, un tubo de cartón y una tuerca o un tornillo. Vuelve cuando haya oscurecido y navegaremos a la antigua.

No tardé más de diez minutos en reunir el cartón, el tubo, el cordel y la tuerca. Ahora bien, ¿dónde iba a encontrar un transportador? Entonces recordé con desaliento que el único que había en casa pertenecía al pelma de Lamar. ¡Aj! Se lo habían regalado las pasadas Navidades, junto con un compás y una regla de acero, en un bonito estuche de cuero. (Yo, por mi parte, había recibido un libro titulado *La ciencia de las tareas domésticas*. Estaba visto que no había justicia en este mundo.) Volver a presentarme ante el abuelo sin un transportador era impensable. Él siempre decía que yo era una chica con recursos, y no quería que cambiara de opinión.

Examiné las opciones posibles. Lo más sencillo habría sido pedírselo a Lamar, pero ya estaba oyéndole decir que no con su tonillo desdeñoso. O tal vez podía «tomarlo prestado» sin que él lo supiera. ¿Qué problema podía haber? (Aparte de las represalias interminables que habría de soportar si me pillaba.) Pensé en las alianzas y lealtades siempre cambiantes entre mis hermanos, en los bandos que se formaban y reformaban a velocidad de vértigo. A veces resultaba difícil mantenerse al día, saber quién estaba de buenas con quién; pero, de todos mis hermanos, había uno que siempre era leal conmigo.

—¿Para qué lo quieres, Callie? —me dijo Travis.

—El abuelo y yo vamos a construir un astrolabio marinero, y no puedo hacerlo sin un transportador.

—¿Qué es un astrolabio?

—Un instrumento científico. Ya te lo enseñaré. ¿Lo harás?

—¿Por qué no se lo pides a Lamar?

—Travis, no seas idiota. Él no me lo prestaría ni en un millón de años. —¡Por Dios! A veces mi hermanito me sacaba de quicio con esa tendencia a pensar bien de todos.

—Ah, ¿quieres que le pida que te lo deje?

—No. Quiero que… lo cojas. Y que no le digas nada a él.

—¿Que lo robe, quieres decir?

—No es robar, es tomar prestado.

—¿Y luego se lo devolveremos?

—Por supuesto.

Me esperaba más objeciones, pero él se limitó a decir:

—De acuerdo.

Después de la cena, se me acercó furtivamente en el pasillo y me dijo con un susurro teatral: «Aquí está». Me pasó el instrumento de frío metal; yo me lo escondí en el bolsillo del delantal y fui a buscar al abuelo a la biblioteca, donde estábamos a salvo de los fisgoneos de cualquier hermano entrometido.

Siguiendo sus indicaciones, recorté el cartón en un semicírculo. A continuación, usando el transportador, tracé marcas a lo largo del borde circular cada cinco grados. Hice un orificio en el centro del borde recto del cartón, pasé el cordel por el orificio y até la tuerca en su otro extremo. Finalmente, pegué el tubo de cartón al borde recto. El astrolabio terminado tenía este aspecto:

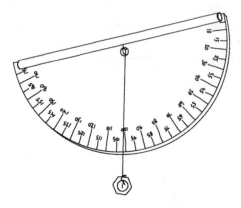

Cuando terminé, el abuelo inspeccionó mi obra.

—Un instrumento primitivo, pero práctico. ¿Salimos afuera a localizar la estrella polar? Necesitaremos un poco de luz, pero no tanta tampoco como para oscurecer las estrellas.

Encendió una lámpara, salimos y caminamos hasta la mitad del patio de delante. Los grillos silenciaron su canción cuando nos acercamos. Era casi la hora de irse a la cama, pero mamá tenía una renuencia natural a interpelar al abuelo y, si yo estaba trabajando con él en un proyecto, solía ganarme media hora extra antes de que ella me llamara para acostarme.

El abuelo redujo la llama de la lámpara al tamaño de una luciérnaga y los grillos reanudaron sus coros. A lo lejos sonó un aullido de *Matilda*, el sabueso de los vecinos. Por lo demás, reinaba el silencio.

—Muéstrame la estrella polar —pidió el abuelo.

Yo conocía los puntos cardinales —como todo el mundo—, así que al menos podía señalar vagamente hacia el norte.

—Tiene que estar por allí.

El abuelo suspiró ante mi escandalosa ignorancia.

—Empecemos por el principio. ¿Sabes localizar la Osa Mayor, también conocida como Gran Osa, o «Gran Cucharón»?

—¡Ah, sí! Esa la conozco. —Se la señalé con orgullo. Era imposible no reconocerla, pues tenía exactamente la forma de un cucharón—. Pero no parece una osa.

—Estoy de acuerdo. No obstante, los antiguos la llamaron así. Ahora mira el cuenco del cucharón y localiza las dos estrellas que hay al final. ¿Las ves? Sigue la línea que forman esas dos estrellas hasta que encuentres otra muy brillante, que resulta ser la última estrella del mango del «Pequeño Cucharón», también conocido como Osa Menor, o Pequeña Osa.

—Ya la veo —dije.

—Esa es Polaris, llamada también estrella fenicia, estrella polar o estrella del norte. Las demás estrellas parecen girar a su alrededor en el firmamento debido a la rotación de la Tierra; en cambio, Polaris permanece en una posición prácticamente constante. Si te situaras en el Polo Norte, estaría casi directamente sobre tu cabeza. Y es que resulta que el eje alrededor del cual rota la Tierra apunta casi directamente a esa estrella. De ahí que parezca que no se mueve mientras nuestro planeta va girando sobre sí mismo hasta completar una rotación al día. Shakespeare escribió hace trescientos años en una de sus obras: «Soy constante como la estrella del norte». Una vez que sabes dónde está el norte, deduces fácilmente dónde se hallan los demás puntos cardinales. En el hemisferio sur, los marinos no pueden ver Polaris y deben utilizar, por el contrario, la Cruz del Sur. Así pues, por remota que sea la región de este mundo en la que te encuentres, por muy perdida que estés, esas estrellas te guiarán de vuelta a casa. Los marinos siempre han considerado que les traen suerte; y de ahí procede la expresión «tener buena estrella».

Pensé en los fenicios, en los egipcios, en los vikingos: en todos esos hombres valerosos que guiaban sus barcos por

213

medio de la misma estrella. Era como si sus manos, sus corazones y sus voces alcanzaran a través de los siglos a una chica de Fentress, Texas, que nunca había visto el mar y, probablemente, nunca lo vería. Me sentí parte de la historia y también, a decir verdad, un poco triste.

—Pero —prosiguió el abuelo—, la estrella polar sirve para algo más que para indicar los cuatro puntos cardinales. Los marinos la han usado durante dos mil años para hallar su posición en el mar. Ahora mediremos nuestra latitud. Mira a través del tubo la estrella polar.

Aquello resultaba más bien complicado, porque el tubo era muy estrecho y la estrella se te escapaba al menor movimiento. Al fin, lo conseguí.

—Bien —dijo el abuelo—. Ahora debes sujetar con mucho cuidado el tubo para que siga inmóvil mientras lees el ángulo que marca el cordel.

Seguí sus instrucciones y comprobé que el cordel pendía con un ángulo de treinta grados, según las marcas del pedazo de cartón. Lo cual significaba que el ángulo entre el horizonte y la estrella del norte era de treinta grados.

—Ahora comprobaremos tu medición —anunció.

Yo me puse a medir otra vez el ángulo.

—Sí, treinta grados.

Él me miró como diciendo: «Tu eres más lista que eso».

—O sea, sí. Son treinta grados. Pero ¿de qué nos sirve saberlo?

—Te lo explicaré dentro.

Mientras caminábamos hacia casa, se levantó una suave brisa que avivó mi imaginación. Por un momento me vi convertida en un piloto de navío, en una compañera de los valerosos pilotos de los siglos pasados: manteniendo el equilibrio en la proa del barco, mirando a sotavento durante noches interminables de singladura por el vasto mar de color índigo, notando el refrescante viento a mi espalda, surcando el océano con la única ayuda de unos puntitos de luz para orientarme… ¡Ah, qué valientes y osados exploradores!

Volvimos a la biblioteca, y el abuelo me mostró en el globo terráqueo que estábamos, en efecto, treinta grados al norte del ecuador. Y me explicó que si navegabas hacia el este por el Atlántico manteniendo esa latitud, llegarías a las islas Canarias, que quedaban a ocho mil kilómetros. También me enseñó su *Atlas del mundo*, y yo me entretuve unos minutos deliciosos leyendo sobre las vidas de (¿cómo no?) los canarios en las islas Canarias (¡vaya sorpresa!).

—Bueno, abuelito, ¿y qué hay de la longitud?

—Resolver el problema de la longitud es considerablemente más difícil. Requiere el uso de un reloj muy exacto. Hoy en día damos por descontados los relojes, pero hace unos cientos de años no existían. La gente averiguaba la hora recurriendo a los relojes de sol o estimando el ángulo del sol en el cielo. Los grandes navegantes de la época eran los holandeses, los españoles y los portugueses. El gobierno británico, por su parte, ofreció una enorme suma de dinero al inventor que ideara un reloj capaz de seguir dando la hora con exactitud bajo las difíciles condiciones de la navegación en el mar, y que resolviera así el problema de la longitud. Aunque tardó más de treinta años, el señor John Harrison lo logró por fin, otorgando a los ingleses una notable ventaja en los mares. Imagínatelo: si Portugal hubiera inventado el reloj un poco antes, nosotros quizá estaríamos ahora hablando en portugués, en vez de hacerlo en inglés.

Una idea interesante, pero ya era hora de acostarse.

Al día siguiente, durante el desayuno, miré por casualidad a Lamar, que estaba engullendo sus copos de avena, y recordé con un escalofrío que aún tenía su transportador. ¿Y si lo necesitaba para la escuela? Armaría un alboroto monumental al ver que había desaparecido. Y como sospechara de Travis, estaba perdida, porque mi hermanito se desmoronaría como un castillo de naipes bajo el soplo de la presión más ligera. Por suerte, Lamar salió disparado con su cartera y resultó que ese día no tenía que resolver problemas de geometría.

Al volver de la escuela, Lamar y Sam Houston se juntaron con varios amigotes para jugar en el césped un acalorado partido de béisbol, usando para marcar las bases viejos sacos de pienso llenos de cáscaras de semillas de algodón. Ya que les faltaba un jardinero, reclutaron a Travis, a quien normalmente habrían desdeñado. Se gritaban insultos unos a otros (insultos no muy gruesos) y coreaban un irritante cántico acelerado «dale, dale, dale» cada vez que alguien iba a batear. Pensé que mientras oyera sus gritos, estaría a salvo.

Subí corriendo a mi habitación a buscar el transportador. Aggie estaba abajo, en el salón, cosiendo más blusas. Crucé el pasillo con sigilo hasta la habitación que Lamar compartía con Sam Houston; miré a uno y otro lado antes de entrar, para comprobar que no me veía nadie, y me colé dentro.

Me imaginé que guardaba el transportador en el baúl de latón que tenía debajo de la cama, junto con su paga semanal, sus caramelos y demás tesoros. Atisbé por la ventana y, en efecto, estaban totalmente absortos en mitad de una jugada, gritándole a Travis órdenes contradictorias sobre dónde debía tirar la pelota, mientras Sam corría hacia la segunda base con la cabeza gacha, moviendo frenéticamente los brazos.

216   Saqué el baúl. Me sentí como una delincuente nada más tocarlo. Hurgar en las cosas de los pequeños se consideraba una falta leve, pero fisgonear entre las pertenencias de Lamar era como un delito castigado con la horca. Al menos, según él.

Afuera seguían resonando los gritos.

Abrí el baúl. Antes de tocar nada, dediqué unos momentos a estudiar la posición de cada cosa in situ, como decía el abuelo, de manera que pudiera volver a dejarlo todo tal como lo había encontrado. Había una caja de puros semejante a la mía, dos barritas de chocolate y una bolsita de papel llena de pastillas rojas de canela; un diccionario de bolsillo, una pluma con una fina plumilla de acero y un frasco de tinta azul; una pluma de águila, un payaso de cuerda de su infancia, ahora roto y con el mecanismo oxidado, y el estuche de cuero con el compás y la regla. Deslicé el transportador por la ranura del estuche y ya estaba guardándolo todo de nuevo cuando me detuve y estudié la caja de puros. Ya que estaba aquí…

Abrí la caja. Había unos cuantos centavos esparcidos y

algunas monedas de cinco. Un par de veinte y de veinticinco. La pieza de oro de diez dólares que papá le había dado. Y exactamente al lado, lanzándome destellos, una pieza de oro de cinco dólares.

Me quedé helada. Mi mente se puso a girar aceleradamente. ¿Era la mía? Tenía que ser la mía. ¿De quién iba a ser, si no? Pero ¿cómo saberlo con certeza? La examiné de cerca y me maldije por no haber hecho alguna marca en el blando metal para señalarla como inequívocamente mía. Sin ninguna marca, era imposible tener la seguridad. ¿Acaso importaba? Claro que no. Me la había robado. Pero ¿era capaz Lamar de cometer un crimen tan atroz? «No seas tonta, Calpurnia, y déjate de sutilezas. Él te la ha robado y tienes la prueba ante tus ojos. Aquí la única cuestión es: ¿cómo vas a hacérselo pagar? ¿No crees?».

De pronto me di cuenta de que afuera reinaba el silencio. ¡Ay, ay! La puerta principal resonó abajo, y a mí casi se me salió el corazón por la boca. ¡Vamos, rápido! Sin pensar lo que hacía, cogí ambas piezas de oro, coloqué la caja y el baúl tal como estaban y corrí por el pasillo a mi habitación con una pesada moneda en cada palma sudorosa.

Ya en mi habitación, miré en derredor como una perturbada buscando un escondite seguro. No podía poner las monedas en mi caja de puros, bajo la cama. Era el primer sitio donde Lamar buscaría si llegaba a registrar mis cosas. ¿Y cuál sería el último? ¡Ah, sí, claro: debajo de la grava del plato de *Sir Isaac Newton*! A nadie se le ocurriría buscar ahí.

Durante los dos días siguientes viví en una atmósfera de temor y de culpa (con una pizca de regocijo, lo confieso), preguntándome cuándo abriría Lamar su baúl. El peso del robo en mi ánimo era abrumador y me llenaba de ansiedad. Pero, por otra parte, yo me decía una y otra vez que arrebatarle a un ladrón algo que te pertenecía no era robar. Suponiendo que fuese una cosa de tu propiedad. Y lo era. Tenía que serlo.

Por la noche, despierta en la cama, tramé varios planes posibles para devolverle a Lamar su dinero, aunque no porque se lo mereciera, el muy sinvergüenza. La idea, en algunos de esos planes, era devolvérselo de forma anónima; en otros, mostrarle mi juego para que supiera que había sido yo. Pero no tuve tiempo de decidirme, porque el domingo, a la hora del almuerzo, Lamar entró hecho una furia en el comedor. Resoplaba por las narices como un toro y lanzaba miradas enloquecidas a diestro y siniestro, buscando al culpable. Casi le salía el humo por las orejas. Nos observó, uno a uno, con rabia. Yo me armé de valor y procuré adoptar una expresión neutra, decidida a no arrugarme bajo su temible mirada. Empecé a notar un picor en la piel. «Calpurnia —me dije con severidad—, ahora no puedes sufrir un ataque de urticaria y descubrir todo el pastel. No. No puedes.» Y asombrosamente, el picor se aplacó.

Mamá preguntó a Lamar:

218

—¿Ocurre algo, cariño?

Él, atrapado en un terrible dilema, se ahogaba de rabia hasta tal punto que apenas podía hablar. ¿Se atrevería a confesar la verdad? Al fin escupió un «¡No!» brutal.

Todos contuvimos una exclamación; mamá retrocedió, consternada. Papá bramó:

—Lamar Tate, no te atrevas a hablarle a tu madre en ese tono. Levántate ahora mismo y vete a tu habitación. Ya hablaremos más tarde.

Lamar retiró la silla con un chirrido y salió airado del comedor. Papá le preguntó a mamá:

—¿Qué le pasa a este chico?

Ella murmuró con voz estrangulada: «No tengo ni idea», y durante un momento espantoso pensé que igual se ponía a llorar. En un intento de volver a la normalidad, nos concentramos de nuevo en el pollo y las masas de harina, que ahora nos sabían a ceniza. Entonces alguno de mis hermanos pidió que le pasaran los panecillos, y otro le contestó a su vez que pasara la salsa, y así, lentamente, muy lentamente, reanudamos una conversación sobre nada en particular. El único que comía con entusiasmo era el abuelo. Y él, precisamente él, el más perspicaz de los presentes, me observaba pensativo mientras masticaba.

Lamar, castigado en su habitación, se quedó sin cenar aquella noche, y recibió además tres fuertes latigazos en la palma de la mano propinados por papá con una fusta de cuero. Travis se compadeció de él y me preguntó si no deberíamos llevarle a hurtadillas algo de comer. Cuando le dije que no, debió de considerarme sin duda una mezquina; yo no podía decirle que sabía que Lamar tenía barritas de chocolate en el baúl.

Me mantuve juiciosamente alejada de Lamar, temiendo que se resquebrajara mi máscara de inocencia si se le ocurría atacarme. Aunque, en realidad, él no podía hacer nada. Estaba atrapado en una trampa que él mismo había diseñado. Denunciarme ante la autoridad (en este caso, nuestros padres) era delatarse a sí mismo como un ladrón aún peor que yo.

Me sentía un poco mal por él y pensé en cómo podía devolverle el dinero ahora que ya había sido castigado, aunque el castigo no hubiera sido por el robo en sí, sino una consecuencia indirecta del mismo: de su horrible comportamiento conmigo.

Durante tres días tramé, urdí y rumié, como Napoleón en su exilio, en la isla de Elba, y, finalmente, se me ocurrió la idea.

Recluté a Travis como lugarteniente y lo envié para que llevara a Lamar a un rincón situado detrás del establo, que quedaba junto a la pocilga de *Petunia*. (Y por si me acusáis de violar la norma de no poner nombre a los animales destinados a alimentarnos, debo decir que había sido J.B. quien la había bautizado, creyendo que era un chiste muy gracioso ponerle a una criatura rebozada de barro el nombre de una flor tan bonita. Esa *Petunia* en particular era una cerda bastante simpática, a decir verdad, y le gustaba que le rascaran el cogote con un palito. A mí, debía reconocerlo, iba a darme un poco de pena verla desaparecer. Pues aunque tuviera nombre, estaba destinada al horno, a la cazuela, al ahu-

219

madero, es decir, a ser reemplazada al año siguiente por otra *Petunia* más joven y más pequeña.)

Me apoyé en la cerca, arrojándole peladuras de patata, uno de sus aperitivos preferidos entre comidas. Ella gruñía agradecida e incluso cazó algunas al vuelo, como un perro amaestrado. Lamar se acercó. Travis venía tras él con aire inquieto; yo le había dicho que debía quedarse y presenciarlo todo.

—¿Qué quieres? —gruñó Lamar. Él siempre tan alegre.

—Deberías tratar de ser más amable conmigo, Lamar —dije mientras le lanzaba más peladuras a *Petunia*. Ella hozaba en la mugre y soltaba bufidos de gratitud.

—¿Por qué? No eres más que una chica estúpida. No tengo ningún motivo para ser amable contigo.

—¡Ah! —respondí con dulzura y ligereza—. Pues yo creo que sí.

Él dijo burlón:

—Dame un solo motivo.

—Muy bien, te daré uno —dije metiendo la mano en el bolsillo de mi delantal—. De hecho, te daré diez.

Sostuve la moneda en alto para que la viera claramente, sin lugar a dudas. Su expresión ceñuda se transformó primero en una confusa palidez; después, en una colorada estupefacción, al darse cuenta de lo que era; y por fin, en una rabia morada, al comprender cómo me había apoderado de ella. La rápida sucesión de expresiones —y de colores— constituyó uno de los momentos cumbre de mi vida.

—Devuélvemela —exigió con voz ahogada—. Devuélvemela, o se lo digo a papá.

—No puedes —repliqué con toda calma—. Porque entonces yo le contaré que primero tú me robaste la mía. ¿Cuántos latigazos crees que merecerá esa fechoría? ¿Los cinco que robaste? ¿O diez? ¿O quizá llegue hasta quince? ¿Qué crees tú?

La expresión que tenía era para mondarse de risa. Curiosamente, cuanto más se inquietaba él, más tranquila me sentía yo. Travis, testigo de la escena, se retorcía de ansiedad.

Lamar, creyéndose muy astuto, cambió de táctica.

—Vamos, Callie —suplicó—. No hay motivo para ponerse así. ¿Quieres devolvérmela, por favor? Por favor.

—Está bien —acepté—, ya que me lo pides así, de acuerdo. Aquí la tienes —y al decir esto, lancé la moneda al aire. El tiempo se ralentizó mágicamente, y los tres contemplamos cómo volaba y volaba la moneda por encima de la cerca, destellando majestuosamente a la luz del sol. Y durante ese momento, pasé de ser una semiciudadana a una ciudadana con todas las de la ley: no, me convertí en un soldado; o mejor, en un ejército entero que impartía justicia y venganza por todas las demás semiciudadanas del mundo.

La moneda aterrizó con un ¡plop! en mitad de la pocilga. En un gran charco de estiércol semilíquido.

Petunia, alertada por el sonido de algo tal vez comestible, se volvió pesadamente y avanzó hacia el charco, decidida a hurgar con el hocico y a devorar aquello, fuera lo que fuese.

—¡Date prisa, Lamar, y cógela! —grité—. O la cosa será todavía mucho peor.

Giré en redondo y corrí hacia casa con pies ligeros, más deprisa que en toda mi vida: ahora ya no era un ejército sino el viento mismo. Imposible atraparme aquel día.

Pasaron meses antes de que Lamar volviera a dirigirme la palabra. ¿Creéis que me importaba? En absoluto.

221

Capítulo 20

Una pasmosa suma de dinero

Algunos fueguinos demostraban tener una noción muy arraigada del trueque. Yo le entregué a un hombre un clavo largo (un regalo extremadamente valioso) sin dar muestras de esperar nada a cambio; pero él inmediatamente escogió dos peces y me los tendió en la punta de su lanza.

Pasamos sin pena ni gloria otro período de vacaciones, unas Navidades y un Año Nuevo sumamente discretos, pues la inundación todavía malograba las festividades. Las dos amigas de infancia de mamá habían sido arrastradas por las aguas y sus cuerpos nunca aparecieron. A pesar de todo, yo notaba que ella hacía un esfuerzo para sobrellevarlo y no parecer demasiado triste, al menos delante de los pequeños.

Aun sabiendo que no era razonable, recé para que se produjera otra nevada milagrosa. Pero no hubo nieve, solo lluvia. Di a todo el mundo los mitones que había tejido, y todos fingieron como mínimo, con diversos grados de entusiasmo, que les gustaban. (Sí, de acuerdo, no eran los mejores mitones del mundo; había algún punto escapado, alguna pasada torcida, pero si no estaban satisfechos, siempre podían encargarle el próximo par al señor Sears.)

La noche de fin de año, siguiendo la tradición familiar, anunciamos nuestros propósitos y deseos. El año anterior yo había hecho una larga lista que incluía ver la nieve y el mar, pero este año únicamente tenía un deseo. Cuando me llegó el turno, me levanté, inspiré hondo y anuncié:

—Quiero ir a la universidad. No pretendo ir para sacarme el certificado de enseñanza, que es solo un año, sino para cursar una carrera completa, que son más años.

Mis padres se quedaron callados. Al fin, mi madre dijo:

—Mira, cariño, podemos hablar de ello más adelante, cuando seas un poco mayor.

Yo, con más osadía de la que sentía, cuestioné:

—¿Y qué tiene de malo hablarlo ahora?

J.B. metió baza.

—¿Eso qué significa? ¿Es que te vas a marchar, Callie?

Y entonces el abuelo, que Dios lo bendiga, intervino:

—Un plan excelente, ¿no crees, Margaret?

Mamá no se atrevió a lanzarle al abuelo una mirada furiosa, pero adoptó una expresión gélida y se volvió hacia papá buscando su apoyo.

Papá carraspeó.

—Sí, bueno —murmuró— habrá que ver. Es demasiado pronto para ponerse a pensar en estas cosas. Quizá volvamos a hablarlo cuando tengas dieciséis años.

¡Faltaban tres años enteros! Lo miré boquiabierta, tratando de encontrar algún argumento adicional. Pero antes de que se me ocurriera algo, él dijo:

—Travis, creo que ahora te toca a ti. Dinos cuáles son tus propósitos para el nuevo año.

Y así, sin más, el ritual prosiguió alrededor de la mesa. J.B. se sentó en mi regazo, me dio un beso pegajoso y me susurró:

—¿A dónde te marchas? No te vayas. Me pondré triste.

—No te pongas triste —le susurré—. Según parece, no voy a ir a ninguna parte. Quizá nunca.

—¡Qué bien! —murmuró él, echándome su cálido aliento en la mejilla. Pero no estaba bien. Lo abracé y lo mecí en mis brazos, aunque en realidad era a mí misma a quien trataba de acunar. Observé a los comensales. Todo el mundo estaba mirando a Travis; todos excepto el abuelo, que me dirigió un leve gesto de aprobación.

Así pasamos aquellas vacaciones más bien insulsas. Y luego, diez días más tarde, el 10 de enero de 1901, apareció un pozo de petróleo en un lugar de Texas llamado Spindletop. Un rugiente géiser negro de cincuenta metros de altura se alzó por los aires y siguió fluyendo durante nueve días antes de que pudieran contenerlo. Y de este modo dio comienzo el *boom* del petróleo que habría de representar el auge del automóvil y el final del caballo de carga, y que daría paso a tantas transformaciones en todos los demás ámbitos, incluso en nuestro propio hogar, en el resto del país y en el mundo entero.

Yo apenas le di importancia en ese momento, la verdad, pero la noticia le produjo a Aggie por algún motivo una gran excitación; de repente parecía más animada que nunca.

Esa misma semana, surgió entre nosotras un sorprendente asunto de mutuo interés. Todo empezó con una carta para mi prima que habían dejado sobre la mesa del vestíbulo. Procedía del Banco Estatal de Galveston, lo cual me pareció insólito. Que yo supiera, mi madre nunca en su vida había recibido correspondencia de un banco. Las finanzas y las cuestiones similares estaban consideradas cosas de hombres. (No sé por qué; no parecía haber ningún motivo, más allá de que siempre hubiera sido así.)

Como no había nadie a la vista, cogí el sobre. Lo sacudí ligeramente, lo palpé con cuidado. No oí ningún tintineo de monedas ni noté un crujido de billetes. Tan servicial como siempre, lo llevé arriba, a nuestra habitación, donde Aggie estaba sentada ante el escritorio escribiendo otra carta. Al verme, la tapó con el antebrazo para ocultarme su contenido.

—Mira, Aggie. Es una carta para ti de un banco de Galveston. ¿Qué crees…?

Ella se giró en su asiento y me la arrebató de las manos antes de que las palabras hubieran salido del todo de mis labios. Cualquiera habría dicho que el sobre contenía el aplazamiento de una sentencia decretado por el gobernador… Aggie lo sujetó un momento con manos temblorosas; acto seguido cogió un abrecartas y lo abrió delicadamente, poniendo mucho cuidado para no rasgar su contenido. ¿Cuál podría ser la causa de tantos miramien-

225

tos? Ella estaba demasiado absorta para advertir que yo me inclinaba sobre su hombro, aunque lo único que distinguí fue una columna de cifras como las de los documentos que se amontonaban en el escritorio de mi padre en la limpiadora.

Aggie leyó la carta ávidamente, siguiendo la columna con el dedo hasta el final. Al llegar a la última cifra, musitó:

—¡Ay, gracias a Dios!

—¿Buenas noticias, Aggie?

Normalmente ella habría desdeñado una pregunta de este tipo, pero ahora suspiró con alivio y dijo:

—Mi dinero está a salvo. Una parte de los archivos del banco desapareció con la inundación, pero los míos los han encontrado. Gracias a Dios, mi dinero está a salvo.

Aquello avivó mi curiosidad.

—¿Tú tienes dinero en el banco? ¿De dónde lo sacaste?

—Lo ahorré trabajando en la tienda de papá.

—¿Qué hacías?

—Trabajo de oficina. Papá me pagaba por mecanografiar cartas y ocuparme de los libros de contabilidad.

Yo reflexioné.

—¿Cuánto? —inquirí.

—¿Cómo?

—¿Cuánto te pagaba? ¿Cuánto tienes en el banco?

Ella arrugó la nariz.

—Eso no es asunto tuyo, señorita entrometida.

Me devané los sesos buscando algún estímulo eficaz para que me lo dijera.

—Desembucha —le exigí— o te meteré a *Sir Isaac Newton* en la cama cuando estés dormida. —De hecho, yo jamás le habría hecho algo semejante a ella ni tampoco a *Sir Isaac*, una criatura de cuerpo blando que habría podido resultar lastimada en el jaleo que sin duda se habría armado, pero la amenaza me pareció bastante ocurrente mientras la formulaba. Amenazar con un tritón. Una de mis mejores ocurrencias, la verdad.

Ella palideció.

226

—Tú no harías una cosa así, ¿no?

—Quizá sí, quizá no.

Aggie entornó los ojos con odio.

—Se lo diré a tu madre.

Yo entorné los míos y me marqué un farol:

—Adelante. Ya ves lo que me importa.

Bien. Nos miramos mutuamente con los ojos guiñados.

—Las especies de la familia *Salamandridae* —expliqué— son frías y viscosas al tacto. Secretan una película protectora nociva de...

Tal como me figuraba, ella acabó cediendo. Los tritones sirven para muchas cosas, a fin de cuentas.

—Tampoco pasará nada, supongo —masculló—. Ahorré casi cien dólares.

—¡Oooh! ¡Caramba! —Una suma pasmosa para cualquiera, no digamos para una chica soltera de diecisiete años. De repente la conversación se había vuelto mucho más interesante—. Es asombroso. ¿Cuánto tiempo tardaste?

—Como un año. Papá me pagaba treinta centavos la hora.

—¿Y qué piensas hacer con todo ese dinero?

Ella titubeó.

—Todavía no lo sé.

Supuse que mentía. Pero ¿por qué? En el fondo, eso no me interesaba realmente. Lo que me interesaba era la cantidad de cosas que podías comprarte con cien dólares. Te podías comprar un caballo decente: uno que te llevara lejos de casa cuando a ti se te antojara. Lo cual era una forma de libertad. Te podías comprar, si eras una chica más convencional, media docena de vestidos para un año entero de puestas de largo, o una remesa completa de mantelerías para tu ajuar. Lo cual, supuse, era también una forma de libertad. Te podías comprar, si eras otro tipo de chica, un microscopio realmente bueno y una infinidad de cuadernos científicos. Sin duda una forma de libertad. O bien te podías comprar —me vino a la cabeza como un relámpago—, te podías comprar algo más importante que todas esas co-

227

sas. Te podías comprar… una educación. La idea me pareció de golpe tan audaz que casi no podía respirar.

—¿Te sientes bien? —preguntó Aggie—. Tienes un aspecto extraño.

—¿Eh?

—¿Vas a desmayarte?

—¿Cómo?

—Aún no eres lo bastante mayor, pero tengo aquí unas sales de olor por si las necesitas.

—Estoy bien… creo.

Con la mente acelerada, la atosigué para que me diera todos los detalles. Aggie me explicó que lo único que debía hacer era ir al banco con una pequeña cantidad de dinero y pedir que me abrieran una cuenta de ahorro. Y sí, el banco mantendría mi dinero a buen recaudo, impidiendo que algún hermano ladronzuelo pudiera ponerle las manos encima; y sí, el banco me lo devolvería cuando quisiera; y sí, incluso me pagarían dinero (ella lo llamó «intereses») por guardármelo.

228

Al día siguiente, con la caja de puros bien sujeta, recorrí toda la calle Mayor, más allá de la limpiadora, hasta el banco. Nunca había entrado allí y, por un instante, frente a las imponentes puertas de latón, estuve a punto de perder el valor. Pero las empujé y me detuve parpadeante en el vestíbulo de mármol pulido, contemplando los altos techos con molduras decoradas, las relucientes escupideras, la silenciosa atmósfera que hablaba de prosperidad y negocios serios. Nada que ver con el estridente alboroto que reinaba en la limpiadora.

En un lado había una cámara acorazada de acero, cuya puerta (de treinta centímetros de grosor, por lo menos) estaba parcialmente abierta. Al otro lado, había una jaula de roble y latón en cuyo interior dos jóvenes bigotudos contaban el dinero de los clientes que aguardaban delante. No había ninguna chica ni ninguna mujer allí dentro. Al fondo, se hallaba sentado tras un lujoso escritorio un hombre corpulento de aspecto autoritario, vestido con un elegante traje. Estaba fumándose un puro y parecía absorto en una profunda conversación con un cliente que me daba la espalda, pero al cual reconocí de todos modos. Era papá. El hombre corpulento me miró ceñudo y murmuró algo. Papá se levantó y se acercó, preocupado.

—Calpurnia, ¿qué haces aquí? ¿Sucede algo en casa?

—Todo va bien, papá. —Le enseñé la caja de puros—. He venido a abrir una cuenta. —Noté que me temblaba la voz, cosa que me reventaba, pero yo seguí adelante—. Creo que se llama una cuenta de ahorro.

Él pareció divertido.

—¿Para qué diantre necesitas una cuenta?

Pensé a toda prisa.

—Tú siempre nos dices que ahorremos nuestro dinero, y yo he pensado que este sería el mejor lugar para hacerlo. —Su siguiente pregunta lógica, claro, sería para qué estaba ahorrando exactamente. Yo esperaba que no me la hiciera. Ahora no quería hablar de eso con él. Aún no.

Me sentí aliviada porque papá se limitó a decir:

—Sí, claro. Me refería a los chicos más que a ti, cuando lo dije, pero es una excelente idea, y serás un buen ejemplo para ellos. Ven, te presentaré al presidente y abriremos esa cuenta.

229

Le hice una reverencia y le estreché la mano al abotagado presidente del banco, el señor Applebee, que me pareció un hombre sumamente pomposo y con todo el aire de estar satisfecho de sí mismo por alguna razón que yo no podía vislumbrar. Esperaba no tener que hacer aquello cada vez que entrara en el banco; era como estrecharle la mano a un malvavisco enorme y húmedo. El hombre me hizo rellenar una hoja con mi nombre, dirección y otros datos, y luego me acompañó a la jaula de latón, donde entregué mi caja de puros. Uno de los cajeros contó cuidadosamente mi dinero dos veces y declaró que el total ascendía a cinco dólares con cincuenta y ocho centavos. Anotó la cifra en una libretita azul y me la dio, diciéndome que debía guardarla bien y llevarla cada vez que necesitara hacer un «depósito» o un «reintegro», y que el «interés» se añadiría a mi «balance» cuatro veces al año.

Papá y yo nos despedimos en la puerta. Él se fue a la limpiadora y yo me dirigí a casa sujetando la caja de puros, que ahora solo contenía la libreta de ahorro. Me detuve varias veces para admirar la preciosa tapa azul en la que figuraba la leyenda BANCO NACIONAL DE FENTRESS en letras doradas; la anotación en cifras del Depósito de Apertura de 5,58 dólares escrita, en el interior, con excelente caligrafía, y las muchas líneas vacías y columnas en blanco esperando ser rellenadas con los registros de mi fortuna acumulada. Todo, en fin, muy satisfactorio.

Las relaciones entre Aggie y yo sufrieron un cierto deshielo. Yo me sentía agradecida por la información que me había dado sobre el banco y procuraba demostrárselo con pequeños detalles. Ella, por su parte, disfrutaba hablándome de sus «ingresos e inversiones», aunque yo realmente no entendía todo lo que me decía. Cambiábamos impresiones sobre el progreso de nuestros ahorros. Además, supongo que mi prima sentía la necesidad de ser más amable conmigo, ahora que conocía el secreto de sus ahorros. Lo que yo no podía saber es que nos ocultaba a todos otro secreto todavía más importante.

Por esa época, más o menos, Travis empezó a desaparecer después de cenar, y no reaparecía hasta la hora de acostarse. De hecho, lo hacía casi todas las noches, aunque al principio yo no presté mucha atención. Con tantos hermanos corriendo de aquí para allá, no era fácil seguirles el rastro a todos. Más adelante, una mañana, de camino a la escuela, me pareció que Travis no debía de haber dormido demasiado bien y observé que tenía arañazos en las manos y morados en las piernas.

—Travis...

—¿Eeeh?

Señalé los arañazos.

—¿No quieres contarme nada?

—¡Ah, esto! Es que tuve una noche terrible con *Costras*.

Me detuve en seco.

—¿*Costras* te ha hecho eso?

—No, no. Él jamás me haría daño. Fueron los coyotes.

—¿Los coyotes?

—Bueno, los coyotes exactamente, no, sino correr entre la maleza y cosas así.

—¿Vas a explicármelo de una vez, o tendré que sacártelo palabra por palabra?

—Es una larga historia, Callie.

—Empieza —exigí, impaciente—. Soy toda oídos.

—Vale. ¿Recuerdas que me dijiste que los caninos son más felices que nunca cuando viven en manada con los suyos?

No lo recordaba, pero asentí.

—Pues pensé que *Costras* necesitaba la compañía de otros perros. Y la semana pasada lo llevé a ese terreno baldío de detrás de la iglesia baptista, donde se reúnen los perros del pueblo, y traté de que se hicieran amigos. Pero por alguna razón los otros le mostraron los dientes y lo ahuyentaron. Supongo que se dieron cuenta de que no es uno de ellos, al menos al cien por cien. ¡No es justo, Callie! Él no escogió nacer mitad perro, mitad coyote. No es una cosa que hubiera podido evitar. Y tampoco puede evitar la costumbre de comerse a las gallinas.

Recordé la debilidad tan acusada de *Costras* por las aves de corral, que, seguramente, acabaría siendo su perdición.

Travis continuó.

—A la noche siguiente, mientras pasaba un rato con él, oímos aullar a lo lejos a los coyotes. ¿Sabes esos grititos agudos que hacen cuando se reúnen para cazar? Pues a él se le pusieron las orejas tiesas y los ojos le relucieron con un brillo salvaje. Entonces me di cuenta de que su lugar estaba entre los coyotes. ¿Cómo no se me había ocurrido antes? Son una pandilla de zarrapastrosos: encajaría de maravilla entre ellos, todo el día husmeando, jugando y cazando juntos. Incluso soñé esa noche que lo convertían en líder de la jauría. Por eso, empecé a fijarme en los sitios donde se reunían y descubrí que a veces se juntan al otro lado del río, debajo del puente. Salí a hurtadillas un par de noches y llevé allí a *Costras*, pero no los vimos.

231

Yo estaba impresionada por el ingenio de mi hermano, por el hecho de que él solito hubiera resuelto en apariencia el problema del *perroyote*.

—La de ayer fue la tercera noche que salimos a buscar coyotes. Íbamos por la orilla del río al oscurecer y, de pronto, estaban ahí, aullando muy cerca. A *Costras*, nada más oírlos, le brillaron los ojos otra vez de ese modo salvaje, y yo ya tuve claro que su sitio estaba con ellos. Me puse tremendamente triste, pero le di un abrazo y le dije: «Adiós, *Costras*. Tu jauría te está esperando. Ellos son ahora tu familia. Este es tu destino». Él salió disparado a buscarlos.

Travis se enjugó los ojos; lo abracé.

—Ya que yo quería ver el feliz reencuentro, lo seguí a la luz de la luna y me llevé un montón de arañazos con todos esos arbustos llenos de espinas. Pero menos mal que se me ocurrió seguirlo, porque oí gruñidos y gritos furiosos más adelante, y, cuando al fin llegué, vi que tres coyotes lo habían acorralado y estaban vapuleándolo, atacándolo con ferocidad. Pretendían matarlo, Callie. Lo detestaban. Querían comérselo. Es una suerte que los humanos les demos miedo a los coyotes. Cogí un palo bien grande y unos pedruscos y los ahuyenté justo a tiempo.

Travis volvió a enjugarse los ojos.

—Pobre *Costras*. Él solo quiere formar parte de una manada. Pero los perros no lo quieren y los coyotes tampoco, y la gente solo quiere ahogarlo o pegarle un tiro. Además es huérfano, o algo parecido, y perdió a todos sus hermanos.

—Pobre *Costras* —repetí, y lo pensaba de verdad. Nunca había conocido a una criatura que iniciara su camino en la vida con un destino tan cruel y desfavorable—. Entonces... ¿se ha ido?

—No. Ha vuelto a su guarida —respondió Travis, animándose—. Supongo que me toca a mí quedármelo.

Lo reflexioné y me pareció justo. Pues aunque el destino le había dado a *Costras* unas cartas pésimas, se lo había compensado sobradamente poniendo a mi hermano en su camino.

—Nadie lo quiere, excepto yo —afirmó—. Supongo que yo soy su manada. —Me miró tímidamente—. Tú también puedes formar parte de nuestra manada, si quieres.

Ante semejante declaración, yo no podía decir más que una cosa:

—Vale. Pero ha de seguir siendo un secreto, ¿entiendes?

Dios mío, los secretos se iban amontonando.

Capítulo 21

Secretos y vergüenza

La geología de la Patagonia es interesante… La concha marina más corriente es una gigantesca ostra que llega a medir a veces treinta centímetros de diámetro.

*M*ientras me cepillaba el pelo a la hora de acostarme con un centenar de pasadas, le pregunté a Aggie:

—Dime, ¿cómo es el mar? ¿Y la playa? ¿Y las conchas marinas? ¿Es verdad que puedes caminar por la orilla y recogerlas gratis, o tienes que pagarlas?

—¿Pagarlas? ¿A quién? No seas tonta.

—No sé. Por eso lo pregunto.

—Puedes coger todas las que quieras, aunque no sé por qué habrías de molestarte.

—Para hacer una colección de conchas, claro. —Uno de mis propósitos del Año Nuevo anterior había sido ver con mis propios ojos el mar, cualquier mar, antes de morirme, y como albergaba serias dudas de que eso llegara a suceder, una colección de conchas marinas constituía para mí algo muy valioso.

Aggie dijo:

—No se me ocurre por qué habría de querer nadie un montón de sucias y viejas conchas marinas.

La conversación no resultaba demasiado alentadora, pero yo persistí.

—¿Alguna vez has visto un delfín? He leído un montón sobre los delfines. No son peces, ¿sabes?, son mamíferos de sangre caliente.

—¿Cómo no van a ser peces? —se extrañó ella—. Viven en el agua, o sea que han de ser peces.

La miré, incrédula. Para una chica que tenía el privilegio de vivir junto al mar, era una redomada ignorante.

Solté un suspiro y dije:

—¿Y el sol no centellea en las olas danzantes?

Ella me miró de soslayo.

—¿De dónde has sacado eso?

—Pues… lo leí en alguna parte.

—Ya. Sí, supongo que podrías decirlo así cuando hace buen tiempo.

—Háblame de las olas —le pedí.

Aggie me miró perpleja, pero contestó:

—Las olas arrastran cosas a la orilla.

—¿Qué clase de cosas?

—¡Bah! Pues peces podridos, gaviotas muertas, madera de deriva, algas secas… Cosas así. A veces apestan de verdad. ¡Puaj! Aunque una vez encontré un flotador de pesca de cristal, y otra vez una botella de ron vacía que había llegado flotando desde Jamaica.

—¡Caramba! ¿Había una nota dentro?

—No —dijo bostezando.

—Pero ¿te la guardaste de todos modos? Me encantaría tener algo así.

—¿Para qué? Es solo una antigualla.

Decididamente la conversación no estaba yendo como yo esperaba, pero continué insistiendo.

—Háblame de las mareas.

—¿Qué te voy a decir? La marea sube un rato y luego se retira. A veces la puedes oír.

—¿Tiene un sonido? ¿Cómo es?

—Cuando hay suficiente silencio, se oye algo así como: sss, sss. A veces, cuando las olas se estrellan contra las rocas con estrépito, suena muy fuerte. Depende.

—¿De qué depende?

Ella me miró como si le hablara en chino y replicó:

—¿Cómo voy a saberlo?

Su actitud me pareció muy poco satisfactoria. ¿Cómo era

posible que no lo supiera, que no lo hubiera averiguado, que no le importara? Me hubiera gustado saber si no habría sufrido algún otro deterioro, aparte de la anemia y la neurastenia. Quizá había resultado herida durante la inundación de un modo que no se veía a simple vista. Quizá había recibido un golpe en la cabeza y había perdido la curiosidad. Pregunta para el cuaderno: ¿qué es lo que provoca las olas?, ¿y las mareas? Hablarlo con el abuelo.

Al día siguiente llegó un paquetito para ella, y yo, husmeando como quien no quiere la cosa junto a la correspondencia, observé que el remitente era de un tal «L. Lumpkin, Church Street, 2400, Galveston». ¿Quién era L. Lumpkin? Ya iba a subírselo a la habitación cuando Aggie llegó corriendo desde el jardín, se lanzó sobre el paquete como un halcón y lo estrechó sobre el pecho con la cara radiante. Sin decir palabra, dio media vuelta y subió precipitadamente la escalera.

¡Por Dios! Qué grosería de su parte. Y qué interesante.

La encontré en nuestra habitación forcejando con el cordel peludo con el que estaba atado el paquete. Exasperada, gritó: 237

—¡Unas tijeras! ¡Tráeme unas tijeras!

Bajé corriendo a buscar las que tenía en mi bolsa de costura en el salón, pero cuando volví arriba, ella ya se las había arreglado por su cuenta. El envoltorio tapaba una caja que mi prima colocó sobre el escritorio y abrió con toda reverencia. Y dentro de esa caja había una cajita más pequeña y una carta. Con las manos entrelazadas en el regazo, se detuvo a saborear el momento.

Yo cometí el error de murmurar:

—¿Qué es?

—¿Qué hay que hacer en esta casa para gozar de un poco de intimidad? ¡Fuera de aquí!

Ofendida, repliqué:

—No hace falta gritar. Sé muy bien cuando no soy bien recibida. —Salí de la habitación profundamente herida, con los sentimientos lastimados, pero la cabeza bien alta. Y yo que creía que ya casi éramos amigas.

Bajé y cometí el error (ya iban dos) de ponerme a deambular por el pasillo, donde mamá me echó el lazo y me obligó a hacer mi práctica de piano.

Esa noche, cuando íbamos a acostarnos, Aggie me dijo:

—Callie, ¿dónde está el cepillo del pelo?

Se lo puse delante dando un golpe. Al cabo de unos minutos:

—Callie, ¿has visto la piedra pómez?

Se la puse delante con otro golpe y fui recompensada durante cinco minutos con el ruido que hacía al rasparse los talones.

—Callie, ¿qué has hecho con el…?

—¡Nada! Sea lo que sea, te lo buscas tú. No soy tu criada.

Se hizo un silencio gélido. Noté que ella se moría de ganas de contarme algo, pero ambas fingimos ignorarnos mutuamente hasta que llegó casi la hora de apagar la lámpara.

238

—Muy bien —dijo—. ¿Eres capaz de guardar un secreto?

Yo repliqué, ofendida:

—Pues claro. No soy una cría, ¿sabes?

—¿Juras que no lo contarás? Levanta la mano derecha y júralo.

Hice lo que decía, pero ni siquiera eso pareció dejarla satisfecha porque añadió:

—Espera, ¿dónde está mi Biblia?

—Por Dios, Aggie.

Sacó su Biblia del armario y me hizo poner la mano derecha encima. ¡Ah, la cosa iba en serio de verdad! Si rompías ese tipo de promesa, te ibas al infierno, ¿no? Pero ¿y si te torturaban con atizadores al rojo y te azotaban con un látigo de nueve puntas hasta que lo contaras? ¿Estarías disculpada en ese caso? Las rodillas me temblaban un poco, y también la voz.

—Juro no contarlo.

—No contarlo en ningún momento, ni ahora ni nunca jamás.

—No contarlo nunca, ni ahora ni tampoco jamás. Amén.

La cara se le relajó del todo, y entonces me sonrió de un modo que yo nunca le había visto. Vaya, pues no era nada fea, en absoluto, aunque su atractivo quedaba oscurecido por su malhumor habitual, y por la inquietud y la aflicción que cargaba sobre sus hombros.

Cogió el bolso de tela (el que mamá le había regalado para reemplazar el saco de arpillera con el que había llegado), y sacó de allí la cajita que yo ya había visto antes. Me hizo sentar ante el escritorio y me la dio con mucho cuidado.

Al abrirla, encontré una fotografía enmarcada de un joven de unos veinte años, embutido en un traje muy ceñido y acogotado por un rígido cuello de camisa, con el pelo planchado a base de gomina para la gran ocasión de sacarse un retrato.

—Ahí lo tienes —susurró Aggie con una expresión tan alelada como la que tenía Harry cuando había empezado a cortejar a su primera novia.

Estudié la pálida y rolliza cara, el ralo bigote, los dientes ligeramente salidos, la incipiente barba.

—¿No es maravilloso? —musitó con una voz cargada de emoción.

Pues… no. Parecía más bien un besugo. Para ser caritativa, seguramente su aspecto se debía en parte al hecho de tener que contener el aliento y permanecer totalmente inmóvil para que le hicieran la fotografía. Pero había otra parte que daba la impresión de obedecer a una falta de personalidad real. Yo le había oído decir al abuelo que sobre gustos no hay nada escrito, y aquí tenía una prueba evidente.

—¿Quién es, Aggie?

—Es Lafayette Lumpkin, claro. Mi pretendiente. Pero nadie lo sabe, y tú no debes contarlo. —Me apretó el hombro con la fuerza de una tenaza de hierro.

—¡Ay! Me haces daño. No lo haré. Lo he prometido. ¿Cómo lo conociste?

—Trabajaba de contable en la tienda de papá. Pero un día

preguntó si podía acompañarme a casa, y papá lo despidió al
día siguiente con una falsa acusación. Él no había hecho
nada malo. Papá simplemente quería quitarlo de en medio.

—¿Por qué?

—Papá dice que su familia procede de los barrios bajos; y
tal vez sea así, pero a mí me importa un bledo. Lafayette se
ha labrado su propio camino —explicó con evidente orgullo—. Aprendió contabilidad en un curso por correspondencia, ¿sabes?, y ha hecho todo lo posible para progresar. Pero
eso no es suficiente para papá, que ya ha olvidado por lo
visto que él también salió adelante con su propio esfuerzo.
Él cree que debería casarme con un Sealy o un Moody, o un
miembro cualquiera de las primeras familias de Galveston.
Son todos enormemente ricos, pero yo siempre rechazo todas sus insinuaciones.

Cogió la fotografía y la apretó tiernamente contra el pecho. Su mirada se ablandó y su voz se volvió soñadora.

—Mi corazón pertenece a Lafayette.

240   Todo aquello era muy romántico, sin duda, pero escri-
birse en secreto con un hombre sin la aprobación de sus padres era un juego peligroso que solo podía terminar con lágrimas y problemas. No era de extrañar que se lanzara todos
los días sobre el correo antes de que nadie pudiera echarle
un vistazo.

—Él me ha pedido mi fotografía, ¿no es encantador?,
pero la única que tenía la perdí en la inundación.

—Hay un fotógrafo en Lockhart: el Salón fotográfico
Hofacket. El abuelo y yo fuimos allí y nos hicimos una fotografía con la *Vicia tateii*.

Ella me miró de un modo extraño.

—¿Te hiciste fotografiar con esa planta?

—Claro. Dicen que es importante conmemorar las ocasiones especiales.

—Pero se refieren a las bodas y bautizos o cosas así. No
a las plantas.

—Para que te enteres, descubrir una especie nueva es
una ocasión muy importante. Mira —dije abriendo el cajón
del escritorio y sacando el retrato en el que aparecíamos el

abuelo, yo y nuestro descubrimiento—. Mírala. —Y se la señalé con orgullo.

—¿Esto? —comentó con cierto desdén, y dejó la fotografía como si no fuera nada. Nada. Casi todas las simpatías que se había ganado de mi parte se evaporaron en el acto. Me puse de mal humor. Mi foto de la arveja era tan importante para mí como Lafayette Lumpkin lo era para ella. Y aunque yo reconocía que la planta parecía mustia y poco atractiva a causa del calor que hacía aquel día, no dejaba de ser de todos modos una nueva especie digna de respeto. Era imposible interesar a algunas personas en las cosas de mayor importancia.

—Espera un momento —murmuró cogiendo otra vez la fotografía y examinándola con renovado interés. Observé cómo asimilaba su importancia como documento histórico y científico. Al fin se le hacía la luz. Qué gratificante. Hasta aquel momento, ella me había visto en el mejor de los casos como una compañera más bien rara; y en el peor, como una molestia. Ahora me tomaría en serio. Ahora mantendríamos conversaciones estimulantes sobre otros temas aparte del dinero. Ahora podíamos ser exploradoras las dos juntas. Aggie dio un golpecito en el sello dorado en relieve que había en la esquina inferior izquierda y que decía «Retratos de calidad Hofacket».

—¿Dices que este sitio está en Lockhart?

—En la esquina que hace diagonal con el juzgado. ¿Por qué?

—¿A ti qué te parece? —dijo mirándome como si fuera corta de entendederas—. Puedo sacarme una foto allí para Lafayette. ¿Cuánto cuesta y cuándo será la próxima excursión a la ciudad?

¡Grrr! Ya podía irme olvidando de explorar juntas la naturaleza y la ciencia.

—Cuesta un dólar, y creo que Alberto irá el sábado con el carromato.

—Bien. Iré entonces.

—Yo también voy a ir. —Eché rápidamente la cuenta de los que harían el viaje y comprendí que, al añadirse ella, yo

241

perdería mi puesto en el asiento delantero y tendría que sentarme en la trasera del carromato. Aunque, una excursión a la gran ciudad (población: 2.306 habitantes) con sus muchas atracciones, incluida la electricidad, siempre valía la pena por la biblioteca, los comercios, el salón de té y el tráfico bullicioso. La biblioteca implicaba vérselas con la vieja bibliotecaria, la señora Whipple, una terrorífica bruja que mantenía una estrecha vigilancia sobre los libros y decidía si los niños podían leerlos o no. Una vez me había humillado negándome un ejemplar del libro del señor Darwin *El origen de las especies*; por suerte, el abuelo había remediado la cuestión dejándome su propio ejemplar, pero yo aún temblaba bajo la agria mirada de la señora Whipple.

—¿Cómo vas a explicar lo del retrato? —le pregunté a Aggie.

—Diré que es para mis padres, claro; para reemplazar el que perdieron en la inundación.

Caramba, yo me creía capaz de ser tan astuta como la que más cuando la situación lo requería, pero mi prima me superaba de calle. Esa chica sabía improvisar sobre la marcha.

Llegó el sábado, mi día preferido de la semana. Llamé con los nudillos a la puerta de la biblioteca y oí la respuesta habitual de «Adelante, si no hay más remedio».

—Abuelo, nos vamos a Lockhart. ¿Quiere que devuelva los libros que se llevó de la biblioteca?

—Sería muy amable de tu parte. Y permíteme que te dé esta lista de los que me gustaría sacar.

Cogí la lista y fui corriendo al carromato. Alberto, Harry y Aggie estaban sentados delante; Sul Ross y yo íbamos en la parte trasera, sentados sobre un viejo edredón. Yo me había llevado mi ejemplar de *El viaje del Beagle* y entretuve a mi hermano leyéndole las partes más emocionantes. A él le gustaban sobre todo los pasajes sobre canibalismo, aunque yo debía bajar la voz para que los adultos que iban delante no lo oyeran.

Al llegar a la plaza principal de la ciudad, los demás se

metieron en masa en el Emporio Sutherland («Todo bajo un solo techo»), unos grandes almacenes de tres pisos llenos de tentaciones tanto prácticas como frívolas. Yo me dirigí a la biblioteca.

El interior, sumido en la penumbra, olía a papel, tinta, cuero y polvo. ¡Ah, el aroma embriagador de los libros! ¿Acaso existía algo mejor? Claro que todavía habría sido mejor sin la presencia de la señora Whipple, la arpía de guardia.

Dejé los libros que iba a devolver en el mostrador. A ella, por suerte, no se la veía por ningún lado, pero sí oí el frufrú del raído vestido negro de fustán que llevaba todo el año, así como el leve crujido de su corsé de ballenas; y percibí un tufillo de naftalina, lo cual significaba que no andaba lejos. Qué raro. Y de repente surgió de detrás del mostrador ante mis narices, como un muñeco de resorte. Di un bote mayúsculo y solté un gritito, pero incluso en pleno sobresalto tuve que maravillarme de lo elástico y rápido que era aquel cuerpo viejo y rechoncho.

243

—Vaya —dijo con severidad—, pero si es Calpurnia Virginia Tate, merodeando a hurtadillas como de costumbre.

¡Qué tremenda injusticia! Yo sabía moverme a hurtadillas de verdad, y no era eso lo que estaba haciendo. ¿Por qué la tenía tomada conmigo aquella horrible guardiana de la biblioteca? Las dos éramos amantes de los libros, ¿no? En buena lógica, tendríamos que haber sido almas gemelas, y, en cambio, por alguna razón, nos las arreglábamos siempre —y sin ningún esfuerzo, en apariencia— para enfurecernos mutuamente. Quizá ya iba siendo hora de hacer las paces, de enterrar el hacha de guerra y ofrecernos una rama de olivo, de disculparnos sinceramente por nuestros mutuos agravios.

O quizá no había llegado aún el momento.

La rabia me subió como la bilis hasta la garganta. La reprimí y dije con la voz más almibarada que pude:

—Buenas tardes, señora Whipple. Lamento enormemente que piense que andaba a hurtadillas. Pero es que me ha dado un susto. Caramba, está muy ágil para tener semejante físico…

Ella se sonrojó con un intenso tono remolacha tan alarmante que temí haber ido demasiado lejos y que pudieran acusarme de su muerte por apoplejía.

—Creo que será mejor que te vayas —sentenció—. Estoy demasiado ocupada para perder el tiempo con una muchachita impertinente como tú. —Dicho lo cual, me dio la espalda y se dirigió hacia la sección de Historia de Texas.

¡Expulsada de la biblioteca! ¡Un nuevo desastre! ¿Cómo diablos iba a explicárselo a mamá? Pero entonces recordé la lista que llevaba de parte del abuelo. En ciertos círculos la mera mención de su nombre funcionaba como una llave mágica para abrirme puertas que, de lo contrario, habrían permanecido herméticamente cerradas para mí; en otros círculos, compuestos sobre todo de ignorantes, plebeyos e incultos, lo tachaban burlonamente de lunático, de «profesor loco» adepto a ideas heréticas, de persona inestable y posiblemente peligrosa.

La señora Whipple sabía que el abuelo era miembro fundador de la National Geographic Society; sabía que mantenía correspondencia con la Institución Smithsonian y, fueran cuales fuesen sus ideas sobre la teoría de la evolución, debía reconocer que era el hombre más docto y erudito de toda la región, desde Austin hasta San Antonio, y, seguramente, más lejos todavía.

—Antes de irme, señora Whipple… Mi abuelo desea retirar estos libros de la biblioteca. —Saqué la lista y la alisé con cuidado sobre el mostrador—. Son para él, ¿entiende? Para sus investigaciones. Para sus investigaciones personales.

Ella se volvió y, por su expresión, me di cuenta de que la había pillado. Indecisa, con los labios apretados, me arrebató la lista, la escrutó guiñando los ojos y, sin mirarme siquiera, se volvió hacia las estanterías, ladrando: «Veinte minutos».

Bien. Me daba tiempo de echar un vistazo en el Emporio y de ver cómo le iba a Aggie con su retrato. Con el corazón alegre y el paso ligero, me dirigí a la plaza. Teníamos suerte de contar con una excelente biblioteca mientras que la mayoría de los condados de Texas no disponían de ninguna. El doctor Eugene Clark, un médico fallecido en plena juventud, había legado diez mil dólares para su construcción, con el fin de que la joven que había rechazado su propuesta de matrimonio contara con una biblioteca adecuada y con un centro donde estudiar música y literatura. Había sido construida por amor. Y las personas del condado de Caldwell que sabíamos leer éramos sus beneficiarias.

Me dije a mí misma: «Calpurnia, eres una chica con suerte, aunque tengas que vértelas con semejante pécora para retirar los libros». Aunque pensar eso era un poquito duro por mi parte, ¿no? Al parecer, más que un poquito, porque cuando llegué a la plaza, en aquel día despejado y soleado, una oscura nubecilla de remordimiento se había formado en mi interior.

Me pregunté por qué la señora Whipple me tenía tanta antipatía. Me di cuenta de que si antes no contaba con ningún motivo en particular, ahora tenía uno bien gordo, y yo se lo había servido en bandeja. Examiné mi conducta, tratando de verla al menos con una luz neutral. En el mejor de los casos, había sido grosera. En el peor, había sido cruel. Intenté meterme en su piel (o más bien, en su crujiente corsé): una anciana viuda que se ganaba la vida a duras penas y debía aguantar a niños impertinentes como... como yo. Ella era la «guardiana de los libros», y merecía respeto. No importaba que administrara los libros como si fueran suyos; que fuera reacia a prestárselos a personas desconocidas y descuidadas que tal vez no los trataran con el respeto que merecían; que tal vez los tocaran con manos mugrientas; que quizá cometieran el pecado de subrayar frases o de escribir en los márgenes... ¡que quizá incluso incurrieran en el crimen supremo de perder uno de sus preciosos volúmenes! ¡Algo inconcebible!

¡Ay, Calpurnia, qué mala has sido! Tendría que compensarla de algún modo. Le presentaría mis sinceras disculpas para limpiar mi conciencia. Que me tuviera toda la

245

antipatía que quisiera; yo me negaba a sentir lo mismo. Ella no podía obligarme.

En el Emporio Sutherland examiné los perfumes, los jabones y los polvos cosméticos, mucho más variados y elegantes que el surtido de la tienda de Fentress. Me llamó la atención una lujosa pastilla de jabón de lavanda en un estuche decorativo de latón, y me pareció que sería un regalo adecuado para una dama de edad. Con un leve suspiro, me dije a mí misma que espabilara y aflojé una moneda de veinticinco centavos. Ya no me quedaba suficiente dinero para una zarzaparrilla con helado, pero no importaba. Ahora que tenía mis propios ingresos, supuse que en el futuro me tomaría montones de helados y refrescos.

Deambulé hasta el salón de té del entresuelo, donde había señoras acomodadas en elegantes sillas doradas entre grandes macetas con palmeras. Tomaban té en tazas de porcelana fina y comían unos sándwiches diminutos de pan de molde con la corteza recortada (vete a saber por qué). Admiré el techo de estaño, los ventiladores eléctricos de dos aspas que giraban lentamente, el zumbido de los tubos neumáticos que discurrían sobre nuestras cabezas transportando dinero y recibos de una punta a otra de los almacenes a una velocidad de vértigo.

Bajé a la planta baja y me encontré a Harry comprando puros para papá.

—¿Qué llevas ahí, bicho?

—Es para la señora Whipple, la bibliotecaria. ¿Tú crees que le gustará?

—Muy adecuado. Pero ¿por qué le compras un regalo?

—He sido mala con ella. —Le expliqué la situación, aunque no le dije que me había gastado todo mi dinero, lo juro. Él se apiadó y me dijo:

—Muy encomiable, bicho. Vamos, te compraré un helado con zarzaparrilla o una copa helada, lo que prefieras.

—Uau, ¿en serio? —La vida me sonreía.

Nos sentamos en los taburetes giratorios de la barra del bar. Harry pidió un nuevo helado hecho con una banana (una fruta importada que nunca hasta entonces habíamos visto) cortada por la mitad. Naturalmente, yo pedí el helado con zarzaparrilla. Admiré la destreza con que lo preparaba el mozo, recogiendo primero el helado de vainilla, añadiendo la aromática zarzaparrilla, calibrando a la perfección hasta dónde subiría la espuma en el vaso alto en forma de tulipa, sin llegar a rebosar pero casi, y coronándolo todo con un chorro de nata montada y una reluciente cereza, para acercármelo por fin —sobre una servilleta con puntillas— provisto de una cucharilla y una pajita.

Me tomé la nata con la cucharilla, empujé el helado hacia el fondo y sorbí discretamente con la pajita el líquido espeso y burbujeante. Harry tuvo la amabilidad de darme un par de cucharadas de su banana (tenía sus ventajas ser su bicho, no cabía duda), y me pareció un helado tan delicioso que decidí pedir uno de esos la próxima vez, ¡aunque costara treinta centavos!

Luego deambulé por los diversos departamentos, admirando los artículos en venta. Por alguna razón, no tenían libros. Quizá el dueño de los almacenes no era buen lector, o quizá consideraba que ya bastaba con la biblioteca.

247

Salimos a la calle. Harry y Alberto comenzaron a cargar las compras en el carromato. Merodeé frente al Salón fotográfico Hofacket («Grandes fotografías para grandes ocasiones»). Estaba a punto de entrar y buscar a Aggie cuando algo me llamó la atención en el escaparate. Encajada entre una foto de un bebé desnudo sobre una alfombra de piel de oso y otra foto de unos novios toscos y envarados, luciendo ropas alquiladas para la ocasión, había una imagen familiar —el abuelo y yo con la planta— expuesta para que todo el mundo (o al menos todo Lockhart) la viera. ¡Cielos, éramos celebridades locales! Me cuestioné si no sería por eso por lo que la señora Whipple la había tomado conmigo. Pero no: ella ya me tenía ojeriza mucho antes de que descubriéramos la planta.

Entré en el local. La campanilla tintineó anunciando mi llegada.

—Tome asiento —gritó desde el fondo el señor Hofacket—. Estoy sacando un retrato.

Entonces resonó la voz de Aggie:

—¿Eres tú, Calpurnia? Ven aquí atrás si eres tú.

Aparté las cortinas y entré en el estudio donde mi prima estaba posando en una silla de mimbre decorada como un trono. Sostenía en el regazo un gran ramo de rosas artificiales y follaje verde. Las examinaba con el entrecejo fruncido.

—¿Qué te parece? ¿Con flores o sin flores?

El señor Hofacket levantó la vista.

—Vaya, hola, señorita Calpurnia. Es un placer volver a verla.

El hombre se había quedado entusiasmado con nuestro descubrimiento y, si le dejaban a su aire, se embarcaba en una larga perorata sobre la importancia de la planta y el papel decisivo que él había jugado para dejar constancia de la existencia de una nueva especie sobre el planeta, pues su fotografía en primer plano de la *Vicia tateii*, decía, se hallaba ahora en la Institución Smithsonian, con su propio sello —Hofacket— estampado en el dorso y expuesto para que la gente lo conociera por los siglos de los siglos, etcétera, etcétera.

Me preguntó respetuosamente por la salud del abuelo y por la mía hasta que yo le corté y le pregunté por qué tenía nuestra fotografía en el escaparate.

—Ah, señorita, buena pregunta. Tan buena que cada día entran cinco o seis personas y la formulan también. Y muchas se quedan para sacarse su retrato. Es lo que podríamos llamar un tema de conversación infalible, un detalle que despierta la curiosidad. Vamos, recuerdo un día…

—¿Con flores o sin flores? —lo interrumpió Aggie—. Disculpe señor Hofacket, pero no tengo todo el día, ¿sabe?

—Bueno, bueno.

—Entonces… ¿con o sin? —Aggie me miró con palpable impaciencia.

Las flores eran imitaciones muy aproximadas; evidentemente, las había hecho alguien que había estudiado las originales con mucha atención en la naturaleza.

—Con, me parece. Son muy bonitas. Es una lástima que no se vean los colores.

El señor Hofacket prorrumpió en carcajadas ante la idea

de que se pudiera capturar el color en una placa fotográfica. Aggie acomodó las flores mientras él preparaba el *flash* de magnesio y se ocultaba bajo el paño negro.

—Quédese muy, muy quieta —le ordenó—. Tres, dos, uno.

El magnesio iluminó el estudio con una deslumbrante luz blanca, que nos dejó aturdidas y cegadas unos momentos.

—Muy bien —dijo—, ya está. ¿Dice que quiere dos copias?

—Sí, señor —afirmó Aggie—. Son dos dólares, ¿no?

—Sí. Vuelva dentro de una media hora. Ya deberían de estar secas para entonces.

Aggie y yo nos dispusimos a volver al Emporio, pero antes le enseñé la fotografía de la planta en el escaparate de Hofacket. Para mi gran satisfacción, ella pareció un tanto impresionada, aunque a regañadientes.

La dejé palpando telas y encajes en los almacenes y, armándome de valor, me dirigí a la biblioteca para disculparme, entregar el regalo y cumplir la penitencia que me fuera asignada.

Inspiré hondo, cobrando ánimos, y entré. Experimentando consternación y alivio simultáneos por mi parte, comprobé que la señora Whipple no aparecía por ningún lado. Sobre el mostrador había una pequeña pila de libros atada con cordel y acompañada de una escueta nota: «Libros solicitados por el capitán Walter Tate, Fentress». Me puse los libros bajo el brazo y coloqué la preciosa cajita de jabón exactamente en el mismo sitio. Mi parte valiente deseaba localizar a la bibliotecaria entre las estanterías y seguir con el plan que me había trazado. La cobarde que había en mí se sentía tremendamente aliviada y pensó: «La próxima vez». Esta última parte aprovechó la ocasión y susurró: «Date prisa, te esperan en el carromato». Tal vez me estaban esperando o tal vez no, pero opté por creer que sí y salí pitando, felicitándome al mismo tiempo por mi valentía y mi cobardía.

Y por cierto, me consta que Aggie pasó por la oficina de correos el lunes a primera hora, de camino a la escuela.

249

Capítulo 22

El valor de adquirir nuevas habilidades

Una pequeña rana, del género Hyla, se halla sobre una brizna de hierba a un par de centímetros de la superficie del agua, y emite un agradable chirrido; cuando se juntan varias de ellas, croan en armonía con notas distintas. Tuve ciertas dificultades para atrapar un espécimen de esta rana. El género Hyla tiene las patas terminadas en pequeñas ventosas; y descubrí que este animal era capaz de trepar por una lámina de vidrio colocada en posición totalmente vertical.

*L*a siguiente lección según el plan del abuelo requería una rana y, casualmente, encontramos en las aguas de la ensenada una de buen tamaño, muerta no hacía mucho, flotando con el pálido vientre hacia arriba. Era una *Rana sphenocephala*, la rana leopardo sureña, así llamada por sus características manchas oscuras. La causa de la muerte no resultaba evidente a simple vista.

—¿Servirá? —le pregunté al abuelo. Solo parecía un poco deteriorada.

—Servirá —aseguró.

—¿Cómo se habrá muerto?

—Quizá lo averigües cuando le hagas la autopsia.

Llevamos la rana al laboratorio en mi vieja cesta de pescar y sacamos la bandeja de disección y el instrumental. Ahora iba a dar un gran paso en la escala de la evolución, pues estaba entrando en la categoría de los cordados, subcategoría vertebrados, lo cual quería decir que la rana, a diferencia de la lombriz, tenía columna vertebral y médula espinal como los humanos. Y hablando de lombrices, ¿dónde estaba Travis? Él había accedido a presenciar esta disección. Me debatí unos momentos sobre si debía salir a buscarlo o no; enseguida pensé que no valía la pena perder el tiempo ni causarle un trauma innecesario. Bastante arduo sería ya obligarlo a mirar los resultados. ¿Y ese chico quería ser veterinario? ¿Cómo se las iba a arreglar?

Siguiendo las instrucciones del abuelo, coloqué la rana boca arriba y clavé cada pata sobre la cera. Practiqué a lo largo del vientre una incisión en forma de «hache» a través de la piel suave pero correosa, la separé cuidadosamente y la fijé con alfileres; luego repetí el proceso a través de la considerable capa de músculo. Ahí estaban las tripas: el hígado, sorprendentemente grande, el diminuto páncreas, los intestinos como lombrices, los pulmones con aspecto de saco, los riñones...

—Observa el corazón —indicó el abuelo señalándolo con las pinzas—. No posee más que tres cavidades, a diferencia del corazón de los mamíferos y las aves, que tiene cuatro. El corazón de la rana mezcla la sangre rica en oxígeno y la pobre en oxígeno antes de bombearla por todo el cuerpo; por lo tanto, no es tan eficiente como el corazón de los pájaros y de los humanos, que solamente bombea sangre rica en oxígeno, proporcionando al organismo mucha mayor energía.

Terminamos la disección con los riñones, la cloaca y los ovarios, cuya presencia indicaba que era una hembra, aunque no había ningún huevo. Tal vez un herpetólogo habría podido averiguar la causa de la muerte de esa rana, pero yo no encontré ningún signo evidente que la explicara.

Le llevé la bandeja a Travis al establo. Estaba sentado entreteniendo a los gatos con una cuerda. Al verme venir, dijo:

—¡Ay, no! ¿Qué es esta vez?

—¿Recuerdas que te dije que estábamos ascendiendo por la escala evolutiva? Pues ya hemos llegado al primer vertebrado. Es una rana leopardo. Las has visto muchas veces en el río.

Le enseñé la bandeja.

—¡Ajjj! —gimió, y escondió la cabeza entre las rodillas. Pero no vomitó ni se desmayó. Lo consideré un progreso.

Avanzamos en nuestras lecciones hasta llegar a un conejito que había nacido muerto, uno de la prole de *Bunny*, y esta vez me empeñé en que Travis presenciara la disección. Fijé a la diminuta y patética criatura boca arriba sobre una tabla y aseguré las patas con cordel. Cogí una afilada navaja de bolsillo e hice con cuidado una incisión desde el pecho hasta el vientre. Al alzar la mirada, observé que Travis tenía los ojos en blanco. Dejé la navaja y lo sujeté en el preciso momento en que se desplomaba sobre la paja.

Estaba visto que mi hermano, que amaba con locura a los animales —o al menos su apariencia exterior—, no era capaz de ver sus interioridades sin perder el conocimiento.

Tras una eternidad esperando, finalmente llegó la cinta para la máquina de escribir. Casi se me pasó por alto, pues creí que el paquete que había en la mesa del vestíbulo era una de las noveluchas que Lamar recibía dos veces al mes.

Subí corriendo con mi cinta y me encontré a Aggie escribiendo otra de sus cartas interminables a Zoquete (el nombre que yo le había puesto privadamente a Lafayette). Cómo podía exprimir de una vida tan monótona el material necesario para unas misivas tan largas era algo que a mí no me cabía en la cabeza.

—Ya ha llegado, Aggie —dije jadeando.

Ella ni siquiera levantó la vista.

—¿Qué es lo que ha llegado?

—Mi cinta. Ya podemos empezar las clases.

—¡Ah, eso! —Ella se estiró bostezando—. Mañana.

—¿Por qué no ahora? —planteé con impaciencia.

—Porque estoy ocupada.

—Solo estás escribiendo una carta.

—Para que lo sepas —contestó, desdeñosa—, es una carta muy importante. Quizá la más importante de mi vida.

—¿De veras? Entonces ¿por qué no sigues escribiéndola y yo te miro?

—No, es privada. Vete.

—No puedo irme. Esta es mi habitación. —Al menos lo era en el pasado.

—También es la mía. Vete a chapotear por el barro con tu abuelo. Es eso lo que hacéis, ¿no?

No me gustó su tono. Pero tampoco podía negar que fuera cierto. Mirándolo del modo más positivo, dije con fría dignidad:

—Estudiamos todas las formas de la naturaleza, desde el agua de una charca hasta las estrellas.

Ella soltó un bufido. Yo pensé furiosamente y dije:

—Y además, tú también estás emparentada con él, ¿sabes? Es tu… tu… —Tracé a toda prisa un árbol genealógico en mi mente y le solté—: Tu tío abuelo.

Por su expresión de sorpresa, me di cuenta de que nunca se le había ocurrido.

—Solamente es un pariente político. No es parentesco de sangre.

—También cuenta de todos modos —afirmé—, así que podrías ser un poco más considerada cuando hablas de él.

—¡Bah!

Al día siguiente sacó su preciosa Underwood del armario y la colocó sobre el escritorio. Quitó su cinta y pasó la mía por las guías diciendo: «Observa atentamente. No quiero repetirme». A continuación, metió una hoja de papel en el rodillo y tecleó con soltura: «La cigüeña tocaba cada vez mejor el saxofón y el búho pedía kiwi y queso».

Inclinándome sobre su hombro, dije:

—¿Una cigüeña tocando el saxofón…? Vaya disparate.

—No, tonta, es un ejercicio de mecanografía: una única frase con todas las letras del alfabeto.

No me ofendí: estaba demasiado emocionada. Intercambiamos los puestos; yo ocupé la silla y ella me explicó cómo colocar las manos en la «posición base». Y así, con gran excitación, me puse en marcha.

Pero no avanzaba. Aprender mecanografía resultó ser una tarea pesada y monótona, en lugar de la experiencia mágica que yo había imaginado. Al principio me había temido que Aggie no se implicara del todo en mi proyecto, pero me preocupaba sin motivo. Ella cumplió su palabra: me dio unos ejercicios tremendamente aburridos (similares a las escalas musicales) y examinaba todos los días mis progresos, poniéndome incluso calificaciones como una profesora de verdad.

Empezamos con «ASDF». Ni siquiera una palabra real. Las teclas se enganchaban unas con otras y yo me pasaba más tiempo desenganchándolas que tecleando. Lo único divertido, a decir verdad, era la agradable campanilla que sonaba al final de la línea, avisándote de que estabas llegando al borde de la hoja. Entonces era el momento de accionar la palanca de retorno con todas tus fuerzas para situar ruidosamente el carro en el comienzo de otra línea.

—Mantén los dedos arqueados como si estuvieras tocando el piano —me recordó Aggie un millón de veces—. No permitas que se relajen sobre el teclado.

Yo me quejaba amargamente de aquellos ejercicios, pero por lo bajini. A fin de cuentas, aprender mecanografía había sido idea mía e implicaba un desembolso considerable; por consiguiente, difícilmente podía quejarme ante nadie.

255

Aggie se quejaba por su parte de que mi práctica constante la estaba sacando de quicio, una queja muy razonable; por ello, trasladé una silla y una mesita al trastero y me pasaba allí media hora diaria tecleando «ASDF, ASDF, ASDF». Luego pasé a «FDSA». ¿Eso era avanzar? Al fin, pasamos a las palabras reales. Un cierto progreso, aunque no tan excitante como suena. Escribí «gato», «pato» y «rato» hasta que creí que iba a ponerme a chillar. Aquello era peor que los vocabularios para aprender a leer. Después le tocó el turno a «saga», «haga» y «maga», hasta que también creí que iba a ponerme a gritar. El problema era que mi meñique izquierdo, con diferencia el más débil, debía pulsar la «a» (una letra que, si examinabas cualquier frase, aparecía por todas partes: no podías escribir una línea sin ella). En consecuencia, mis «a» quedaban algo más flojas que las demás letras, lo cual le daba un aspecto moteado a las líneas y echaba a perder su simetría. Aun así, perseveré. Y fui mejorando.

Tan absorta estaba un día que no noté que mis hermanos

se habían congregado en el umbral del trastero para observarme. Levanté la vista, sobresaltada.

—¿Qué? —dije.

—Humm, nada. Queríamos saber qué era ese ruido.

—Vale, si os molesta, cerrad la puerta.

Al principio, sonaba así:

¡Clac!…

¡Clac!…

¡Clac!…

Poco tiempo después, sonaba así:

¡Clac… clac… clac…!

Y no demasiado después, sonaba así:

¡Clatikiclac clatikiclac, ding, crooooc!

Después de varias semanas de ejercicios, fui a ver al abuelo a la biblioteca y le dije:

—¿No necesita enviar alguna carta? Estoy practicando con la máquina de escribir.

—¡Ah! —exclamó—. Otro paso de gigante hacia el nuevo siglo. Aquí tienes el borrador de una carta que iba a escribir con pluma. A ver cómo te sale.

Volví corriendo a mi «oficina», saqué una hoja inmaculada y la metí en el rodillo. Por un momento, me detuve con los dedos sobre el teclado para que me quedara grabado el recuerdo de mi primer trabajo real de mecanografía; y entonces empecé.

Querido profesor Higgins:

Le adjunto en el sobre las semillas de Vicia Tateii que ha solicitado. Le agradezco cordialmente las semillas de Vicia higgenseii que recibí por correo a principios de esta semana. Llegaron en perfecto estado. Espero con ilusion hacer germinar sus especimenas y entablar un fructifero intercambio de ideas sobre la anatomia y la fisologia conparada de ambas.

Le saluda atentamente,

WALTER TATE

Por suerte, la releí para asegurarme de que no había erratas ¡y encontré cuatro! ¡Aj, vaya desastre! Era mi primer encargo oficial y la había pifiado. La volví a teclear con todo cuidado, la repasé dos veces y corrí a la biblioteca.

El abuelo la leyó atentamente mientras yo la miraba por encima de su hombro. La firmó con su pluma, secó la tinta y me miró con una sonrisa radiante.

—¡Magnífico! Vaya, no hace tanto tiempo que nos comunicábamos haciendo incisiones con un palo afilado en una tablilla de arcilla húmeda. Verdaderamente, estamos entrando en la era de las máquinas. Buen trabajo. Toma —dijo metiendo la mano en el bolsillo del chaleco—, una propinita por las molestias.

Yo me eché atrás.

—¡Oh, no, abuelo! No puedo aceptarlo. —La idea de recibir un solo centavo de aquel hombre que tanto me había dado me escandalizaba. Él me había dado mi vida entera, a decir verdad. Me había abierto los ojos al mundo de los libros, de las ideas y del conocimiento. Me había abierto los ojos a la naturaleza, me había abierto los ojos a la ciencia. De otros sí aceptaría un centavo, pero de él, no.

—No podría —protesté—. Pero llevaré ahora mismo la carta a la oficina de correos, si quiere.

—Me parece muy bien —aceptó, y sacó un sobre y un sello de su escritorio—. Y cuando los días se hagan más largos, plantaremos estas semillas y veremos qué nos encontramos.

Fui a toda velocidad a la oficina de correos. Y también fui volando a la oficina del doctor Pritzker, ansiosa por explicarle mi nueva habilidad. No estaba, había ido a una granja; pero yo, sentada en una de las sillas de respaldo duro, pasé una hora estupenda leyendo sobre el tratamiento del cólico espasmódico y flatulento en los equinos.

257

Capítulo 23

Mi primera operación

En conclusión, me parece que no hay nada tan provechoso para un joven naturalista como un viaje por países remotos... Pero yo he disfrutado tanto el viaje que no puedo por menos que recomendar a cualquier naturalista (aunque no debe esperar ser tan afortunado con sus compañeros como yo lo he sido) que aproveche todas las ocasiones y emprenda, si es posible, viajes por tierra y, si no, un largo viaje.

*E*l doctor Pritzker se mostró al principio un tanto escéptico acerca de la idea de mecanografiar las etiquetas, pero cuando escribí una remesa para mostrárselas, cambió de opinión.

—Tienen un aspecto muy profesional, Calpurnia. Estás contratada. Te pagaré un centavo por cada una de ellas.

Quizá esa cantidad no parezca mucho dinero, pero el doctor Pritzker era el único veterinario en varios kilómetros a la redonda, con lo cual estaba muy solicitado y prescribía cada día al menos una docena de pociones, pomadas y polvos. Calculé sobre la marcha que podía sacarme por lo menos... ¡cincuenta centavos a la semana!

—Sí, señor —dije tendiéndole la mano, y sellamos el acuerdo con un apretón. Él, por alguna razón, lo encontró divertido.

Fui mejorando con la máquina de escribir. Cometía cada vez menos errores y ganaba cada vez más dinero. Pero ahora tuve que afrontar un problema, pues la máquina estaba en casa y yo la necesitaba en la oficina del doctor Pritzker. Me había ingeniado un sistema: iba corriendo a su oficina en cuanto salía de la escuela, corría a casa a mecanografiar las etiquetas que necesitaba y se las llevaba rápidamente. Todo este correr de aquí para allá era muy cansado, pero ¿qué podía hacer? Comprar otra máquina estaba totalmente descartado, porque tenían un precio prohibitivo. Aunque tal vez pudiera... alquilar una.

Esperé a que Aggie hubiera recibido otra carta de Zoquete y estuviera de buen humor. La encontré sentada en la cama, zurciendo un calcetín.

—Oye, Aggie, estaba pensando...

—¿Qué?

—Es sobre tu máquina de escribir.

Ella me miró bruscamente.

—No me la habrás estropeado, ¿verdad? Como me la hayas roto, te retuerzo el pescuezo.

—No, je, je, nada de eso. —El «buen humor», en el caso de Aggie, era siempre algo relativo.

—Y sigues usando tu cinta, ¿no? Ni se te ocurra usar la mía.

—No, no la estoy usando. —Me ofendía que creyera que había incumplido nuestro acuerdo.

—Entonces, ¿qué?

—Verás, estoy escribiéndole etiquetas al doctor Pritzker... y he pensado... como tú no la usas... bueno, quería saber si podría llevármela a su oficina para utilizarla allí.

Ella se echó a reír.

—Ni hablar.

—Tú sabes que la cuidaré bien. Nadie más la tocará.

—Olvídalo. —Volvió a concentrarse en el huevo de zurcir.

Yo saqué mi otra carta, la que sabía que había de despertar su interés.

—Te pagaré.

Levantó la vista.

—¿Qué quieres decir?

—Te la alquilaré. Así podré llevármela a la oficina.

—¿Cuánto?

—Te daré el diez por ciento de lo que yo gane usándola.

—Te la alquilo por un cincuenta por ciento, pero cuidado con hacerle un solo arañazo.

—No. Es demasiado.

Nos dedicamos a regatear y acabamos acordando un veinte por ciento, con el compromiso de que cada semana yo le rendiría cuentas y le pagaría el alquiler. No me paré a pensar por qué se molestaba en regatear por unas cantidades tan insignificantes cuando ella estaba ganando un buen sueldo por su cuenta. Supongo que pensé que cuando lo has perdido todo, es lógico que tu vida gire en torno al dinero. Metí la Underwood con todo cuidado en su estuche, y este en el carrito de J.B., y me la llevé a la oficina. El doctor Pritzker hizo sitio para colocarla en una esquina del escritorio.

La siguiente vez que le mecanografié una carta al abuelo, obtuve su permiso para mostrársela al doctor antes de enviarla.

El veterinario se quedó tan sumamente impresionado al verla que me pidió que le mecanografiara todas sus cartas y facturas, además de las etiquetas. Mis tardes se llenaron ahora de comunicados del tipo: «Le adjunto la factura por los servicios prestados ref. caballo castrado *Snowflake*»; o si alguien no había pagado puntualmente: «El plazo de su factura por el tratamiento ref. vaquilla *Buttercup* ha vencido. Remita, por favor, el pago».

La verdad es que la tarea de mecanografiar se volvió un tanto monótona con el tiempo, pero ganar dinero por mi cuenta y tener la oportunidad de observar al doctor cuando le traían algún animal me compensaba con creces.

Y entonces el pobre Samuel sufrió una infección en el pie a resultas de un pisotón de un toro rebelde, y el doctor Walker le ordenó que permaneciera acostado con la pierna en alto por encima del nivel del corazón durante una semana entera. Yo me ofrecí inmediatamente a acompañar al doctor Pritzker en sus visitas a las granjas.

Él me miró indeciso y preguntó:

—¿Y Travis? ¿No crees que a él le gustaría?

—¡Ay! También está en cama. Con, eh, anginas. Si no, estoy segura de que le encantaría ayudarlo. —No me atrevía a confesar que mi hermano se desmayaba solo de pensar en la sangre; no digamos ya si la veía.

Así pues, después de las clases, fui volando a la oficina para ayudar al veterinario a cargar sus cosas. Y aunque el herrero había adaptado los arneses para que el doctor Pritzker pudiera manejarlos con una mano, todavía necesitaba ayuda para enganchar a *Penny*, su yegua baya, a la calesa. Quizá penséis que un veterinario habría de tener el caballo más bonito del pueblo, pero no era así: la complexión de *Penny*, de pecho estrecho y corvejones demasiado flexionados, no era la ideal; por lo demás era un yegua sana y tranquila, y el doctor la había adquirido a buen precio. «La apariencia no lo es todo», dijo; y yo, solidarizándome con *Penny*, añadí: «Claro que no».

Los primeros días que lo acompañé en la calesa, nos dirigieron algunas miradas raras, mezcladas con sonrisas y saludos, pero yo me mantuve erguida en mi sitio y adopté lo mejor que pude el porte de una auténtica ayudante de veterinario. Cuando llegábamos a las granjas, yo iba a llenar un cubo de agua y le acercaba el jabón y la toalla mientras él interrogaba al granjero sobre las dolencias de los animales. Con frecuencia el granjero se limitaba a hacer unos comentarios totalmente inútiles —«no es el de siempre», «está desganado»—, y yo me preguntaba cómo iba a arreglárselas el doctor para hacer un diagnóstico a partir de una información tan vaga. Sin embargo, con un interrogatorio minucioso y una atenta exploración física, él deducía los datos necesarios mientras yo le pasaba el instrumental y tomaba notas para el historial del «paciente».

El momento culminante se produjo cuando fuimos al rancho de los Dawson y encontramos una vaca tendida en un establo. Atada a la cola, tenía una nota garabateada que decía: «Vientre todo inflado. Curar, por favor».

El señor Dawson y sus hijos estaban fuera, marcando al ganado, y no había nadie para echar una mano. Solo yo.

La pobre vaca estaba muy alicaída, babeaba y gemía cada vez que respiraba; tenía el lado izquierdo tremendamente inflamado. Preparamos como siempre el cubo, el jabón y el agua, y yo desplegué el paño que envolvía los instrumentos mientras el doctor examinaba al animal.

Para entonces ya lo había acostumbrado a que me explicara lo que iba haciendo.

—Mira aquí, a la izquierda, hay una obstrucción del rumen, o primer estómago. Habré de anestesiarla para despejar la oclusión. Tendremos que esperar a que vuelvan los Dawson.

Yo declaré con rotundidad:

—Me puedo encargar yo de la anestesia. Es una onza de alcohol, dos onzas de cloroformo y tres de éter. Agitar bien antes de usar.

Él me miró vacilante.

—Has sido de gran ayuda para mí, Callie, pero realmente...

—Hay que vigilar la respiración cuidadosamente —dije, esforzándome en mostrar seguridad y conocimiento—. Si la dosis es demasiado baja, la vaca se revolverá; si es demasiado alta, se morirá. ¿No es así?

—Así es. Pero podrías resultar herida. ¿Qué dirían tus padres, por el amor de Dios?

Yo me hacía una idea bastante clara de lo que dirían, pero no iba a contárselo precisamente en aquel momento, y, antes de que se le ocurrieran más objeciones, quité los tapones de corcho de los productos químicos. Los vertí en un frasco limpio y agité bien la mezcla.

Entonces saqué el cono de anestesia y, con mi tono más profesional, anuncié: «Todo listo, doctor».

Él parecía muy tenso y masculló algo entre dientes que sonaba como: «Dios mío, espero no tener que arrepentirme».

Até en corto el ronzal de la vaca y le apliqué el cono de papel en el hocico. Ella estaba demasiado enferma para protestar. Empecé a verter el anestésico, gota a gota, en el cono. A medida que la vaca lo inhalaba, los párpados se le cerraron todavía más y, finalmente, la cabeza se le desplomó sobre la paja. Le di un golpecito en el párpado, tal como se lo había visto hacer al doctor Pritzker, y ella no parpadeó. Ahora el

263

truco era seguir vertiendo anestésico a un ritmo regular para mantenerla dormida mientras el doctor trabajaba. Pero sin echarle tanto que no se volviera a despertar.

—Muy bien —me dijo, algo más relajado.

Cogió el trocar, un tubo delgado terminado en una punta afilada, y anunció:

—Primero probaremos con esto. Quizá baste para desatascar la obstrucción.

Quien crea que la práctica de la cirugía es una actividad delicada se habría quedado pasmado ante lo que sucedió a continuación. El doctor clavó el instrumento con mucha fuerza en el flanco del animal hasta introducirlo en el inflado estómago, dejando salir a través del trocar una gran cantidad de gas a presión, seguida de un chorro de hierba semilíquida. El líquido fluyó unos segundos y luego goteó hasta detenerse.

—¡Maldición! —exclamó el doctor Pritzker, y yo me sentí absurdamente orgullosa por el hecho de que hubiese olvidado disculparse por pronunciar esa palabra en mi presencia. Yo ya no era una simple chica: era su ayudante profesional—. El trocar se ha atascado. Tendremos que abrir. Bisturí.

Le pasé el largo cuchillo curvado. Hizo una pequeña incisión en la piel, detrás de la última costilla, y empujó con fuerza el cuchillo hacia abajo, ampliando la incisión hasta unos quince centímetros; luego pinchó entre la piel y la parte inferior del estómago. Metió la mano entera dentro del estómago de la vaca y empezó a sacar la porquería a puñados. Se veía cómo descendía la inflamación a medida que lo hacía.

—¿Qué diablos ha estado haciendo esta chica? —masculló—. Nunca había visto un caso tan grave.

Cuando se dio por satisfecho, cosió primero el estómago y luego la piel.

—Muy bien —dijo—, ya es hora de despertarla.

Dejé de echar gotas del anestésico, pero mantuve el cono en su sitio por si se agitaba. La vaca volvió en sí lentamente y, al final, se alzó sobre las patas y miró en derredor con un interés renovado. ¡Salvada!

Yo apestaba a productos químicos y tenía una mancha de estiércol en el delantal, pero por lo demás estaba ilesa.

El doctor Pritzker dijo:

—Buen trabajo, Calpurnia. Estás realmente dotada para esto. —Adoptó una expresión furtiva—. Pero, humm, no hace falta que contemos lo de hoy a tus padres, ¿verdad?

—No, señor.

—Bien. Muy bien.

Esta vez nos lavamos los dos en el cubo y compartimos el jabón y la toalla. Yo no dejé de sonreír durante el resto del día.

Capítulo 24

Perros afortunados e infortunados

Estos lobos son bien conocidos, gracias a la descripción de Byron, por una docilidad y una curiosidad que los marineros tomaban por ferocidad, hasta el punto de que se metían en el agua para huir de ellos... Algunos han sido vistos entrando en una tienda de campaña y sacando un pedazo de carne de debajo de la cabeza de un marinero dormido.

Si os cuento que poco después se produjo en nuestras vidas otro desastre relacionado con perros, sin duda pensaréis que tuvo que ver con el *perroyote* del embalse, pero no. Tuvo que ver con el perro de caza de papá, *Áyax*, y con *Homero*, uno de los perros de exterior. Al parecer, se tropezaron con una madriguera de serpientes de cascabel entre la maleza. Yo siempre había supuesto que la razón de que unas criaturas tan mortíferas como esas serpientes poseyeran un cascabel era para evitar, precisamente, semejante tipo de desastre, pero los perros cometieron la imprudencia de ponerse a investigar, con toda seguridad, azuzándose el uno al otro, y apenas llegaron a casa se desmoronaron frente al porche. Las marcas de colmillos en los hocicos y en las patas delanteras relataban por sí solas la triste historia. Papá estaba en la limpiadora. Sul Ross salió disparado a buscarlo y, acto seguido, a localizar al doctor Pritzker. Cuando llegaron por fin, los dos perros tenían los morros tremendamente inflamados y estaban casi irreconocibles. *Áyax* jadeaba al respirar, emitiendo un horrible ruido rasposo; *Homero* gemía de dolor.

El doctor Pritzker se agachó junto a *Áyax* y luego junto a *Homero*. Noté por su expresión que no había nada que hacer.

—Lo siento, Alfred —le dijo a mi padre—. Me temo que no puedo ayudarlos.

Nunca había visto a papá tan disgustado. Los perros, sobre todo *Áyax*, habían sido sus fieles camaradas durante años; le habían acompañado con paciencia durante las frías horas otoñales que preceden al alba, apretujándose para entrar en calor en su escondrijo y esperando a que sonaran los gritos de los gansos en el cielo. Y entre ambos, entre papá y *Áyax*, se había creado un estrecho y profundo lazo.

Samuel fue a buscar a la calesa el viejo revólver del veterinario y lo cargó con dos cartuchos.

Mi padre consiguió articular palabra con esfuerzo:

—Supongo… que debería hacerlo yo.

—No, Alfred —dijo el doctor Pritzker—. Espero que me permitas hacerlo a mí. Llévate a los niños adentro.

Papá no había advertido que, además de Sul Ross y de mí, habían aparecido Harry y Lamar.

—Todos vosotros, adentro —ordenó. Le hizo un gesto de asentimiento al doctor Pritzker y nos siguió al interior de la casa, donde se fue directo al aparador y se sirvió un vaso de whisky. Sonó el primer disparo; yo me estremecí. Papá apuró el vaso de un largo trago. Nunca lo había visto tomar licores en pleno día. Sonó el segundo disparo, y él abandonó la habitación sin decir palabra. Lo oímos subir la escalera lentamente, peldaño a peldaño.

Me aposté junto a la ventana y miré cómo Samuel envolvía los dos bultos flácidos en un saco y los llevaba a la calesa. Yo me alegraba enormemente de que Travis no se hallara presente. Confiaba en que estuviera en el río con el *perroyote*.

Cuando volvió esa noche a casa, no sé quién le dio la noticia; lo único que sé es que no fui yo.

Papá pasó algunos días muy apagado. Y entonces el doctor Pritzker vino una noche a cenar y, de pasada —como sin darle importancia—, dejó caer que *Priscilla*, el retriever de Ollie Croucher, había tenido seis bonitos cachorros, todos sanos, ni uno tarado en toda la camada, y que en unos días estarían destetados y listos para ser repartidos.

—Estoy pensando en quedarme uno —dijo el doctor.

J.B. se apresuró a meter baza:

—¡Aaaah, cachorritos! ¿Podemos tener uno?

—¿Por qué no? —opinó mamá sonriéndole alentadoramente a J.B. y también a papá. Y mirando a Travis, añadió—: Seguro que a ti también te gustaría, ¿verdad? Podríamos ir a verlos el sábado. ¿A que sería divertido?

J.B. enseguida asintió; papá sonrió lánguidamente y dijo que le parecía buena idea; Travis siguió concentrado en su plato, sumido en un extraño silencio. Intenté captar su mirada, pero él no levantó la vista. Lo cual ya lo decía todo.

Tal como esperaba, al terminar la cena me hizo una seña para que saliéramos al porche delantero. Me susurró, frenético:

—Necesito tu ayuda, Callie. Has de ayudarme a traer a *Costras* a casa. Es el momento ideal para adoptar un perro. Hasta mamá lo ha dicho.

269

—Lo sé, pero ella se refería a un perro cazador de raza.

—*Costras* sabe cazar. Se ha pasado la vida cazando gallinas.

—Eso no debes contárselo a nadie. Es parte del problema.

—¿Nos ayudarás? ¿Querrás defenderlo? —Mi hermanito estaba tan ansioso que creí que iba a echarse a llorar—. Tú podrías explicarles que no es una bestia furiosa y salvaje. Tú podrías decirles que sería una buena mascota.

—De acuerdo. Haré lo que pueda, Travis. Lo haré por ti y por *Costras*. Pero, por si aún no lo has notado, a mí no es que me hagan mucho caso en esta casa.

Él se aplacó visiblemente.

—Gracias, Callie. Mañana iremos a verlo y pensaremos juntos un plan.

Volvimos adentro y nos preparamos para acostarnos. Travis tal vez durmiera bien esa noche, pero había conseguido contagiarme en parte su ansiedad y permanecí tendida en la oscuridad, pensando cómo podría convencer a mis padres para que adoptaran a *Costras*.

Al día siguiente seguí a mi hermano por un sendero de ciervos, o tal vez de *perroyotes*, a través de la espesa maleza de la orilla del río, lejos de la limpiadora. *Costras* salió de entre los matorrales, contento de vernos. Había engordado y tenía el pelaje lustroso. Travis le había puesto incluso un collar.

—¿Lo ves? —dijo, orgulloso—. ¿A que tiene buen aspecto?

—Sí, muchísimo mejor —reconocí.

—Es una especie de perro de trabajo, ¿sabes? El otro día atrapó a una rata. ¿Quieres echarle un vistazo a las heridas que tiene en el flanco? Se las he lavado con agua y jabón, pero no se curan. —Lo sujetó del collar—. Buen chico, *Costras*. Ya verás cómo te curarás.

Examiné una de las heridas abiertas y le separé los bordes con cuidado. *Costras* gimió un poco, pero nada más. La herida en sí no era muy grande, pero parecía crónica. Habría deseado llevar encima una de las sondas del doctor Pritzker para comprobar su profundidad. Le di unas palmaditas al animal y él me volvió a lamer la mano sin el menor rencor por haberlo molestado. Un buen perro.

Travis me comentó:

—La herida no parece muy grande. ¿Por qué no se cura?

—No lo parece por fuera, pero creo que es profunda. Hay algo dentro que impide que se cure; seguramente, un perdigón.

—¿Sabes cómo curarlo? —preguntó, preocupado.

—Es una operación de verdad. Primero tienes que sacar el cuerpo extraño que hay ahí dentro; luego has de rascar el conducto donde estaba alojado o cauterizarlo con un hierro al rojo para que la herida cicatrice como es debido.

—Pero ¿tú sabes hacerlo?

—Yo podría darle el anestésico, pero tendría que operarlo el doctor Pritzker.

—¿Se lo pedirás? Seguro que lo hará si tú se lo pides. Dile que puedo pagarle con mi paga semanal. *Costras* le gustará mucho más a mamá si no tiene ninguna herida.

—De acuerdo. Lo hablaré con él. —Observé a *Costras*

con mirada crítica—. Y una vez que esté curado, le daremos un baño con uno de esos jabones perfumados que saca mamá cuando hay visitas. Eso también servirá para darle mejor aspecto.

—Qué buena idea —dijo Travis sonriéndome con admiración.

—Y creo que deberíamos cortarle un poco el pelaje del cuello. Y la cola, para que no se vea tan tupida. Eso lo puedo hacer con unas tijeras. Servirá para adecentarlo un poco.

—De acuerdo, perfecto. —Mi hermano me sonrió radiante con la mejor de sus sonrisas: la irresistible de verdad, la que lograba que propios y extraños cedieran a sus peticiones y ruegos, incluidos los que acababan provocando problemas.

—También podríamos hacerle un lazo con una de mis cintas del pelo —sugerí— para que quede más mono. —Iba a hacer falta mucho más que un lazo para eso, pero preferí callármelo.

—¿Lo ves? —musitó Travis acariciando a *Costras*—. Te va a convertir en una mascota de verdad.

271

Se agachó y abrazó al animal, apoyando la cabeza en su cálido pelaje. Parecían tremendamente felices los dos juntos, el niño y el perro: un perro que no sería el más bonito del mundo, pero que resultaba ser una excelente mascota. Esperaba que mis padres fueran capaces de pasar por alto el pedigrí y las apariencias para ver lo que yo veía, o sea, que Travis había encontrado al fin la mascota adecuada.

—¿Cuándo vas a hablar con el doctor Pritzker? Tiene que ser pronto. No nos queda mucho tiempo. Se supone que vamos a ver a los cachorros el sábado. Si acabamos quedándonos uno, quizá ya no haya sitio para *Costras*.

—Está bien. Se lo pediré mañana por la tarde.

Pero antes de que llegara la tarde del día siguiente, el destino funesto hizo acto de presencia, y nada menos que bajo la imprevista apariencia de Viola, la cocinera.

Estábamos terminando de desayunar cuando oímos un estampido amortiguado en la parte trasera de la casa.

—¿Qué ha sido eso? —exclamó mamá.

—Parece la escopeta del veinte —murmuró papá.

El arma estaba colgada de un gancho en el porche trasero para combatir a las alimañas.

Al cabo de un minuto, Viola entró en el comedor.

—Le he disparado a un coyote, señor Tate, en las matas entre el cobertizo del grano y el corral de las gallinas. Por la manera que tenía de cojear, quizá estaba enfermo.

Travis y yo nos miramos incrédulos y horrorizados, mientras la verdad se abría paso en nuestra mente. Él se levantó de un salto, derribando la silla, y salió corriendo. Yo también me levanté y corrí tras él, sin hacer caso de los gritos confusos y el alboroto general que se había armado en el comedor. Crucé disparada la puerta trasera y le grité sin dejar de perseguirlo:

—¡Quizá no sea él! ¡Quizá es un coyote de verdad!

Llegamos al cobertizo del grano y seguimos un rastro ensangrentado entre las altas hierbas. Lo único que yo pensaba era: «Hay demasiada sangre, demasiada sangre». Y allí, en efecto, caído en el suelo, estaba el «coyote». Solo que no era un coyote, claro. Pero estaba vivo. Jadeando y gimiendo, pero vivo.

—¡No! —gritó Travis con angustia, tambaleándose al ver la sangre que tenía *Costras* en los cuartos traseros.

«¡Ay, Travis, ahora no! —recé—. No te me vayas a desmayar ahora.»

—No mires la sangre —dije—. Trae la carretilla, deprisa.

Dio media vuelta y corrió al cobertizo del jardín. Yo fui a toda velocidad al establo y cogí una manta de montar.

Cuando volvimos junto a *Costras*, papá, Harry y Lamar habían llegado al lugar y nos gritaban preguntas y órdenes confusas: «No parece un zorro». «¿Por qué lleva un collar?». «No lo toquéis, seguramente tiene la rabia». «¿Dónde está la escopeta? Voy a rematarlo para que no sufra más».

—No, no —chillé—. Es el perro de Travis. —Le puse a *Costras* la manta encima para mantenerlo caliente y ocultar la sangre.

—Travis no tiene ningún perro —dijo papá.

—Sí, sí lo tengo —replicó Travis entre lágrimas. Ahora

que ya no tenía que mirar la sangre, había recuperado la fortaleza.

—Sí, es cierto —corroboré—. Ayudadme a subirlo a la carretilla. Tenemos que llevarlo al doctor Pritzker.

—¿A este bicho? —se mofó Lamar—. Es un mestizo. Papá, ¿traigo la escopeta?

—Se llama *Costras* —gritó Travis.

Nos miraron perplejos. El *perroyote* gimió bajo la manta.

Mi padre rezongó entre dientes algo así como que era inaudito que un hombre no supiera lo que ocurría bajo su propio techo, y algo sobre hijos desobedientes, y demasiados animales, y basta de mascotas. Parecía profundamente afectado, aunque yo no sabía si era por los sollozos de Travis o por los gañidos de *Costras*. Seguramente, el perro abatido le recordaba a *Áyax*, y también la larga lista de desastrosas mascotas de Travis.

Lamar insistió:

—No vale la pena salvar a este bicho. Ni siquiera se merece un tiro. —Él y papá dieron media vuelta y se dirigieron hacia casa. ¿Iban a buscar la escopeta? ¿O a buscar ayuda? Creía saber la respuesta, pero no había tiempo para pensar en ello.

—Ayudadme —les pedí a Travis y a Harry.

Pero este alzó las manos y retrocedió.

No obtendría ayuda por ese lado. Acerqué la mano al collar de *Costras* muy despacio, porque nunca se sabe lo que puede hacer un perro herido, incluso el más educado. Pero él no me lanzó un mordisco, solamente gañidos mientras Travis y yo lo subíamos a la carretilla. En la maniobra se le destapó una pata trasera ensangrentada. Travis se tambaleó y cerró los ojos, y yo me apresuré a cubrir de nuevo al perro con la manta.

—Buen chico —susurré, no sabía bien si refiriéndome a Travis o a *Costras*—. Ya puedes mirar. Date prisa, antes de que vuelva papá. —Cogimos un asa cada uno y empujamos la carretilla hacia el sendero. Harry, que no había dicho una palabra, miró cómo nos alejábamos. No iba a ayudarnos, pero tampoco a ponernos trabas. Quizá eso era lo máximo

273

que podíamos esperar en aquellas circunstancias; pero la parte de mí que había sido siempre su «bicho» sabía que ese momento no se me olvidaría.

Resultó duro recorrer el sendero de grava con la carretilla; la rueda delantera se hundía todo el rato, como en una pesadilla a cámara lenta. Travis contuvo sus lloriqueos y reservó sus fuerzas para la dura tarea que teníamos entre manos. Cuando llegamos a la calle, se cayó al suelo y a punto estuvimos de volcar la carretilla. Se levantó con las manos y las rodillas desolladas, pero sin ningún lamento; volvió a sujetar su asa y nos pusimos en marcha otra vez, ahora adoptando un trote torpón y empujando la carga con todas nuestras fuerzas. No salía ningún ruido de debajo de la manta. Seguí empujando denodadamente. No paraba de pensar: «¿Y si el doctor Pritzker no está?, ¿y si lo han llamado y no está?».

Doblamos la esquina con nuestra improvisada ambulancia justo cuando el doctor estaba abriendo la puerta de la oficina. Nunca había sentido un alivio tan grande. Él miró sorprendido cómo nos acercábamos corriendo.

—Necesitamos su ayuda —resollé—. Han disparado a nuestro perro. Por error. Viola ha creído que era un zorro.

—No es un zorro, es nuestro *Costras* —jadeó Travis.

—Metedlo dentro, venga —indicó el doctor Pritzker, sujetándonos la puerta. Pero la carretilla era demasiado ancha y no cabía por la puerta; por lo tanto, Travis y yo tuvimos que alzar al *perroyote* en brazos. La manta cayó al suelo mientras lo transportábamos a la mesa. La sangre goteaba por el suelo, pero Travis aguantó. Hizo lo que había que hacer. Conseguimos colocar a *Costras* en la mesa, y luego dijo: «Creo… creo que me voy a sentar un momentito». Se desplomó en una silla y puso la cabeza entre las rodillas.

El doctor Pritzker le echó una mirada divertida.

—¿Se encuentra bien?

—Eh… sí. Se lo explicaré más tarde. ¿Puede salvar al perro?

El doctor miró con el entrecejo fruncido al paciente, que jadeaba a un ritmo escalofriante.

—¿Con qué le han disparado?

—Con una escopeta de perdigones del veinte —informé.

—Bien, mejor que con una escopeta de postas.

Mi hermano emergió el tiempo suficiente para musitar:

—Podrá salvarlo, ¿verdad?

Con una extraña calma, yo dije:

—Voy a traer el anestésico. —Ahora que estábamos allí, ahora que sabía que contábamos con ayuda y que yo debía jugar un papel en esa ayuda, gran parte de mi temor se evaporó.

—Primero el hocico —ordenó el doctor Pritzker. Lo ayudé a ponerle un bozal de cuero a *Costras*. El animal no protestó.

—Nunca ha mordido a nadie —musitó Travis, todavía con la cabeza entre las rodillas.

—No importa. A todos los perros heridos hay que ponerles un bozal. Es una de mis normas. ¿Tienes a punto el cloroformo?

Le coloqué el cono de la anestesia en el hocico y apliqué el cloroformo. A *Costras* se le cerraron los párpados. Su respiración se volvió más lenta. El veterinario le exploró minuciosamente el pelaje ensangrentado de los cuartos traseros y soltó un gruñido.

—¿Qué ocurre? —inquirió Travis levantando la vista rápidamente y apartándola con la misma rapidez.

—No hay ningún problema en la cadera. Pero la parte inferior de la pata está destrozada. Probablemente, no podrá volver a andar con ella.

—Pero puede salvarlo, ¿verdad? —insistió Travis.

El doctor Pritzker arrugó de nuevo el entrecejo y razonó:

—Quizá tenga que amputarle la pata a la altura de la corva, o sea, de la rodilla. Pero eso no es vida para él. No es un perro de raza; me parece que no vale la pena. Además, ¿quién va a querer un perro con tres patas?

—Yo —saltó Travis—. Yo lo quiero.

—Yo también —dije, sumándome a mi hermano. Desenrollé el paquete del instrumental, preparé las suturas y aguardé al doctor Pritzker.

Él nos miró a los dos.

Tras un instante, suspiró y dijo:

—De acuerdo.

Sondeó, suturó y desbridó, extrajo trocitos de hueso y, finalmente, exclamó:

—¡Caramba! La arteria poplítea está intacta. Pues sí que ha tenido suerte. Quizá pueda salvarle la pata, pero no lo puedo garantizar, ¿entendido?

—Sí, señor —musitó Travis.

Justo cuando el doctor Pritzker terminó de suturar la fascia muscular entraron papá y Harry en la oficina.

—Ah, Alfred —dijo el doctor—, ya estoy cosiendo. Enseguida terminaré. Cuidado dónde pisáis, hay sangre por todas partes.

Travis gimió.

—Y quizá será mejor que te lleves al chico afuera —añadió el veterinario—. Tiene bastante mala cara.

Papá gruñó, pero le hizo una seña a Harry. Lo cogieron cada uno por un brazo y lo llevaron al banco que había fuera.

Oí cómo Travis respiraba hondo una y otra vez. Papá le concedió unos momentos, pero enseguida exigió:

—A ver, jovencito. ¿Qué significa todo esto? Desembucha.

Él explicó la historia de *Costras*, primero entrecortadamente, después cogiendo carrerilla. Que si era mitad terrier mitad coyote, que si los demás perros no lo querían y los coyotes estuvieron a punto de matarlo. Que primero el señor Holloway intentó ahogarlo; que después el señor Gates y ahora Viola le habían disparado y que él, Travis, era su único amigo en el mundo y no iba a fallarle.

Papá se sorprendió:

—¿Mitad coyote? No, no podemos tener a una criatura como esa rondando por la propiedad. Sería peligroso. Mira, jovencito, he decidido quedarme uno de los cachorros de *Priscilla* y convertirlo en perro de caza. Tienen siete semanas y están a punto de ser destetados. Puedes escoger uno y criarlo como tu propio perro. Incluso puedes escoger el mejor de la camada.

Travis levantó la voz y casi vociferó:

—No necesito un cachorro. Ya tengo un perro y se llama *Costras*. Es el único que quiero.

Siguió defendiendo su posición. Yo lamenté no estar allí fuera para ayudarlo, pero estaba demasiado ocupada pasándole vendas al doctor. El pobre *Costras* permanecía tumbado en un charco de sangre. No parecía demasiado un perro, ni un coyote, ni un *perroyote*. No parecía un ser vivo, sino un estropicio sanguinolento. Pero todavía respiraba.

Le vendamos la pata, y entonces me acordé de las otras heridas.

—Doctor Pritzker, tiene una vieja fístula aquí. ¿Podría echarle un vistazo, ya que está anestesiado? Le pagaré.

—Calpurnia Virginia Tate —suspiró—, tú no has de pagarme.

Le pasé una sonda. Él hurgó un minuto y le extrajo con expresión triunfal un perdigón deformado que sería como la mitad de la uña de mi meñique. Y luego otro. Y otro.

—Fíjate —observó—. Ya le habían disparado. Y más de una vez. Es un bicho duro de roer, y un perro con suerte por añadidura. Tal vez deberíais llamarlo *Lucky*.

—No, ya tiene nombre. Se llama *Costras*.

Papá siguió disgustado cierto tiempo con la situación. Pero Travis logró que le dieran permiso para quedarse con su nuevo perro, aunque debía mantenerlo en la limpiadora de algodón, con órdenes estrictas de no llevarlo a casa. Mi hermano lo lavaba y cepillaba, y le enseñó a buscar palos y a ofrecer la patita.

Cuando las heridas se le curaron, nos turnamos entre los dos para pasearlo y obligarlo a hacer un poco más de ejercicio todos los días. Los músculos de la cadera sana fueron fortaleciéndose para compensar, y *Costras* desarrolló un cómico paso a sacudones con el que se las arreglaba muy bien. Llegó al extremo de correr como un rayo, al menos en distancias cortas.

Al cabo de un tiempo, un día, atrapó a una rata en la lim-

277

piadora y la depositó en el muelle de carga, donde, casualmente, papá estaba fumándose un puro. *Costras* dejó la rata muerta a sus pies y lo miró expectante. Él la observó sorprendido y le dio una calada al puro con aire pensativo, probablemente imaginándose la cantidad de ratas que infestaban la limpiadora. Finalmente, se agachó y dio unas palmaditas en aquella cabeza rojizo parduzca, diciendo: «Buen trabajo, perrito».

Y así como así, *Costras* dejó de ser un *perroyote* marginado para convertirse en un perro de trabajo sumamente valioso. El propio papá lo llevó a casa esa noche, y el animal se instaló tan deprisa en el porche delantero que cualquiera habría dicho que siempre había vivido allí. Y desde ese rincón del porche, el *perroyote* y Travis emprendieron una campaña sostenida para obtener un ascenso, o sea, para que el animal pasara de perro de exterior a perro de interior, y, finalmente, incluso a «perro que duerme sobre la cama», una categoría inaudita hasta entonces en nuestra casa.

278 Así fue como *Costras* pasó a formar parte del clan de los Tate. Travis había encontrado al fin la mascota adecuada.

He aquí el final feliz de la historia del *perroyote*, una de las cosas más emocionantes que ocurrieron en casa aquel año. No sabíamos que todavía nos esperaban otras muy excitantes.

Capítulo 25

Un pez globo propio

Cuando tienes la vista limitada a un espacio reducido, son muchos los objetos que poseen belleza.

*U*na noche, durante la cena, mamá sonrió y dijo:

—Mañana Aggie cumple dieciocho años. Mañana se convierte en una adulta de verdad.

¿Es posible que Aggie se sonrojara un poquito? Yo diría que sí.

—Supongo —prosiguió mamá— que tendremos que habituarnos a llamarte Agatha, puesto que ya serás una señorita hecha y derecha.

—¡Oh, no, tía Margaret! Me han llamado Aggie toda mi vida, y ya estoy acostumbrada.

—Es una pena que tus padres no puedan estar con nosotros, pero haremos todo lo posible para compensar su ausencia.

Más tarde, cuando me dio un beso de buenas noches, mamá me susurró:

—Quiero que le compres a Aggie un bonito regalo.

—¡Ah! —dije, pensando en el balance de mi cuenta y en la cantidad que se suponía que debía gastar. Detestaba la idea de dilapidar mis ahorros, ganados con tanto esfuerzo, en adornos y perifollos; hasta había dejado de comprar golosinas para mí misma. ¡Menudo sacrificio!

—Toma, un dólar. Pero cómprale algo bonito, ¿eh?

—¡Claro! —exclamé, mucho más animada. Al día siguiente fui a la tienda y compré unas bolsitas de lilas aromáticas y una lata de talco perfumado, unos regalos apropiados para una señorita que acababa de alcanzar la mayoría de edad.

Para la cena de cumpleaños de mi prima, Viola hizo el plato favorito de Aggie: buey Wellington y un pastel de ángel de postre. Papá abrió una botella de champán con un resonante chasquido y le sirvió a Aggie media copa.

—¡Uy, hace cosquillas! —dijo ella con una risita tras el primer sorbo. Yo creo que nunca hasta entonces le había oído esa risita. Parecía ruborizada y —¿me atreveré a decirlo?— casi hermosa a la luz suave y parpadeante de la araña de cristal.

Abrió sus regalos y los acogió amablemente con grandes exclamaciones. Leyó en voz alta una cariñosa carta de sus padres, que incluía un cheque sustancioso y la noticia de que esperaban poder mandar a buscarla en uno o dos meses. Nos reunimos en torno al piano, le cantamos todos juntos y, al fin, yo avancé a trompicones por los compases de una nueva melodía titulada *El Danubio Azul*, del señor Johann Strauss.

280 ¿Eran imaginaciones mías o mamá rechinaba de dientes cada vez que fallaba una nota?

Cuando terminé, mamá dijo:

—Muy bonito, Callie; y estoy convencida de que será aún más bonito cuando te aprendas de verdad la pieza. Aggie, querida, ¿te importaría tocarnos algo?

Aggie ocupó mi sitio ante el teclado y ejecutó una interpretación perfecta de la misma melodía. No solo tocaba de un modo impecable, sin fallar ninguna nota, sino que lo hacía con lo que llaman «impulso lírico», y todos nos balanceamos siguiendo el ritmo. Por suerte, como yo no tenía puesto mi orgullo en la interpretación musical, no le envidié los elogios que se ganó. Aplaudimos todos con entusiasmo.

A decir verdad, fue el momento más bonito que vivimos en casa desde la inundación.

Yo me preguntaba cómo podía una pasar mágicamente de niña a adulta al dar la medianoche. Me preguntaba si Aggie se sentiría de repente distinta al sonar las doce campanadas. Me preguntaba si se sentiría como Cenicienta, pero al revés.

Υ

Seguramente, no me habría despertado si un mosquito no se hubiera empeñado en picarme en el párpado. Medio despierta, oí un leve crujido. Otra vez la serpiente, probablemente. Me di la vuelta en el catre y ya iba a dormirme de nuevo cuando noté que Aggie se estaba moviendo por la habitación. A la tenue claridad de la luna, me percaté de que avanzaba a tientas hacia el armario.

—Aggie —susurré—, ¿te encuentras bien?

Ella se quedó petrificada.

—Te estoy viendo, ¿sabes? —susurré.

—No hagas ruido —dijo, también susurrando. Me sorprendió captar un matiz suplicante en su voz.

—¿Qué estás haciendo? Enciende una vela, si quieres.

—¡Nada de velas! —musitó roncamente—. Estate calladita y vuelve a dormirte.

—No lo haré hasta que me cuentes qué pasa

Ella abrió el armario y, para mi sorpresa, sacó su bolsa de tela. La puso sobre la cama, volvió a tientas al armario y empezó a coger sus ropas.

—Venga —me planté—, ahora sí que tienes que contármelo. O despertaré a mamá y a papá.

—No, no lo hagas —me suplicó.

—Entonces será mejor que me lo cuentes.

Aunque yo no podía verle la expresión, su prolongado silencio me indicó que estaba debatiéndose sobre lo que iba a decirme. Finalmente, dijo:

—Voy a encontrarme con Lafayette Lumpkin. Vamos a fugarnos a Beaumont. Queremos casarnos.

—¡Ay, Aggie! —Lo arriesgado de su plan me dejó sin aliento. Las buenas chicas de buena familia no hacían esas cosas—. Te vas a meter en un lío tremendo.

—¡Silencio! Baja la voz. Todo saldrá bien si podemos casarnos antes de que nos atrapen. Tengo dieciocho años. Ya puedo casarme.

—Pero ¿y tus padres? Vas a romperles el corazón. ¿Y qué me dices de mis padres? Se pondrán furiosos. —Lo que es-

281

taba haciendo era de una audacia increíble y sería una deshonra para nuestra familia.

—Hay una carta sobre el tocador que lo explica todo.

—¿Y qué me dices de tu dinero?

Ella dio unos golpecitos en la bolsa y me explicó:

—Lo he sacado todo hoy. Con mis ahorros, tenemos suficiente para que él empiece en el mundo de los negocios. Asegura que hay mucho petróleo en Beaumont y que si un hombre aprovecha la ocasión al principio, puede ganar una fortuna. Seremos ricos.

Me pareció una idea muy improbable, pero no dije nada. Miré cómo metía la ropa en la bolsa y se dirigía de puntillas hacia la puerta. Con la mano en el pomo, añadió:

—Está esperándome en la carretera de Lockhart. Por favor, no digas nada hasta la hora del desayuno. Te mandaré un regalo si no cuentas nada. Por favor, Callie.

Me di cuenta de que tenía su destino en mis manos. Bastaría con que armara un alboroto, que diera la voz de alarma, para que todos sus planes se fueran al traste.

Reflexioné. Entre nosotras, por un lado, no había florecido un afecto de hermanas. Pero, por otro lado, habíamos llegado a soportarnos mutuamente. Y ella me había enseñado algunas cosas valiosas.

—Me meteré en un lío morrocotudo —protesté.

—No, qué va. Tú has de fingir que no me has oído. Les puedes decir que has dormido toda la noche de un tirón.

Sopesé si ese argumento no haría aguas.

—Me matarán —aseguré.

—Por favor, Callie. Lo juraste sobre la Biblia.

—Pero lo hice por la fotografía. No por una cosa como esta.

—Por favor, Callie. Puedes quedarte con mi Underwood.

Suspiré, sabiendo que seguramente me arrepentiría toda mi vida.

—De acuerdo. No lo diré hasta la hora del desayuno.

—¿Lo prometes?

—Lo prometo, Aggie.

—¿Sabes?, no eres una chica tan mala después de todo.

—No tienes que dejarme tu Underwood. No diré nada.

—Es demasiado pesada. Tendré que comprar otra. Quédatela tú. Es tuya. Adiós.

—Adiós, Aggie. Buena suerte.

Estas palabras, no obstante, me parecieron insuficientes para semejante momento. Ahora que se marchaba, yo deseaba que se quedara, o por lo menos quería ofrecerle el consuelo de que no nos separábamos para siempre.

—¿Me escribirás? —susurré.

Pero ella no respondió. Cruzó el umbral, cerró la puerta con un clic casi inaudible y así, sin más, desapareció. Con qué facilidad se desprendió de nosotros, de nuestra casa, de nuestra familia, de mí.

Si creéis que me pasé la noche despierta mirando el techo, restregándome los ojos, temblando de consternación por la decisión de Aggie y de temor por las consecuencias que podía acarrear, habéis acertado de lleno. Y tal vez penséis que a la mañana siguiente se armó la gorda, ¿no? Ya lo creo que sí.

Entré en el comedor con un nudo en el estómago, haciendo un esfuerzo para parecer despreocupada. Mamá, dando un sorbo de café de su taza Wedgwood preferida, alzó la vista.

—¿Va a bajar Aggie a desayunar? ¿Es que no se siente bien?

—No lo sé —dije, procurando dominarme para que no me temblara la voz—. Arriba no está.

—¿Qué significa que «no está»?

—He encontrado esto en el tocador —dije tendiéndole la carta. Ocupé mi puesto en la mesa y fingí sentir el apetito de todos los días, una comedia especialmente difícil de interpretar. Ataqué mis huevos revueltos con mano temblorosa.

A mamá se le derramó el café de la taza, manchando el mantel de damasco blanco.

—Alfred —gritó—, ¡se ha marchado!

Se armó un gran griterío en casa. Papá, Harry y Alberto salieron a caballo cada uno por su lado y fueron a galope a San Marcos, a Lockhart y a Luling. Se enviaron telegramas a los *sheriffs* de los condados vecinos. Y yo fui amenazada con varios castigos tremebundos para que desembuchara la verdad, pero me aferré con uñas y dientes a mi versión, repitiendo una y otra vez que al despertarme ella ya no estaba.

Un oscuro nubarrón de temor y de furia se cernió sobre la casa días y días. Lo único bueno (aparte de la Underwood, claro) fue que recuperé mi cama. Durante varias noches, la sentí demasiado blanda e incluso eché de menos mi catre lleno de bultos tendido en el suelo. Pero enseguida se me pasó.

El tío Gus y la tía Sophronia estaban más que furiosos y acusaron de todo a mis padres, pese a que Aggie les escribió suplicando su perdón y eximiendo a mis padres de cualquier responsabilidad. Más adelante supimos que Aggie y Lafayette habían llegado a Austin y se habían casado allí, y que después habían viajado en tren a Beaumont, donde alquilaron una casita y donde Lafayette se estableció como agente petrolero con el dinero tan previsoramente ahorrado por Aggie. Y más adelante llegó la noticia de que estaban esperando su primer hijo y que vivían más felices que unas perdices.

Por cierto, Aggie nunca me escribió, pero unos meses más tarde llegó una caja de madera a mi nombre. No contenía ninguna nota, pero sí una estupenda colección de maravillosas y extrañas conchas marinas cuidadosamente acomodadas entre virutas de madera. Pasé muchas horas deliciosas clasificándolas con el abuelo, descubriendo variedades como las alas de ángel, la oreja de mar, la pata de gato y el molusco del relámpago. Incluso había en la caja un *Diodon* seco, un pez globo que pasó a ser de mi propiedad. Le até una larga y delgada cinta azul alrededor del vientre y lo colgué del techo, de modo que el pez nadaba por las corrientes de aire, oscilando bajo la brisa que entraba por la ventana. Me encantaba mi pez globo. También me encantaba mi magnífica caracola «concha del caballo», que no solo medía casi treinta centímetros, sino que cuando te la pegabas al oído, oías el rumor lejano de las olas.

Así que no fui a la playa. Pero la playa vino a mí.

Al final, dejé en libertad a mi tritón. En realidad no era «mío», sino un préstamo de la madre naturaleza, y yo ya había aprendido de él todo lo posible. Merecía volver a su zanja y pasar el resto de su vida en paz.

¿Y la serpiente, os preguntaréis? Pues va y viene. Está por ahí, en alguna parte, pero no nos molestamos la una a la otra. El abuelo dice que algún día crecerá y será demasiado gruesa para deslizarse por la grieta del rincón, y que entonces habremos de buscar otro sistema. Pero a mí no me preocupa.

285

Este libro utiliza el tipo Aldus, que toma su nombre
del vanguardista impresor del Renacimiento
italiano Aldus Manutius. Hermann Zapf
diseñó el tipo Aldus para la imprenta
Stempel en 1954, como una réplica
más ligera y elegante del
popular tipo
Palatino

***

**

*

El curioso mundo de Calpurnia Tate
se acabó de imprimir
un día de verano de 2015,
en los talleres gráficos de Egedsa
Roís de Corella 12-16, nave 1
Sabadell (Barcelona)

***

**

*

- Roald Dahl. El librero
- Javier Azpeitia. El impresor de Venecia. Tusquets
- Herman Koch. Estimado señor M
- Cartas sobre el poder de la escritura. Claude Edmond...